世にも奇妙な悪《あく》辣《らつ》姫《ひめ》の物語

1

人物紹介
アレンデール
ディノス王国モレル辺境伯家当主。戦場では鬼神のごとき戦いを繰り広げる豪傑。伯父と伯母が爵位を継がなかったため、辺境伯になったが、その椅子には興味がない。
ヘレナ
パトレイア王国第四王女である〝悪辣姫〟。モレル辺境伯夫人としてアレンデールへ嫁ぐ。家族の愛に憧れを抱いているが、それ以外は期待していない。

アールシュ
ディノス王国へ外交しにきた、バッドゥーラ帝国第四皇子。朗らかで人懐っこい仮面の下には腹黒い一面も……？
マリウス
パトレイア王国王太子で、ヘレナの双子の兄。唯一の王子として期待を一身に背負うが、その重責に身動きが取れず、雁字搦めになっている。
イザヤ
アレンデールの専属執事。腕っぷしはからっきしだが、人に取り入るのが上手い。書類仕事の苦手なアレンデールをサポートしている。
サマンサ
パトレイア王国第三王女。絶世の美女だが、自身の能力は平凡。家族の歪みに気がついていたが、何も行動することはできず、隣国のライラトネ王国へ嫁いだ。
アンナ
モレル辺境伯夫人になったヘレナへ付けられた侍女。元々諜報担当だったが、ヘレナの侍女になって以降、護衛としても働いている。

世にも奇妙な悪《あく》辣《らつ》姫《ひめ》の物語

プロローグ

ヘレナ・パトレイア。

パトレイア王国、第四王女。王太子の双子の妹。末の姫君。

そして――姿を見た者がほとんどいないのに、我が儘《まま》な〝悪辣姫《あくらつひめ》〟としてその名を馳せる。

それが、私だ。


両親である国王と王妃の下には、私の他に三人の姫と王子が一人。

一番上の姉トーラは一昨年、この国の公爵家に嫁いだ。

二番目の姉ミネアは昨年、この国の騎士団長に嫁いだ。

三番目の姉サマンサは今年の初めに隣国に嫁ぎ、王太子妃となった。

双子の兄である唯一の王子マリウスは、王太子として大切にされている。

そして、今度は私の番。十八才の誕生日を先日迎え、めでたく婚儀が決まった。

知らされたのは、昨年のことだ。成人したら嫁ぐのだと。

嫁ぎ先は隣国のディノス王国だと、ただそれだけ告げられた。

三番目の姉とは別の、パトレイアを挟んで逆隣にある国。

私に拒否権などあるわけもないので、ただ『はい』と答えた。

婚儀を行うと定められた日の半年前に、私は嫁ぐ相手が誰なのかようやく知らされた。

相手はディノス王国の将軍の一人で、パトレイアとの国境に隣接するモレル辺境伯だった。

王族ではない相手に嫁がされるとわかっても、私の感情は特に動くこともなかった。

家族は、嘆いていた。格下扱いされて悔しいからかと思ったが、違うらしい。

私に拒否権を与えないのに何故か嘆くその姿は滑稽だったけれど、やはり何も感じなかった。

死神のように恐ろしい、そんな噂のある辺境伯に嫁ぐだなんて可哀想だと三番目の姉から哀れむ内容の手紙が届いたが、果たしてそうだろうか?

私の意見は違う。むしろ哀れなのは相手ではなかろうか。

参列者が誰一人いない結婚式。門出を祝う人など、誰もいない。

人々の幸いが満ちる場であるはずの教会だというのに、その雰囲気はまるでお葬式のようですらある。

ただただ、場はしいんと静まりかえるばかり。

そしてその中でどこか手持ち無沙汰な様子の神父と、花嫁らしく純白のドレスを纏《まと》った私は静かに新郎の到着を待ち侘びていた。

(……本当に滑稽だわ)

王族の末姫が纏うに相応《ふさわ》しい豪奢なドレス。しきたりに則り新婦側が用意した。

そしてサファイアで作られた装飾品の一式。見事なパリュールは新郎側が準備したものだけれど、私には分不相応なほどに美しい代物だ。

けれどこの結婚は、いくら美しく調えようともただの政略的なものにしか過ぎない。

誰一人として喜べない結婚ならば、いっそ平服でも良かったのだろうに。

着飾るからこそ余計に滑稽で、哀れで、寂しかった。

厚いベールの下で、そんなことを思う。

(辺境伯も、可哀想な人ね)

私みたいな悪名高い女を、花嫁として押し付けられるだなんて。

巷《ちまた》に悪名を轟《とどろ》かす〝悪辣姫〟は豪奢な暮らしを好み、弱き者を虐げ、我が儘放題。

そんな噂を耳にして、新郎も今頃は戦々恐々としているのかもしれない。

いずれにしても私と同じく彼もまたこの結婚に異を唱えることは許されないのだろう。

(でなければ決して受け入れるはずがないもの)

噂に聞くまだ会ったこともない夫には、恋人がいるらしい。

隣国の王女を妻に迎えねばならず、彼らはかなり辛い思いをしていると耳にした。

(私がこの結婚を望んだわけではないけれど、なんとも哀れな話だわ)

貴族として、領地を治める者として、断ることが許されない縁談。

だからできるだけ早く、お役目を果たして……彼を自由にしてあげなくては。

それが、私にできるせめてものことに違いないから。

押し付けられた悪辣姫。

断れなかった恋人持ちの辺境伯。

いずれにせよ、王家の血を持つ子どもは両国にとって必要だ。

(子が生せずに三年待っての離縁になるのか、あるいは一切の肉体関係を持たずに白い結婚を貫い

ての離縁か……それとも)

「新郎が到着なさいました！」

聞こえてきたその言葉に、思考の海に沈みかけていた意識が浮上する。

礼装と言うには些《いささ》か厳めしい装いをした長身の男性が、無言で私の横に立った。

私は厚いベールの下から隣に立つ新郎の姿を垣間見る。横顔しか見えない。

綺麗な黒髪を撫でつけるようにしたこの人が、私の夫となるのか。

教会のステンドグラスから注ぐ光に照らされた切れ長な紺青の瞳が、とても綺麗。

だけど彼はちらりとも私を見なかった。

彼がこの結婚をどう受け止めているのか、よくわかる態度だった。

(どんな戦いでも引かず、死神のような戦い方をする……だったかしら)

夫のことなのに、事前にほとんど教えてもらえていない自分に笑ってしまいそうだ。

聞けば逃げ出すとでも思ったのか、それとも拒否をさせないためだったのか。

(彼の名前は確か……)

「それではディノス王国のアレンデール・モレル辺境伯閣下とパトレイア王国のヘレナ姫、お二人の成婚がここに相成ったことを神の御前にて誓わせていただきます」

神父の声に『ああ、そんな名前だった』と他人事のように思った。

でもきっと彼の名前を呼ぶことはないのだろう。

家族はこれまで私をこれっぽっちも見なかった。

だから彼も私を見ることなんてないのだろう。

きっと、これからも、誰からも。

ずっと、ずっと。

第一章　悪辣な姫

私が生まれた時、国は大いに沸いたと聞いた。

双子の兄、マリウスの誕生を祝うために。


パトレイアの王には一人の妻と、五人の子どもがいる。

私の両親である国王夫妻は、決して悪い人たちではなかった。

ただ、生まれた男児に興味が行ってしまい、その片割れである私に対して無関心なだけ。

それは何故か？

パトレイア王家はなかなか男児に恵まれない家系だからだ。

四人目にして男児が生まれるのは早いくらいなのだという。

なんせ、数代前の王は男児欲しさに次々と妃を迎え、王子が誕生するまでに姫が二十人以上誕生した……なんて歴史書に書かれているほどだ。

さすがにそれは目に余る行いとされ、それ以降はパトレイア王国も一夫一妻制度をとっている。

あまりに子ができない場合に限り、側室を認めるという形で。

だから双子の兄、マリウスが生まれるまでの間、おそらく妃殿下にはとてつもない重圧があったのではないかしら。

以前侍女たちが、妃殿下は男児が多い家系だからという理由で王妃に選ばれた……なんて話していたのを小耳に挟んだから、きっとそうなのだと思う。

それだけに、周囲からの期待に応えようと日々大変だったであろうことは想像に難くない。

そんな中で待望の男児が誕生したのだ。誰もが大喜びした。

(私というおまけつきでだったけれど)

男児の誕生に沸く中で、私の存在はどこまで行ってもおまけだった。

何をするにも兄が優先で、誕生日を祝う場でも兄の名前だけ呼ばれるなんて当たり前。

私はお情けでちんまりとその名がどこかに記されておしまい。いつものことだ。

加えて運が悪いことに、パトレイア王国では昔から『双子は不吉』という伝承がある。

あくまでそれは言い伝えでしかないと今では鼻で笑われる話だけれど、やはり縁起がよくないと見る人も少なくない。

そんな私が双子の、さらに女児とくれば、厄介者同然でも仕方なかったのだろう。

それでも国王夫妻が平等に愛を注いでくれたら話が違った可能性もあったかもしれない。

けれど待望の男児を前に、平等を心がけるのはさぞや難しかったのだと思う。

気がつけば、侍女たちも私を軽んじるようになった。

侍女から『王子つきになりたかったのにおまけの王女のところだなんて!』と言われた時には彼女たちに申し訳ない気持ちでいっぱいだったけれど、今思えばあれはただの八つ当たりよね。

(マリウスに言われるまで気づかなかったなんて、私もどれだけ鈍かったのかしら)

自分では気づかなかったけど、双子の兄がそれを咎《とが》めてくれたからそうなのだと知った。

それでも、その侍女たちは厳重注意を受けただけだった。それが私の価値だった。

妃殿下の『男児の誕生に侍女たちも浮かれすぎていた』『王女たるもの、寛大な心で侍女の失敗を許すことが時には必要』という言葉に、周囲も同調した。

そう諭されればそうなのかと私には頷《うな》くしかできないではないか。

注意を受ければ、彼女たちもきっと変わってくれる。

両陛下も私を気に掛けてくれるかもしれない。

そういう期待があった。でもそれは間違いだった。

(要らない子だった、ただそれだけの話……)

不幸中の幸いは、双子の兄であるマリウスだけは私をいつも気に掛けてくれていたことだろうか。

それでもそんな兄もいつしか、王太子教育が忙しくなって……私とほとんど顔を合わせなくなったのだけれど。

トーラ姉様とミネア姉様も、いつも忙しかった。

顔を合わせれば笑顔を向けてくれたから、嫌われてはいなかったと思う。だけれど、彼女たちの関心もまたマリウスに向けられていた。

サマンサ姉様は……正直、よくわからない。

同情的なようでいて、実は私のことを嫌っていたのかもしれない。避けられていたように思う。

(私は、誰からも必要とされない王女だった)

それだけは、確かだ。

だからこそ家族の誰からも関心が寄せられることはなかったし、彼らは家族である私の言葉よりも、私の周囲に配置した人間の言葉を信じた。

我が儘で、散財癖があって、癇癪《かんしゃく》持ちだから気に入らないことがあるとすぐに使用人を辞めさせる、物にも人にも当たり散らして怪我を負わせるなど日常茶飯事といった悪辣な振る舞いの姫。

気がつけば、私の周りには誰もいなくなっていた。

最初の頃はまだよかった。

おまけの姫とはいえ、王族としてそれなりに遇されていたと思う。

侍女がいて、豪奢な部屋と教育が用意され、三食与えられることは当然だった。

でも気がつけばそこに必ず悪意が存在した。

王族の誰もが気に掛けることのない姫。それが私の価値であると人々は判断したのだ。

軽んじられても、仕方ない状況だったのだと思う。

そしてその窮状を訴えれば子どもの我が儘だ、癇癪だと言われ、改善を求める行動に出れば躾《しつけ》と称した体罰が待っていた。

『ヘレナ』

国王陛下が私の元に足を運んでくれた時、救われたと思ったのはいつのことだったろう。

私が両親を国王夫妻としてしか見ることができなくなったのは、いつだった？

あの人たちの目には、私は娘ではなく王女としてしか映っていなかったのだろうか？

答えは今も、わからない。

『だめだろう。どうしてお前は……』

覚えているのはいつだって、私に対して落胆を表すようなその表情と声ばかり。

マリウスに向けられる温かい目も、抱き上げる手も、励まし褒めるその言葉も。

私は何一つ、知らない。


ただ、それは始まりに過ぎなかったのだと思う。

いくつもの悪意が私の上を過ぎ去った。

何を訴えても誰もわかってくれないならば、心を殺せばいいと悟った。

(期待しても、良くないから)

期待したらしただけ傷つくのなら、何も願わなければいい。

どうせ何をしたって私は嫌われるのだ。

何故かなんて知ろうとも思わなかった。諦めた。

そうして月日が流れて、私の行いは何をしても悪行としてしか受け止められないようになり、侍女の数が減り、社交の場に出ることもなく、ただただ無為に時間を潰す日々が始まった。

親しくした教師もいたし、侍女もいた。

だけど彼らはいつの間にか遠ざけられてしまっていた。

(それもこれも私が悪かったんだろうか)

どうして、とは思う。

誰に聞いたらいいのかわからなかった。

陛下や妃殿下に訴えれば良かったのだろうか？

それとも王太子に？　姉姫たちに？

一度も、私の言葉をマトモに聞いてくれたことがない人たちに何を問えば良いのだろう。

彼らにとっては、私はただただ〝手のかかる〟末っ子に過ぎないのだ。

（……どうしようもないわね）

もうその頃には特に何かを思うことはなかった。

ただ、私に求められているのは〝何もしないことだけ〟だと悟っていた。

息を潜め、邪魔にならないように生きればいい。

私に求められているのは、そういうことだ。

そうして過ごしていた日々の中で、国同士の争いが起きたということを耳にした。

やはり特に思うことはなかった。私に求められることはないと知っていたから。

おまけの私は意見を求められることは元より、社交界で活動して人々の不安を宥め、慈善活動をするなどといった行動なんて、誰にも期待されていないのだ。

ただ、漏れ聞こえてくる侍女たちの会話のおかげで、何があったかは大体理解できた。

隣国であるディノス王国との国境沿いで争いが起きたこと。

そして一触即発の中、先に手を出してしまったのが我が国、パトレイアであったこと。

侵略にあたるとしてディノス王国の兵士と戦いとなり、それを鎮静するのにディノス王国のとある騎士が大活躍したこと。

その姿が黒髪に黒い鎧だったことから、まるで死神のようだという話だった。

『小競り合いだったとしても数で押していたはずのパトレイア軍をあっという間に一人でなぎ倒すようにして退けたんですって！』

『まあ、なんて恐ろしい！』

『見た目も冷徹そのもので、目が合うとそれだけで身が竦んでしまって剣を構えることもままならなくなってしまうとか……』

『わたしも聞いたわ、まさに宗教画に描かれる死神のような姿だったとか……』

『襤褸《ぼろ》きれのような外套を身に纏って、身の丈はあろうかという巨大な剣を振るうとか』

聞こえてきた話はそんな突拍子もないものばかり。

おしゃべりな侍女たちが庭先で歓談するその声が、城の外れにある私の部屋にはよく届くのだ。

彼女たちは一切そのことに気がついていないようだけれど。

（……まあ、教えてあげる理由もないものね）

聞こえてくる彼女たちの噂話で、私は外の様子を知る。

知ったところで何ができるわけではないけれど、知らないよりはずっと面白い。

侍女たちはどこから話を聞いてくるのかわからないが、いろいろなことを知っているのだ。

それこそ、やれ城の中にはかつて王に手打ちにされた側妃の亡霊が夜な夜な現れてむせび泣くだとか、やれ離宮の物置部屋に安置されている割れた鏡を覗き込むと未来の姿が見えるだとか、そんな怪しげな話題から、大臣たちが機嫌悪く日々会議をしているなんて有用な話まで。

（……パトレイア王国は斜陽の国、だったかしら）

かつてはこの大陸で、横並びの三つの国は〝三つ子の真珠〟と呼ばれ切磋琢磨する仲であったはずなのに。いつしか不仲になったかと思えば、国力に差が生まれてしまった。

（それにしても、死神みたいな騎士、か……）

いくら国力差があるからといって、数に勝る軍を押し負かすというのはとても凄いことのように思えた。戦場のことも、騎士のことも、私にはよくわからないけれど。

とても優秀な騎士が敵の中にいて、とても目立ったのだということだけはわかった。

（だからといって宗教画の絵姿にある死神は無理があるわよね）

それではそのまま髑髏《どくろ》ではないか。さすがにおかしな話もいいところだ。

宗教画さながらの死神が鎧《よろい》を着て戦っている姿を思うと、少しだけおかしかった。

まあ、それを共有する相手もいない部屋では、私が虚空を見て笑みを浮かべているようにしか見えなかったに違いない。

とりあえずはパトレイアが負けた。それだけわかれば十分だ。

（図書室に行くのも、暫《しばら》くは控えようかしら）

室内にある本だけでは少しばかり物足りないけれど、時間を潰すのには十分だ。

日中は窓から眺める空と、庭がある。

日が暮れれば、本を読む。

それともあえて出歩いて、機嫌の悪い貴族たちに〝悪辣姫〟が何かを企んでいるとまた陰口を叩かせて鬱憤を晴らさせてやれば少しは彼らの気分もよくなるだろうか？

（なんてね）

私の役割は、なんだろう？

ただ放置されて、嫌われる以外の役割が欲しい。

茫洋と部屋の中で過ごすだけでは、私は本当に民の血税を啜《すす》るだけの〝悪辣な〟姫だ。

そう、思っていた。

突然国王夫妻が私の部屋を訪れるまでは。


『第四王女よ。そなたは来年の成人を機にディノス王国へ嫁ぐことが決まった』


それは突然の宣告。

親が娘に告げる言葉にしては、ひどく硬いものだった。


『ディノス王国へは身一つで嫁ぐように。それまでに礼儀作法を今一度学び直し、あちらの国でパトレイアの姫として、侮られるようなことが何一つないよう心得よ』

『わたくしたちの願いはただ一つ、パトレイアの姫として恥ずかしくない振る舞いを期待します』


告げられる日程、それまでに準備を全て調えよとのお言葉。

あまりにも慌ただしい来訪で、そして同じくらい慌ただしいお帰りだった。

大勢の部下を連れ、ただただ事務的に——いや、それが私たちの正しい関係なのかもしれない。

（……輿《こし》入れか）

しんと静まりかえる部屋、まるで先ほどまでの出来事が幻のようだ。

「……アンナ、今、陛下たちが来られたのよね？」

「さようにございます」

部屋の隅で待機していた、私のたった一人の侍女が応える。

よかった、幻ではなかった。

「私、来年嫁ぐんですって」

「……はい」

「ディノス王国へ」

「……はい、姫様」

相手が誰かも教えてもらえることはなく。事情を説明してもらえるでもなく。

ただ、一方的に嫁げと命令されるとは……あまりの扱いに笑いが出そうだ。

（いいえ……いいえ、私は〝悪辣姫〟だものね）

これまで見聞きしたことで大体事情は察せた。

この国《パトレイア》は頭を下げるために、王家の姫を差し出すのだ。

第一から第三王女まではすでに相手が決まっており、幸せな様子だ。

だから、残りもので――おまけで厄介者の〝悪辣姫〟が、ようやく役割を得たのだ。

望んでいた役割を得たことに、胸が少しだけ高鳴った。

そして同時にツキンとした痛みを覚える。

だってこの役割を演じるには、私を娶《めと》らねばならない犠牲者が必要なのだから。

（私の夫に選ばれるだなんて、お相手はなんて哀れな人なのかしら）

誰かも、それこそ名前すらも知らない未来の夫に同情する。

私に選択肢がないように、きっと相手にもそんなものはないのだ。

（でも……そうね）

少しでも学んでおこう。

いざという時の、役に立つように。

「アンナ、図書室からディノス王国の本を持ってきてくれるかしら」

「かしこまりました」

これはきっと、良い機会だから。


（……あっという間の一年だったわ）

特別に授業があったとか、嫁入り前にドレスを選ばせてもらうとか、そういったことはなかった。

一応、ドレスのサイズ合わせには呼ばれたけれども。

私が自分でしたことと言えば、ディノス王国の歴史書と貴族名鑑を眺めて過ごしたことくらい。

それだって最新のものかどうかは疑わしかったけれども。

（私が嫁いだモレル辺境伯家は、割と新しい家柄なのね……）

なんでも三代前の当主が大層な武人であったそうだ。

未開拓の地が多く、獣退治も含めてパトレイア王国との小競り合いに対応できるだけの武力とカリスマ性を持つ騎士を取り立て配備したといったところだろう。

元々は王家に忠誠を誓う家の子息であったという。

その力関係が今も変わらず、王家に尽くす家柄……それがモレル辺境伯家だそうだ。

（……今夜、私はここにいてもいいのかしら）

式も結婚式と言うよりはただの調印式のようだった。

神父の前で誓いの言葉を述べ、結婚に関する書類にサインをする。

そして会話もないまま、別々の馬車に乗りモレル辺境伯家に移動した。

その後もお披露目があるわけでもないし、家人を紹介されるでもない。

名も知らない侍女に言われるがままについていって、ドレスを脱がされ初夜の準備としてお風呂と夜着の仕度を手伝ってもらった。

それらの準備を終えて案内された初夜の間で、私はぼんやりとベッドに座って新郎を待っている。

すっぽかされる確率の方が高かろうと思いながら、ただ一人でぼんやりと。

（侍女すら連れてこられない、それが私）

そもそも自国でも侍女と執事が一人ずつしかいなかった。

どちらもパトレイア王国の人材で、私個人に忠誠を誓っていたわけではなかったから、連れて行くことは許されなかった。元々身一つでと言われていたし。

それでも二人は『あんまりだ』と怒っていたけれど。

（懐かしいわ）

教育係の対応が酷くて替えて欲しいと願い出たら、妃殿下に叱られたことがあった。

言うことをまるで聞かないし、それどころか王家の権を振りかざして脅してきたと報告を受けたと、そう言われた。あんなに良い教育者を揃えてあげたのに、と。

他にも、侍女たちが用意したドレスがあまりにも強い原色の、ゴテゴテ飾り立てられたものしかなく、もっとシンプルで私の好きな色にして欲しいと願い出たら、今度は陛下に叱られた。

贅沢にドレスを欲しておいてまだよこせとはなんて強欲な娘だと、そう言われた。

反省しろと与えられた侍女と執事は一人ずつ。それがアンナとビフレスクだった。

『私は、何か悪いことをしたのかしら？』

『いいえ、姫様』

『決してそのようなことはございません』

二人だけは、私のことを否定しなかった。

何度も周囲に誤解だと訴えてくれた。それだけで嬉しかった。

気がつけば悪辣な姫なのだと世間では言われていて、それが真実とされていた。

誰もがそう囁《ささや》くものだから、私たちの小さな声なんてあっという間にかき消されてしまった。

おかしな話だ、社交場に出ることすら嫌がられて一日の大半をほぼ自室で過ごしていたのに。

（……どこに行っても変わらない）

本当は……パトレイア王国を離れたら、何かが変わるのかと少しだけ期待をしていた。

けれど私はやっぱり〝悪辣姫〟で、夫となった人からすれば押し付けられた妻で、恋人を悲しませる非道な女なのだろう。

ぼんやりと、窓から見える月を見上げた。

（静かだわ）

遠くに、結婚式を祝うと称して楽しむ人々の声が聞こえる気がした。

結婚は幸せになるためのものだと、侍女のアンナは言っていた。

けれど私は王族だから義務でもあるのだと、執事のビフレスクは教えてくれた。

いずれにしても、新しく家族となって二人で築き上げていくものなのだと。そう教わった。

（……私には、無縁だ）

家族の愛情って、なんだろうか。

家族になるって、なんだかよくわからない。

（でも……）

空っぽの腹を撫でる。

ここに、命が宿るのかと思ったら、なんだか心がざわめいた。

ぼんやりとそうしていたら無遠慮にドアが開く音が聞こえて、のろのろと視線を上げる。

そこには人影が一つ。誰かなんて、すぐにわかった。

（……来てくれたの？）

思わず驚いて目を瞬かせ、座ったままは失礼だったろうかと立ち上がってお辞儀《カーテシー》をする。

するとどうしたことか、彼はどこか怯《ひる》んだ様子を見せたではないか。

だけれどすぐに気を取り直した様子でこちらに歩み寄ってきた彼は、眉間に皺《しわ》を寄せて厳しい表情をしていた。何故かそれが、作り物に見えるのは私の気のせいだろうか？

「……ヘレナ姫」

「どうぞ、ヘレナと呼び捨てになさってください、旦那様」

「だんっ……ゴホン。初めて会ったばか……！　い、いや、確かにその、わ、わ、わたしたちは婚儀を執り行ったのだから今日から正式な夫婦で、だが……」

「……？」

ブツブツと何かを言う彼の後ろで、侍女たちがそっとドアを閉めるのが見えた。

どうやら、一応初夜を行うつもりで彼は訪れたのだと私はそう理解したが、違うのだろうか。

「旦那様」

「なっ、なんだ！」

「初夜の儀の前に、お願いしたいことがございます」

愛されないと、わかっているの。

期待もしない。縋《すが》ったりもしないから。

だから、どうせ〝我が儘な悪辣姫〟と思われているのなら――どうか、一つだけ。

たった一つだけ、私の願いを聞いて欲しい。

その気持ちを込めて、彼を見つめる。

彼は少しだけ戸惑ったみたいだけれど、私の目をしっかりと見返してくれた。

（こうして、目を見て誰かと言葉を交わすのはいつぶりだったかしら）

いつだって私の視界はベールを挟んだ、くすんだ世界。

でも今はそれも取り払われて、私を射るように見ている彼としっかり目が合った。

（ああ、室内だと彼の目は黒にも見えるのね。不思議）

ステンドグラスの光に照らされていた時は、確かに紺青だったと思うのに。

明かりを控えめにしている室内だと、別の色に見えるから不思議だ。

「……願い、とは？」

「旦那様には以前よりお付き合いされている恋人がいらっしゃると、耳にしております」

「――……それは」

困ったように口を開いて何かを言いかけ、閉ざす旦那様。

政略的な結婚をしたばかりの新妻からそんな言葉が出るのは、とても煩《わずら》わしいことだろう。

特に、なんとも思っていない女の口から恋しい女性について言及されるのは……きっと、とても嫌なことだと思う。

「私が敵国の王女である以上、旦那様にとっても私と子を生すことは義務でしょう。ですから提案があります」

そうだ、この結婚は和平の証。

子ができなければいずれは離婚もあり得るだろうけれど、その可能性は極めて低い。

基本的には子を生すことが前提の婚姻なのだ。そして、人質である私の価値がなくなるか、あるいはパトレイアが人質をとる価値すらない国だと思われるか……。

そうでもならない限り、私の身の内に流れるパトレイア王家の血を手に入れることで、有事の際にディノス王家はパトレイア王家の継承権を請求できる。

順位は関係ない。他国に干渉できるかどうか、それが大きな点なのだから。

この結婚は友好の証ではなく、パトレイアが屈した証。

だから私たちには、義務がある。

互いに、押し付けられた義務が。

「……聞こう」

「私に離れのような居を与えていただきたいのです。そして恋人という女性に本宅で暮らしていただければよいかと。そうなればお二人とも安心でございましょう」

「えっ……？」

私の提案に驚いたのか、眉間に皺を寄せていた表情から一転、目を丸くするそのお姿はなんだかとても可愛らしい。

（男性に可愛らしいは失礼かしら。でも直接言うわけではないし）

そしてその表情こそが、本当の彼の表情な気がする。

だとしたら、やはり相当私との結婚で苦労をかけているのだろう。

「その上でお願いというのは……本来ならば白い結婚を申し込むべきであろうことは重々承知しております。ですが、私と子作りだけはしていただきたいのです。月に数度、日を決めてこうして共寝をしていただけませんか」

「……な、何を言っているんだ……？　意味を理解しているのか⁉」

私の言葉に、旦那様はとても困惑しているようだった。

ああ、もしかして私がその恋人を追い出せと迫ると考え、身構えていたのだろうか。

それともただ驚いただけなのか。私にはわからない。

世間から〝悪辣姫〟とまで呼ばれているような女が、そんな殊勝な提案をしてくるなど何か裏があると思ったか、それとも単純に予想外だったのか……いずれにせよ、当然の反応か。

「ご迷惑はおかけしませんわ。侍女を連れてきていないため、食事を運んでもらわねばならないのが申し訳ないですが……でも基本的なことは自分である程度はできますから、離れで暮らす許可さえいただければそれで。もちろん客人がおいでになる時は女主人として対応もいたします」

「……貴女は、それでいいのか……？」

「いいも何も」

戸惑うままに問うその声が思いの外、優しくて。

まるで私を案じているように聞こえ、そんな自分が情けなくて私は思わず笑ってしまった。ハッとして口元を押さえる。

零れたのは自嘲の笑いだったのだけれど、これでは悪い印象を与えてしまったかもしれない。

ただでさえ旦那様の耳に届いているであろう悪評に加えてこれでは、話を聞いてもらうことすら危うくなってしまうではないか。笑っている場合ではないと私は表情を引き締め改めて向き合う。

「私に、選択肢はないのでしょう？」

「……！」

驚いて息を呑む旦那様に、私はもう言いたいことは全部言えたと目を伏せる。

交渉ごとなど初めての経験だ。

といっても、なにもかもが初めてだけれど。

結婚も、他国にいることも、侍女が一人もいないことも、誰かと視線を合わせて対等に会話することも……そう、なにもかも。

（そうよ、私は〝悪辣姫〟なんだから怯まなくてもいいのよ。堂々としていれば）

どうせ白い結婚を貫こうにもしばらくの間、周囲から私たちは監視されるに違いない。

目の前にいる夫の意向も関係なく、王家の息がかかった者がどこかにいるはずだ。

「『田舎に嫁がされたと〝悪辣姫〟が癇癪を起こして困るから、離れに幽閉した』とでも言っておけば、周囲は納得もいたしましょう」

「貴女は……」

「いずれ子を生した後、あるいは子を宿せず三年を待つか……それはわかりませんが、なんにせよ国交が平常化してくれれば、離婚も叶うかもしれません」

「……ちょ、ちょっと待ってくれ……！」

「そうなれば、旦那様も晴れて恋しい方と縁を結び直すことができるはずです。どうか、それまでの関係と思い、私に情けをいただければと思います」

言いたいことを言って、私は頭を下げる。

初夜にすべき話ではなかったかもしれない。

（だけど、私には今しかきっと機会がないはずだから）

旦那様はこの申し出にとても戸惑っておられるようで、顔に手を当てて忙しなくあちこちに視線を彷徨《さまよ》わせている。

窓を見たり、時計を見たり、そして私を見ては何かを言いたそうにしながらまた口を噤《つぐ》んで。

なんだか、とても慌ただしい。相当、困惑させてしまったようだ。

しばらくそうしていた彼は大きなため息を吐いて、私を睨むように見つめた。

「……わかった。とりあえず、今日は初夜だ。本来ならば他国から嫁いできたばかりの貴女を信用できないから、むやみやたらと触れるわけにはいかない。が……それでもどこで誰が目を光らせているかわからない以上、この初夜で床を共にすることは……仕方のないことだ」

「はい」

「……仕方のないこと、なんだ」

おかしな話だ。

彼はまるで自分に言い聞かせるように、そう繰り返していて……なんだか、私の方が悪いことをしているみたいな気分になった。

だけど、閨《ねや》では夫に逆らうことなかれ。

国を発つ際に妃殿下つきの侍女がそう教えてくれたから、私は何も言わない。

旦那様の手が躊躇《ためら》いがちに伸ばされ、私を抱き寄せる。私はそっと目を瞑《つぶ》った。

(ああ、他人の体温って……思っていたよりも、温かいのね)

初めて感じるその温もりは、いつか手放さなければいけないとわかっていても……何故だか、涙が出そうになるほど温かかった。

幕間　辺境伯は噂の花嫁に戸惑いを隠せない

悪辣姫。

その悪名は、隣国との国境にあるこの辺境地にもよく聞こえてくるものだった。

いわく、我が儘で気位が高く、少しでも自分の意見が通らなければ癇癪を起こし、手近にある物を投げつけては侍女たちにぶつけて泣かせ憂さ晴らしをする。

いわく、その気性の荒さから王家の中でも鼻つまみ者とされ、まともな教育も受けていない。

いわく、好みの男を見かければ寝所に連れ込もうとするなど品性の欠片もない。

いわく、散財癖があり素行もよくないために王家から社交場に出ることを許されず、その姿は公式行事でしか見られない。

いわく、常にベールを被っているのは醜さを隠すためで、美しい女全てを憎んでいる。

いわく、いわく、いわく……とにかく悪い噂しか聞こえない。

悪評は噂として誇張されている部分もあるのだろうが、王族がそこまで言われるなんてきっと何かしらの問題を抱えているに違いない。

少なくとも、揉み消せない程度には城内の人間たちに嫌われていたことは事実だろう。

でなければそんな噂が国外の人間にまで届くなんて、あり得ない話だ。

「……その、はずだったんだけどな……」

俺は、大きなため息を吐き出した。

悪名高き〝悪辣姫〟と結婚しなければならないと決められた時、俺は絶望した。

なんでよりにもよって小競り合いの相手国の、しかも我が儘で癇癪持ちだと有名な末姫を妻に迎えなくちゃならないのか！

領地内の反発を考えると頭が痛い。小競り合いとはいえ、モレル辺境伯家に仕える者たちの大半は地元の人間。彼らが前に出て領地を守ってくれているからこそ保たれている平和。

それは即ち、小競り合いの中で怪我をする者もいるわけで……パトレイア王国に対して、良い感情を抱けないのも仕方がない話だ。

しかしこの縁談を断ることは許されない。王命だから。

何故俺に白羽の矢が立ったかと言えば、独身で、適齢期で、ちょうどよかったからだろう。

確かに俺には恋人なんてものはいなかったし、婚約者もいない。それっぽい雰囲気になっている相手だって、いない。

決してモテないとかそういうわけじゃない。

（本来なら辺境伯という地位にいる以上、俺にも婚約者くらいはいてもおかしくないんだ）

だが隣国と国境付近で常に小競り合いがあったことから忙しない生活を送っていたこともあって、婚約については適当に言い訳して遅らせていた。おそらく、そのせいだ。

それなりに釣書をもらう側である俺は、自分の見目がそう悪くないことを知っている。

社交場に出ればそれなりに女性から声をかけてもらうこともあるし、地位も名誉も財産も、それなりだと自負している。

けれど、小競り合いの多いこの土地に、中央の気取った貴族令嬢を迎えるわけにはいかない。

俺にとって、結婚により得られる利益よりも、領地を直接的に守る力の方が大事だ。

俺がいなくとも、俺じゃなくとも、跡を継げる人間はいるだろう。

だけど今、前に出て兵士たちと肩を並べる〝モレル辺境伯〟は俺なのだ。

正直この辺境地、妻となる女性に俺が求めているものは、常に夫が戦場に立つ気構えと、何かあった際にはこの地が最前線になるという覚悟だ。

（見た目と家柄がいくら良くても、俺は華やかな暮らしも、王に認められることも望んでいない）

釣書を送りつけてくる連中が望むものを、俺は与えてやれないだろう。

辺境伯という地位に見合っただけの生活は送れるだろうが、俺は民に寄り添う生活を望んでいる。

そして俺は後ろで構えるのではなく前に出て行く領主なので、いつ何があってもおかしくない。

その行動から蛮族めいた男だの、浅はかな若造だのと好き勝手言う貴族たちが俺のことを裏で嘲《あざ》笑《わら》っていることも知っているが……それでも俺は、剣を持って前に出たいと思う。

だからこそ、その気持ちを理解してくれる伴侶でなければ受け入れがたい。

そういう理由があるから普通の貴族令嬢ではなかなか決め手に欠けていて、苦手な領地経営に時間を割きたいから見合いをするのを面倒がった結果、ずるずると今に至るまで婚約者がいなかったわけだが……。

まさかそれが仇《あだ》になると誰がわかっただろうか？

（くそ、あのクソジジイめ！）

今回のパトレイア王国との小競り合いのおかげで我が国が優位に立てたことは聞いている。国王がご機嫌な様子で、その立役者となった俺と辺境地の兵士たちを褒め称えてくれたからな。おかげで王子たちも仕事が増えたとかで嬉しい悲鳴をあげているようだ。

それを聞いたところで、せいぜい働けと思うだけだ。

安全なところでふんぞり返っている連中だ、こういう時こそ働いてもらわないとな！

まあ、それはどうでもいい。

正直俺からしてみれば、役目を果たしただけに過ぎない。

とはいえ国同士の話し合いの結果、多くの利益がこちらにもたらされるのと同時に、パトレイアとの約束事も増えたのは事実。

それによって小競り合いが減ってくれるなら、嬉しい限りだが……。

ただ、その約束の一つが『王女を人質として嫁がせること』であったこと。

そして問題はその王女が〝悪辣姫〟だったって点だ。

(婚約者のいないのがその姫だけなんだから、仕方がないっちゃ仕方がないんだが……)

残念なことに我が国には姫もいないし、いたとしても嫁がせる意味もないしな。

次代の王を産むという形で王太子に娶らせるのは悪い手ではないのだろうが、斜陽の国を狙う理由にはならないらしい。そのあたりについてはよくわからない。

それでもパトレイア王国を含めた他国に対する牽制の意味で、人質は必要なのだという。

しかし悪名高き〝悪辣姫〟を王家に迎えるのは面倒だと考えたのだ。

つまり、国王は自分たちの息子に厄介な女をあてがうつもりはさらさらない。

かといって高位貴族でなくばディノス王国としても外聞が悪い。

そこで辺境伯という地位にありパトレイア王国との縁もあるとして、ちょうど婚約者のいなかった俺に白羽の矢を立てたのだ。コノヤロウ。

(縁は縁でも悪縁だろうが!)

王命は覆せない。

だからといって唯々諾々と従うには業腹だ。

少しばかりやり方がせこいとは思ったものの、こちらも手を打つことにした。

部下とも話し合って俺には以前から親しくしている女性がいて、この婚姻が不本意であるという噂を流しておいたのだ。

傲慢で癇癪持ちだという〝悪辣姫〟なら、きっとこの噂と俺の部下たちの対応で怒りに身を任せて碌《ろく》でもない行動をとってくれるだろう。

それを理由に遠ざけることもできるだろうし、上手く行けばあちらから離縁を切り出してもらえるかもしれない。こちらから離婚を申し出ることは難しいはずだから。

法に基づいて申請はできるだろうが、あの王家のクソジジイが許すとは思えない。

嫌われるのが一番だ。

幸い聞こえてきた噂によれば、かの〝悪辣姫〟の好みは金の髪に細身の優男だという。

不幸中の幸いなことに、その特徴は俺と真逆だ。

きっとこのやり方で間違いはないと胸を撫で下ろしたものだった。

（なのに、なんで……）

結婚式には、わざと遅れて行った。

本来は失礼極まりない行動だが、怒らせるためだけにやった。嫌われるために。

なのに彼女は怒ることも何もせず、侍女を一人だけなら連れてくることを許すなどといったこちらの傲慢な態度にさえ文句を言うでもなく、ただただ静かだった。

替え玉じゃないのかと部下たちも思わず零すほど、静かな人だ。

さすがにそれはないということはわかっている。パトレイア王国側が妙な真似をしないよう、結婚式が行われる教会までディノスの兵が彼女を護衛してきたのだ。

（じゃあ、あの噂はなんだってんだ？）

初夜の儀も正直すっぽかしたいところではあったが、ディノス王家からの間諜に監視されている可能性があることから、無視はできない状況だ。

だが彼女を怒らせるために『愛せない』とわざわざ宣言しに行くことは、俺にとってとても気の滅入ることなのだ。

嫌われるためとはいえ、傷つけなければならないことを好む人間はいないだろう。

（……結局、俺は何一つ言えなかったな……）

愛せないと、他に大事な女がいると宣言して、閨も共にしないと言えば癇癪を起こしてくれるだろうと思っていた。

だが言い出せずにおたおたしてしまい、変に思われなかっただろうか。

（元来、俺は嘘が苦手なんだ）

しかも部屋に入るなり彼女の方からあれこれと提案されて、俺は目を丸くするばかりだった。

噂とはまるで違う、どこか浮世離れした静かな雰囲気を湛《たた》えた女性。

プラチナブロンドの長いさらりとした髪に、静謐な、紫の色が強い青の瞳。神秘的だった。

苛烈で癇癪持ちだという噂なのに、彼女は静かに、ただただ静かにそこにいた。

（綺麗だった）

まるで精巧に作られた人形のような美だと思って、らしくなく見惚れた自分を思い出して笑いそうなくらいだ。だが、それほどまでに彼女は美しい。

（誰だ醜いなんて噂流しやがったやつ）

そもそも、侍女を一人も連れてこなかっただなんて、それだけで驚きだ。

確かにこちらから申し出たことだが、それだって一人は許可したんだ。

あくまで間諜を紛れ込ませられては困るという名目で、モレル辺境伯家に来た際にはきちんと教育を施した使用人をつけるつもりだった。

だが普通ならば徹底した嫌がらせとしか受け取れないであろうその項目に、あちらの王家がすんなりサインをしたっていうからさらに驚きだ。

いくら王族の義務がどうのこうのとあるからって、娘が可愛くないのかと呆れたものだが……実際に目にした彼女に、俺は戸惑うばかりだった。

まさか侍女を一人もつけてもらえていないなんて！

（しかも自分から離れに住まうと言い出した。……何を考えている？）

やはり替え玉なのだろうかと疑ってしまうが、それはないとどの部下も答える。

そうなると、そもそもの噂が疑わしい。

第一に気になったのは、彼女が本当に浪費家なのかという点だ。

豪奢な暮らしをしていたと言う割に、彼女が持ってきた嫁入り道具はあまりにも少なかった。

この結婚の意味を考えれば、嫁ぎ先にあれこれと要求できる立場ではないだろうし、歓迎されるなんて思えない。そのことを踏まえて、ある程度の荷物を持ってきてもおかしくないはずだ。

（なんだか不自然なんだよな……）

それに、社交界に出ることもなかったというのに浪費したという品々はどこに消えたのか。

まあそれは王家側の意向で持ち出させなかったとも考えられるが……。

(パトレイアでは我が儘が過ぎたせいで侍女も最低限しかつけられていなかったという話だが、それならどうやって買い物をしていたんだ?)

話しぶりは淡々としていたが、癇癪のかの字もなかったではないか。

むしろあの落ち着きぶり、自身の立場を弁《わきま》えた上でこちらを慮《おもんぱか》る姿には恐れ入る。

あの姿がもしも本当の彼女だとしたなら。

(俺は、何か過ちを犯していないだろうか)

「……アレン。アレンデール、考え込んでどうした?」

「イザヤ。悪いが今すぐ調べて欲しいことがある」

「おっと……どうしたんだよ。さっきから本当におかしいぜ?」

「妻になった彼女のことを調べたい。あまりにもおかしな点が多い。それから離れを用意して、彼女をそこに住まわせて気づかれないように監視しろ。……女性監視員を侍女に化けさせて、定期的に接触させてくれ」

「例の〝悪辣姫〟についてか? なんかおかしいってのか?」

「ああ、おかしいなんてもんじゃない」

俺は腹心であるイザヤに、これまでのことを話した。

初夜には俺からガツンと言ってやるつもりが、出鼻を挫《くじ》かれたこと。

その内容が、あまりにも……なんというか、俺の〝架空の恋人〟を思いやるような言葉ばかりであったこと。

それが演技だとすれば、何の目的があってのことなのか……あちらの王家の意向なのか？

いずれにせよ、俺はまだ、彼女のことを何も知らないとそう痛感させられたのだ。

結婚式を挙げて、あえて客間に通した彼女とまさかの一夜を共にした。

それも定期的に共に過ごす約束までしてしまった。

だが、そうだ。

もしも俺の勘が正しければ？

（……そうなら、彼女は正当な権利をもって辺境伯夫人としての暮らしを享受するべきだ）

俺は、嘘が苦手だ。

だから本当のことを、知りたいと思った。

幕間　あの子の好きなもの

パトレイア王国の第一王女トーラと第二王女ミネアは共に国内貴族に嫁いだこともあり、よく顔を合わせていた。

元より一つしか歳が変わらない彼女たちはとても仲が良い。

「こうして一緒にのんびりお茶が飲めるようになってホッとしたわ」

「一時はディノス王国との戦争になるかと思ったものね……」

両親である国王夫妻からも可愛がられて育った彼女たちは、嫁いだ後も夫にも愛され幸せな結婚生活を送っている。

とはいえ彼女たちが幸せな生活ができるのは、長男であるマリウスが生まれたおかげでもあった。

それまでは第一王女であったトーラが、王太女として婿を取る方向であったのだ。

トーラ誕生の翌年、第二王女のミネアが生まれた。女児だったので、継承権は変わらなかった。

更にその翌年、第三王女のサマンサが生まれた。やはり継承権は変わらなかった。

公爵家から次男を婿に取る話になってはいたが、トーラはずっと公爵家嫡男のことを好いていた。

彼もまたトーラのことを憎からず思っていたが互いの立場を考えれば諦めるしかない。

そんな中で第三王女の誕生から二年後。

両親が、国が切望していた、男児——マリウスが生まれたのだ。

可愛らしい双子の赤ん坊を見て、家族は誰もが喜んだ。

特に、待ちに待った男児であるマリウスは、より輝いて見えたものである。

(この子はパトレイアにとって、希望となるだろう)

少なくともトーラはそう信じた。

こうして第一王女は王太女から外れ、望んでいた公爵家嫡男と無事に結ばれた。

同時に第二王女であるミネアも婚約者が決まった。

彼女はそれまで王太女に万が一の際の役割を担っていたために、婚約者を定められなかったのだがマリウスの誕生と共にその役目から外れることが許された。

しかも彼女が密かに想いを寄せていた騎士団長と婚約することが許されたのである。

そして第三王女のサマンサは、留学してきた隣国の王太子に見初められての輿入れだ。

どこまでも幸せな空気がパトレイア王国を満たしていくことに、王家の人間も、そして国民も酔いしれたものであった。

マリウスが生まれてから、国王夫妻が育児に積極的になった。

そのためトーラもミネアも育児にかかりきりとなった両親に代わって執務に追われ、多忙を極めた。それでも自分の望む結婚ができるのだからと、彼女たちは喜んで手伝ったものだ。

地方への視察も国王に代わり行ったし、祭事も王族が担えるものは率先して彼女たちが行った。

全ては自分たちを王族の縛りから解放してくれた弟のためだった。

そうして弟が両親の手によって立派な王太子となった頃、彼女たちは嫁いだのである。

それからは王室の仕事を手伝いつつも夫を支え、高位貴族たちを取り仕切りながら時々こうして息抜きに、姉妹だけのお茶会を楽しんでいるのだ。

「そういえばミネア、貴女のところにもお母様から連絡が来たのではなくて？」

「ええ、そのことでお姉様に相談しようと思って……」

「あら。貴女も？　わたくしも貴女に相談しようと思っていたからちょうどいいわ！」

つい最近、王太子の双子の片割れ、末の妹である第四王女が嫁いで行った。

あまり関係性の良くない隣国ディノスの、辺境伯の妻となったのだ。

両国の小競り合いによって戦争にまで発展しそうなほど険悪になった関係を改めるために決められた婚姻とはいえ、末の妹がそのようなことになって姉二人の胸は痛むばかりだ。

だがこれも王族の定め、自分たちはたまたま好いた人と結ばれるという幸運に恵まれたが、一歩違っていれば妹ではなく自分たちがそうなったであろうことは彼女たちも理解している。

王家の女として、彼女たちはただ妹を励まし送り出すだけしかできなかった。

それも直接だと派閥の関係やディノス王国の人間に勘繰られるといけないので、手紙でだったのだけれども。末の妹の負担にならないよう、返事は不要と記したのはせめてもの気遣いだ。

状況が状況だけに盛大な結婚式は挙げられないし、王族に連なる者は参列できないと国王夫妻から言われていたため、そのくらいしかできなかったのだ。

特に外交を担う公爵家と、国防を担う騎士団長であるそれぞれの夫から『今件の小競り合いは全面的に我が国が悪かったから仕方ない』というような話を耳にしていたので、王族としての縛りから抜け出せなかった四番目の妹を大層哀れに思ったものだ。

だからこそ、下手に口出しして逆に妹の立場がなくなっては申し訳ない。

持ち物も最低限しか許されず、花婿ではなく兵士が迎えに来るなど屈辱だったろうに！

「辺境地であの子が体調を崩したとかで、あちらからあの子の好む物を教えて欲しいと連絡が来たんですってね。大丈夫かしら……あの子、王城の外にすら行ったことがなかったもの」

「そうね、案外大切にされているようでホッとしたわ。……でも、どうしてディノス王国もそんなことを私たちに聞くのかしら。連れて行ったあの子の侍女に聞けば早いでしょうに」

「それがね、お母様ったら侍女を連れて行くことを許さなかったんですって！」

「まあ！」

「なんでもほら、嫁ぎ先がパトレイアと隣接する辺境伯家だったでしょう？　それで連れてくる人間は一人だけって条件をつけられたそうなのだけど、お母様ったら取り乱していたらしくて……あの子を一人で行かせたそうなのよ」

母親を非難するような言葉を発したミネアに、トーラは驚きを隠せない。

その驚きはミネアに対してではない。母親に対してだ。そしてそれは、ごくごく普通のことだと言えた。他国に嫁ぐ王女であるのに、侍女の一人もつけずに送り出す王妃がどこにいるというのだ。

まさかそんな愚かなことをしたのが自分たちの母親だとは！

自分たちは王家から出た身だからと見送りすら許されなかったのだが、それでもたった一人で敵国に人質として嫁ぐこととなった妹のことを思えば彼女たちが憤るのも仕方のないことであった。

「まあそれはともかく、お見舞いの品を贈るようにとお母様が言ってきたのだけれど……お姉様、もしかして品物を指定されたのではなくて？」

「ええ、わたくしには〝あの子の好むお菓子〟よ。貴女は？」

「こちらは〝あの子の好む花〟よ」

二人は気づかない。

彼女たちの茶会に夫たちも同席していたのだが、彼らが怪訝そうに顔を見合わせていることに。

そんな夫たちの様子に気がつくこともなく彼女たちは同時にため息を吐き、そして同時に口を開いた。

「「ねえ、あなた。〝あの子の好きな〟（花）（お菓子）って何か知っている？」」

その言葉に、姉妹は同時に目を丸くして顔を見合わせる。

彼女たちの夫もまた、目を丸くした。

「あらやだ、お姉様もご存じないの？」

「いやだ、貴女の方が妹たちと接する機会が多いと思って……」

互いに困惑する彼女たちに、騎士団長がそろりと公爵に目を向ける。

その視線を受けて、公爵は気まずい気持ちを抱えつつ口を開いた。

「そもそも」

そこでようやく、姉妹はそれぞれ自分の夫が困惑した表情を浮かべていることに気がついて首を傾《かし》げた。いったいどうしたのかという顔で自分たちを見る妻に、男たちもまた困惑を深める。

「……きみたちは、どうして妹のことを『あの子』と呼ぶんだ？　ずっとそうだ」

「妹姫の名を知らぬわけでもあるまいに……」

その言葉に、姉妹はパッと顔を見合わせる。

そして言われたその内容に、そんなことはないと言おうとして自分たちの発言を振り返り、ハッとした様子で口元を押さえた。

おかしな話だ。どうして気づかなかったのか。

ヘレナと最後に言葉を交わしたのはいつだった？

あの子が笑った顔を思い出せるだろうか？

どんな顔をしていただろうか？

それすら思い出せない姉妹は、顔色をなくした。

彼女たちはようやく自分たちが末の妹について何も知らない、知ろうとしていなかったことに気づいたのだ。

これまで家族として平等に接してきたと彼女たちは思っていた。

すぐ下の妹の好みも、弟の好みも把握しているのにだ。末の妹のことだけ、わからない。

どうして、末の妹に関してだけ思い出せないのか。知らないはずなんてないのに。

(どうして?)

サマンサとマリウスの好みはこんなにもすぐ思い出せるのに。

過ごした時間はどちらも同じ程度だったはずだと、トーラもミネアも考える。

「お母様から聞いて知っていたつもりだったわ」

「……もしかして、マリウスに関しても実はわたくしたちは何も知らない……?」

家族に対して、自分たちは誠実だと信じていた姉妹は愕然とする。

彼女たちは、彼女たち自身で双子の弟妹たちにどう接していたのかも、そして、大切だと思っていたはずの弟妹たちから自分たちがどんな風に呼ばれていたかも思い出せない。

その事実に、知らず知らず体が震えた。

思わず夫たちに縋ったが、頼りの夫たちもどうしていいかわからない表情を浮かべている。

唐突に突きつけられた現実に、彼女たちはただ震えるしかできない無力感を知ったのだった。


そしてその頃、王城では姉妹がそんな風になっていることなど露知らず、パトレイア王国の王妃、ユージェニーは困惑の表情を浮かべて目の前の侍女と話をしていた。

周りに他の者はおらず、王妃の態度から二人の親密さが窺える。

だがそれは気安い者同士が談笑を交わすというような空気ではない。

「アンナ、貴方をあの子から引き離したのは悪かったと思っているのよ？　確かにあの子に侍女をつけずに送り出してしまったのはわたくしの不手際だったわ。陛下にもお叱りを受けたの」

「……さようですか」

「しかし今から人をやるというのもあちらの国にしてみれば良い気分ではないだろうし、あの子は辺境伯の妻として大切にされているみたいだし……幸いにも夫君となった辺境伯は、妻の体調が優れないからと気を遣ってくださる優しい方のようよ？　喜ばしいことじゃない！」

「……さようですか」

王妃が必死に侍女に語りかけるという光景は、なんとも不思議なものであった。

しかしそれは二人の関係に理由があった。

パトレイア王国の王妃ユージェニーとその侍女アンナは、乳姉妹だ。

ユージェニーの生家である侯爵家は男児が多く生まれることで有名で、彼女の上には兄が三人いる。唯一の娘として彼女はそれはもう大切に大切に、それこそ蝶よ花よと育てられた。

そんな彼女の傍らには、乳母の娘であるアンナが常にいた。

乳姉妹であるアンナと、優しい兄たちや家族に囲まれ、侯爵令嬢として周囲に尊重され、王家にも望まれ……ユージェニーの人生はまさしく人が羨むような、順風満帆そのものだ。

その上、政略結婚をした相手は誠実で、夫となる人にも恵まれたと彼女は幸せであった。

しかも婚儀を挙げてすぐ、一年も経たずに懐妊したのだ。

めでたいことだと当時王太子であった夫も飛び上がる勢いで喜んだ。

性別など関係ない、まずは健やかな子であってくれればそれでいい。夫婦でそう願った。

そうした幸せの中で生まれた長子は、女児だった。

まるまるとしたその子の健やかさに、誰もが喜んだ。

王太子夫妻は、娘を慈しんだ。その姿を見て誰もが笑顔になった。

夫婦仲は大変よく、程なくして第二子が宿った。

第二子である女児が生まれた時も喜びに満ちたが、直後に悲しみが国中を覆う。

当時の国王が突然病に倒れ、そのまま崩御したからである。

とても国民に愛された王だった。王太子夫妻も悲しみに暮れた。

そして王太子夫妻は新国王と、王妃となった。先王の突然の死に民の悲しみは深く、そして先王が優れた王であったがゆえに彼らに向けられる期待は大きく、重くのし掛かるようであった。

これまでも王太子とその妻として公務はあった。

常日頃から政務に追われ忙しくしていたし、先代の王妃は早くに亡くなっていたためその分の公務も彼らが担っていた。

王の補佐をし、十二分に国政を理解していると思っていた彼らは、国王夫妻としてより忙しくなった。民と、重臣たちが見ているのだ。

何かあれば先代と比べられることに苦笑しつつ、臣民の期待に応えるのは骨が折れる。

期待され応えれば、その次を求められる。終わりのない日々の始まりでもあった。

そこに『次こそ男児を』と望む声が大きくなる中、ユージェニーが第三子を宿した。

王妃として今度こそはと彼女も意気込んだ。

だが生まれたのは、とても美しい女の赤ん坊だった。

そのユージェニーの落胆に寄り添ってくれたのは、アンナだった。

アンナは常にユージェニーの隣にいて、彼女のことを王妃としてではなく乳姉妹として、ずっと陰から支えてくれていた、それにどれほど救われたことか。

ユージェニーにとって、アンナはとても、とても大切な人間であった。

「ね、アンナ。もういい加減に機嫌を直してちょうだい！　貴女を信頼しているからこそ、あの子につけたのだし……今からでもあの子の元に行きたいと言ってくれるその気持ちは嬉しいけれど、それは状況的に厳しいのよ。わかってくれるわよね？」

「わたくしの言葉など、妃殿下には届きませんでしょう。あの方に寄り添って欲しいとあれだけわたくしが申し上げても、聞き入れてはくださらなかったではありませんか」

「もう、アンナ、どうしてそんな……」

「どうしてと仰るのですか？　今更になって？」

フッと冷たく鼻で笑いながら目も合わせない乳姉妹に、ユージェニーは怯んだ。

いったいこの乳姉妹はいつから自分に対してこんなに冷たい態度をとるようになったのか、彼女には皆目見当がつかなかったからだ。

末娘の嫁ぎ先に自分の勘違いでついて行かせられなかったことや、現状を鑑みて向かわせることができない今の状況に不満を抱いているとばかり思っていたが、そうではないとようやく気づく。

そういえば末娘が嫁ぐまで、彼女と話をする機会もなかったような気がする。

ユージェニーの元に戻ってきてからずっと、何を言おうと反応が薄く、態度がおかしかった。

（いったい、どうして？）

サマンサを産んだ頃は、実家の侯爵家にいた頃と同じように親しかったはずだ。

ではその後か。そうなると、双子を出産してからか。

ユージェニーはアンナの態度に動揺しつつも、原因を探るべく記憶を辿る。

第四子に待望の男児が生まれた。それに続けて、第五子に女児も。

可愛らしい双子だった。

誰もが望んだのは、男児の方だった。生まれながらに王太子として望まれた長男。

出産で疲れ果てたユージェニーの目には、マリウスの存在がなによりも輝いて見えた。

この子は何を置いても守らねばならない。望まれた子だ。

ユージェニーにとって、もう続けての出産は厳しいと感じ始めていただけに嬉しかった。

（あの子はきっと、わたくしのために来てくれた子なのよ）

元より一夫一妻制の国だ。簡単には側室を迎えることもできないし、したくない。

だから期待に応えてくれるように生まれてきたマリウスが、いっとう愛しく感じた。

別にもう一人の子に対して、何か思うところがあるわけではない。

ただ我が子とはいえ、男児に対して思い入れがあったからどうしても少し、差が出ただけだ。

（アンナには、もう少しだけ双子を平等に扱うべきだと苦言を呈されたこともあったわね……）

だが王妃の立場から見ると、たった一人の王太子になるべき王子と、言い方は悪いがすでに上に三人いる姫は平等ではないと思うのだ。

少なくとも、ユージェニーの中ではそうだった。

なにより、マリウスの誕生によって全てが上手く行き始めたのだ。

それまで宙ぶらりんだった長女と次女の婚約がまとまった。それもあの子たちが好意を寄せている相手とだ。しかもそれが筆頭公爵家と騎士団長とくれば、後ろ盾としても遜色ない。

三女は美しさもあって心配せずとも引く手数多であるし、普段は王室に対して良い感情を抱いていない貴族たちまでもが男児の誕生で王室は盤石であると認識し、従うようになった。

待ち望んだ男児は、ユージェニーだけでなくみんなに幸せを運んできてくれたのだ。

それに反するように、末の娘は誰からも疎まれた。

古い言い伝えを信じる人々からすると双子は不吉。しかも片割れがめでたき男児だったからこそ末娘は不吉の証のように見られてしまったのかもしれない。

もとよりユージェニーは、そのようなことを信じてなどいなかった。当然のことだ。

双子はどちらも彼女にとって愛しい我が子。

ただ、彼女は王妃として息子の教育に力を入れなければならなかった。

そのため、末の娘には目が行き届かなかったと言わざるを得ない。そのことについては申し訳ないとユージェニーも思っているが、それでも当時はどうしようもなかったことだ。

だからこそ、彼女の乳姉妹であるアンナを末娘の侍女にしたのだ。

せめてもの母としての愛だった。

「でもね、あの子はこれまで我が儘だったじゃない。だから仕方のないことだったのよ」

長男に比べると、四女はどうしようもなかった。

双子で生まれてしまったからこそ、余計に目についたとも言えた。

少なくとも、ユージェニーにとってはそうだ。

完璧な王太子と、不出来な第四王女。

人々が比べれば比べるほどに、母としてどうしてよいのかユージェニーにはわからなかったのだ。

どうしてこうなったのだろうと何度頭を痛めたことか！

「妃殿下には、何も響きませんでしょう」

乳姉妹であるアンナを、ユージェニーは誰よりも信頼していた。

当時、娘の教育について頭を悩ませていたことをアンナは知っているはずだからと頼りにした。

頼り切りにしてしまったことについては、反省している。

だからといってそこまで非難されることだろうか。

ユージェニーはグッと胸の内で高まる不満を噛み殺すように、唇を引き結ぶ。

（……確かに、アンナからの進言を適当に流してしまった咎は、わたくしにある）

アンナからは報告がいくつもあがってきたが、彼女が傍にいれば大丈夫……そう軽く捉えて、当面そのままでと侍女頭に言っているうちにアンナが姿を見せることはなくなっていた。

少しだけ気がかりではあったけれど、王妃として、ユージェニーはとにかく忙しかった。

第一王女と第二王女の結婚式、外交、国内の問題。

国内貴族たちの派閥を取りまとめるための社交、それから寄付や施設を巡る慈善事業。

当然のことだが、国王の補佐だってしなければならない。

王子を産むだけが王妃の務めではないのだ。

男児を産んだ誉れ高き王妃、ではなく、賢妃と呼ばれるべく彼女は奮闘していた。

娘たちが、できる限り手伝ってくれたのが救いだった。そのくらい忙しかった。

第三王女が隣国の王太子に望まれて、そちらの教育も併せて行わなければならなかった。隣国に嫁がせて、教育が足りないなどと言われないように。

もちろん、次期国王たる息子にも多くのことを望んだ。

だからこそ、マリウスには母親としてもできる限り寄り添った。

(全ては、パトレイア王国のためなのよ)

だがそんなユージェニーの気持ちとは裏腹に、上手く行かないのが第四王女の存在だった。

多くの侍女をつけ、侍従をつけ、必要なだけのものは揃えたはずなのに届く報告は悪いものばかり。ただでさえ忙しい中でそんな話しか聞こえてこないというのに、愛情を保つのは難しい。

「だってそうでしょう⁉　やれ教師を替えろだの、ドレスを買い換えろだの……！　他の子たちはそんなことがなかったというのに、あの子だけ！　王女なのだから我が儘は控えさせねばならない、あれは躾だったのよ？」

そうだ、ユージェニーは別に末娘を無視していたわけではない。直接育てていないだけだ。

他の王女と同じくして教育を施し、ドレスだって与えてきた。

王妃として忙しかったので直接それらを確認しに行ったことはないが、それでも他の子どもたちと遜色ないだけの扱いをするよう告げておいたはずだ。

それなのに不満を言うのは、おそらく構って欲しいあまりの幼い行動だったのだろう。

だとすれば末娘のことを哀れに思うが、ユージェニーは王妃として、娘には立派な王女になってもらいたいからこそ毅然とした態度をとったつもりだった。

しかし、アンナはそんなユージェニーに冷たい一瞥をくれるだけだ。

「わたくしの目から見れば、あれはただの虐待でございました。ゆえに、何度となく妃殿下にお目通りを願い、そして嘆願書を送らせていただきましたが、一顧だにしていただけなかったようで。そのことが今回のお言葉で、よくわかりました」

「……えっ？　アンナ？」

「妃殿下はこのアンナを信頼してくださっていた、そう思っておりました。そう、信じておりました。……ですが違ったようですね」

大切な乳姉妹の目が、もはやなんの情も宿していないことにようやくユージェニーは気づいた。冷たいなんてものではない、ただの空虚だ。

「わたくしがあの御方に同行することを阻んでいらしたのは他でもない、妃殿下であることはすでに侍女頭から伺っております」

「そ、それは……他の侍女をつけてあげるつもりだったのよ！　でも侍女は一人もと文官が読み間違えて！」

「弁明は結構です。つまり、妃殿下はご息女の結婚に関する書類も直接確認なさっておられず、わたくしの願いを退け、知らぬ振りを続けておられた。それが全てにございましょう」

四女を嫁がせる際に、あの子には『アンナだけでも連れて行けないだろうか』と相談されたことをユージェニーは黙っていた。

それは王女の我が儘だと、そう思ったのだ。あの時は。

嫁ぐにあたっての人員、荷物、それらについての指示責任者は王妃とこの国では定められている。

だから王妃として指示を出した。それだけだ。

それがどう間違って、侍女の一人もつけずに……なんてことになったのかはわからないが、書類を確認する文官に誤りがあったとしかユージェニーには言いようもなかった。

失態には違いないと非難については甘んじて受け入れるつもりだが、それでもユージェニーは自身が王妃としての責任はまっとうしていると自負していた。

(あくまで、王妃としての立場を貫いただけなのに……どうして伝わらないのかしら)

ユージェニーだって親友で、姉妹同然のアンナにそろそろ戻ってもらって話を聞いてもらいたかったというのに。まさか末娘が連れて行きたいと言い出すとは思いもよらなかったのだ。

アンナに甘えるばかりの我が儘娘だと、あの時は腹が立って許せなかった。

狭量だと言われればその通りであった。

隣国との小競り合い、責任、賠償、その他諸々……王妃として日々対応に追われるあまりに少々、嫁ぐ娘をぞんざいに扱ったことは彼女も認め、反省している。

(アンナはきっと、長くあの子の傍にいたから情があるんだわ。優しいものね)

ユージェニーは手に持っていた扇子をグッと握りしめ、精一杯の朗らかな笑みを浮かべる。

かつて互いになんでも言い合えていた頃をアンナに思い出してもらいたくて。

「な、何も意地悪がしたかったわけじゃないの。あの子ったらアンナを親代わりに思っていたでしょうし、それなら親離れも必要でしょう……？　これは良い機会だと思って……」

「妃殿下。あの方の名前を、覚えておいでですか」

「……え？」

アンナに問われ、ユージェニーは咄嗟に声が出なかった。

すぐに末娘の名を問われていると気づき〝ヘレナ〟だと言おうとしたが、上手く声が出なかった。何故だか、自信が持てなかったのだ。

名付けは、夫である国王が行った。

その名を聞いて、彼女も賛成した。だから、当然知っている。

だけれど記憶にあるその名前で本当に正しいのか、自信が持てなかったのだ。

そんなユージェニーの姿を見て、アンナは小さく息を吐き、頭を下げる。

「このように反抗的な侍女はパトレイアを代表する貴婦人の傍らに値しません。どうぞ、暇《いとま》をいただけますよう」

出て行くアンナを呼び止めたかったのに、ユージェニーは何も言えなかった。

ただ伸ばした手だけが行き場を失い彷徨って、そして力を失ってだらりと垂れる。

(どこかで何かを間違えてしまった。そんな気がする)

乳姉妹に突き放されてようやくそれに思い至ったが、どうしていいのか彼女にはまるでわからなかったのだった。

第二章　幸せな離れ暮らし

旦那様は、どうやらとても誠実な方らしい。

何故なら、私の願いがすぐに叶えられたからだ。

花嫁の願いとはいえ、押し付けられた相手の希望を叶えてくれるなんて良い人だ。

そうすることで彼にとってもメリットのある話だから当然なのかもしれないけれど。

といっても、さすがに結婚式翌日から離れに花嫁を追いやったとあっては外聞が悪いとのことで、最初の一週間は客室暮らしをさせてもらったわけだけど……。


今回の結婚に際し、私は期待なんてものはこれっぽっちもしていなかった。

だからこちらの要望に対して、ある程度、雨風を凌《しの》げる程度の建物を与えてもらえればそれで十分だと考えていたのだけれど……あちらは違うようだ。

どうやら私が過ごしやすいようにとあれこれ調えてくれたらしい。

それは物音や行き交う人々の声でわかった。

(なんだか、申し訳ないわ)

そうして完成した離れは、とても充実していた。まるで別荘のよう。

素敵な茶器も、新鮮な食糧も十分に用意されていた。

内装は落ち着いた雰囲気のもので揃えられ、寝具も新品で綺麗なものばかり。

衣服は王城内で与えられていた華美なものとは異なり素朴でどこか実用的なものだけど、とても可愛らしいデザインの刺繍が施されている。そのデザインも素敵だけれど、なによりドレスなのに一人でも着られそうなことがとても嬉しかった。

(誰かに世話をしてもらわなければいけない服だと、余計な手間をかけさせてしまうだろうし……

私のような悪名高い女を相手にするのも、きっといやよね）

トイレもお風呂もあるし、私が暮らすために急いであれこれ調えてくれたのかと思うと申し訳なく思うのと同時に、とても嬉しかった。

『朝と夜に貴女の身支度を手伝う侍女を寄越す。食事は一日三食運ばせるつもりだが、必要なものがあれば随時伝えるように。……わたしに用がある場合も、そのように』

旦那様が仰ったように、朝夜と仕度を手伝いに侍女が来てくれる。

食器の上げ下げの他に、私の着替えや髪結いなどの仕度をしてくれるけれど……特に誰かに会うわけでもないので、基本的にはいつも似たような感じになる。

侍女と別段言葉を交わすわけではないので親しくなることもないのだけれど、きっと私は尽くし甲斐のない女主人に違いない。

（本来なら辺境伯夫人の世話ができるということは、彼女たちにとって栄誉なことであるはずなのに……本当に申し訳ないわ）

そもそも、旦那様に昔から仕える人々にとって私は厄介者でしかないかもしれないけれど。

政略結婚とはいえ、館の人々に旦那様が尊敬されていることは離れに移り住むまでの短い間で十分に理解できたほどだ。

だから、使用人たちはきっと私にいい感情は抱いていないことだろう。

（一人で着られるような衣服を用意してもらったら、彼女の手間も省けるかしら）

それとも、それも我が儘になってしまうだろうか。

ちらりと視線を侍女に向けてみるが、彼女は私の方を見ておらず、淡々と掃除をしていた。

私の元に来る侍女は、寡黙だけれど仕事をテキパキこなす女性だ。

名前はアンナというらしい。

国元で私の世話を担当してくれた侍女もアンナという名前だったので、懐かしく思った。

(ああ、私……人並みに、寂しかったのね)

故国にいるアンナを思い浮かべて、彼女の声を、顔を、忘れてしまわないようにもう一度大切に、大切に彼女と過ごした時間を思い出す。最後まで彼女は親切だった。

いつかは忘れてしまうかもしれないけれど、私に親切にしてくれた数少ない人だったから。

せめて遠くにいる彼女の幸せを祈るためにも、少しでも忘れてしまわないように。

(結局……私は、また一人になってしまった)

この土地で〝悪辣姫〟の名が知られていても、私個人を知る人は誰もいない。

そのおかげで少しだけ息がしやすいのと同時に……少しだけ寂しい。

だから、子どもが欲しいと思ったのだ。血を分けた我が子が。

勝手な願いだと自覚はしているが、それでも寂しいこの身を慰めたかった。

両親や姉兄が悪いとは思わない。きっと仕方がなかった。

(でももし、子を授かることができたなら)

私の時みたいに寂しい思いはさせず、大事に大事にしようと思った。

だからこそ、旦那様にあんなことを言ったのだ。

あの時私が『白い結婚を貫こう』とそう提案したなら、きっとあの方は了承してくれただろう。

その方が、旦那様の恋しい人も苦しい思いをしない。それでも私の提案を受け入れてくれたのは、やはり政略的な意味合いなのだろうか。それとも同情だろうか？

（本当に、私は我が儘ね。妃殿下の仰る通りだわ）

故国を出る前にアンナを共に連れて行くことが可能か尋ねた折に妃殿下からそう言われたことを思い出して、そっと目を閉じる。

普通に考えたら、姫が嫁ぐにあたって侍女が一人もついてこないなんて異常だ。

いくら政略結婚であろうと、今回のような話は聞いたことがない。

私はあまり世情に明るくないけれど、きっとこれは世に言う人身御供みたいなものなんだろう。

人質は人質だけれど……いつでも捨てることができる、そんな存在。

そもそも私に、捨てるだけの価値すらあるかどうかも怪しいけれど。

（……ここは、王城にいた頃よりも庭が近い）

私は、ただ何もせずぼんやりと外を眺め続ける。

これが私の日課だ。パトレイアの城にいた時と、何も変わらない。

私はただ息を潜めて、ただそこにいるだけの人形であればいい。

特別生きたいと願っているわけではないけれど、死にたいとも思っていない。

（そもそも、私の命は私だけのものではなく、王家の所有物で……今は旦那様のものということでいいのかしら？）

わからないが、とにかく私のものではないことだけは確かだ。

何かを求めるから、辛くなる。

何かを失うから、泣きたくなる。

それならいっそ、最初から何もなければいいのだ。

それが十八年生きてきて、私が導き出した答えだ。

「奥様」

「……どうしたの、アンナ」

「旦那様が、今晩お渡りになると」

「そう」

閨を共にしたのは、今のところ初夜のあの一日だけ。

子ができるまで関係は続けると約束したものの、月に何度という約束はしていなかったし、その後は旦那様が忙しいということで、顔も合わせていなかった。

（きっと恋人さんのために尽くしていたに違いないわ……本当に、申し訳ないわ）

そんな愛し合う二人の仲を裂くだなんて、本当に私は〝悪辣な〟姫なのだと思うとおかしな話だ。

私は望んでそうしたわけではないのに、結果としてそうなのだから！

それでも律儀に私とベッドを共にしてくれるであろう旦那様に、私もきちんと応えるべきだろう。

「アンナ、旦那様がお渡りになる前に湯浴みをしたいわ」

「かしこまりました」

久しぶりに会うのだ。

とりあえずは身綺麗にして、この離れでの暮らしについてお礼を言うべきなのだろう。

私はまた、庭に視線を向ける。

今日は、いつもよりも時間が過ぎるのが早く感じた。

不思議なことにその夜から、週に何度も旦那様はお渡りになった。

『別に、わたしがいつここに来ようがわたしの自由だろう』

そう旦那様は仰ったし、確かにここは旦那様の家なのだからその通りなのだけれど。

私としては、それがいいことなのかどうかも判断ができない。

とはいえ、共寝はしても夫婦の秘め事を毎度するわけではなくて……ただ静かに言葉を交わして、近況を尋ねてといった感じだろうか。

私を疑っているのかとも思ったけれど、逆に申し訳なくなるくらい代わり映えのない穏やかな暮らしをさせていただいていることを毎回感謝するくらいしかできない。

そして、その度に旦那様は『そうか』と困ったようなお顔をなさるだけだった。

けれど……その微妙な空気が流れる時間も含め、私にとって、それがとても心が凪《な》ぐような、くすぐったい時間となったのだ。

(旦那様には恋しい方がいらっしゃるのに)

こうして私との約束のためだけに時間を割いてくださることを、これ以上喜んではいけない。

だけれど、旦那様は夜だけではなく少し時間的にも早い夕暮れ時からいらっしゃることもあって、その時は翌日の昼まで私の傍らで過ごしてくださるのだ。

ただ子を生すためだけの関係のはずなのに。まるで本物の夫婦のようではないか。

私が健康でなくてはいけないから、夫婦として食事を共にするのも大事だ、なんて。

（……なんだか想像していた暮らしと違うわ。こんなによくしてもらっていいのかしら）

私は歓迎されざる花嫁ではなかったのだろうか。

一度気になって、恋人さんは大丈夫なのかと問うたらなんとも言えない顔をされてしまった。

どうやら触れてはならない話題らしい。

その夜も、旦那様は私と共に食事をとろうと訪ねてこられた。

そしていつものようにその日あったことを話していると、ふと会話が途切れる。

「……それで？　何か思いついたか？」

「えっ？」

「次に来るまでに考えておけと言っただろう。欲しいものはないのか？」

「……特にはございません。よくしていただいております」

旦那様は、顔を合わせる度に私に必要なものはないか聞いてくださる。

大変思いやりに溢れる方だと思う。

でも問われれば問われるほど、私は困惑するばかり。

「……アンナから、日中何もせずに庭を眺めて過ごしていると聞いた」

「申し訳ございません。もしや辺境伯夫人としてせねばならない責務がございましたでしょうか？

であればお申し付けくだされば、できうる限り努力させていただきます」

「そうではなくて！　……いや、領地のことを知ってもらう必要は、確かにあるんだが……」

穀潰しになってくれるなと、パトレイアの国王陛下もよく仰っていた。

きっと陛下と同じように、旦那様も私がただ庭を眺めて過ごしているだけで役に立たないことが気になるのだろう。

王女として、最低限の教育は施されているけれど……社交をしたことはないし、領地の運営にも携わったことのない私に何ができるだろうか。

旦那様は大きなため息を吐いて、その日は去って行った。

(……呆れられてしまったかしら)

役立たずな妻でとても申し訳ないと思ったけれど、私が勝手に行動してご迷惑をかける方がいけないだろうとその日も庭を眺めて過ごした。

少しだけ、胸が痛む。

痛みの理由については、考えないようにした。

❀　❀　❀

「おはようございます、奥方様。私めの名前はイザヤと申します。以後お見知りおきを」

「……イザヤね、覚えたわ。ところでそちらの荷物は何かしら」

「こちらは奥方様に目を通していただく領地の資料にございます」

「資料……」

ああ、なるほど。

昨夜に旦那様が『領地のことを知ってもらう必要がある』と仰ったものね。

早速その手配をしてくださったのかと思うと、これはきちんと学ぶべきだと私も姿勢を正す。

「資料の見方はご存じでしょうか？　おそらくパトレイア国と差異はないかと思いますが」

「……ええ、一応大丈夫だと思うわ」

「では、わからない点などございましたら適宜お聞きください。私めはこちらに控えております」

「わかったわ」

とはいえ膨大な量だ。

どこから手をつけたら良いものかと思いつつ、積み上げられた書類綴りの一番上を手に取る。

ぱらりと捲《めく》りつつ、自分がこれまでに学んできたものとそう大差ない情報がいくつか出てきたことにそっと、胸を撫で下ろす。

（これは領内の治水記録ね……こっちは作物の税率変動かしら。他にも水産や獣の加工産業もあるのね。モレル領は資源が豊かなんだわ……）

税収に関して詳細な資料がないのは、あえてなのだろう。

そんなことを思いつつ顔を上げると、イザヤが私をジッと見ていることに気がついた。

「……イザヤ、いくつか聞きたいのだけれど」

「はい」

「ここにある資料はここ最近のものなのかしら」

「はい。ここ三ヶ月分のものになります」

「そう……モレル領の地図は？」

「こちらに」

イザヤは少しだけ瞬きをしたかと思ったら、にこりと笑う。

笑うと彼は随分と雰囲気が変わるのだなと、ぼんやりとそんなことを思ったのだった。


イザヤは私の質問に、なんでも答えてくれた。

モレル領の成り立ちや領主と領民の関係、辺境地として求められていること、そしてパトレイアとの関係性までも。

とてもわかりやすい説明をしてくれる上、いくらでも質問することを許してくれた。

「……失礼ながら奥方様は大変、理解力がおありで……その、想像していたよりも」

「ありがとう」

「そういえば、こちらの国の言葉も堪能ですね」

褒められて少しだけ嬉しかった。

そう、パトレイアとディノスは言語が異なる。

パトレイアでは大陸の共通語を国語に指定しているため、王都で暮らすならそれでも十分なのだろうけれど……他国と隣接した土地では、地の言葉を使う人が多いと学んだことがあるのだ。

特にディノスは自国の文化を尊ぶので、大陸の言語とは別にディノス語を使う人も多いと聞く。

パトレイアと小競り合いも多い土地であれば、ディノス語を使う方が反感を買うことも少ないのではと学び直しておいたのだ。

まあ、逆にパトレイアの姫に自国の言葉を使われたくないと思う人もいるかもしれないけれど。

「……言語学だけは、得意だったから。教師が優秀だったおかげでしょうね」

「さようですか」

王族ならばこの程度できて当然だとほとんどの人が言うかもしれない。

実際、パトレイアでは私に向かってそう言う人がほとんどだった。

でも言語学は、私にとって唯一誇れることだったと思う。

教師たちは常に私を見下した。

（姉様たちやマリウスは何をやらせても優秀なのにって、よく言われたもの）

時に抓《つね》られ、叩かれ、自分がいかに愚かなのかを突きつけられるのは苦しかった。

その中で出会った言語学の先生は他の姉兄と私を比べることもなく、努力をすれば褒めてくれる人だった。そんな先生の下で学び、自分に少しだけ自信が持てたことから、合わない他の教師たちを替えて欲しい、特にダンスの先生だけは替えて欲しいとお願いして叱られたことも同時に思い出してしまった。少しだけ胸が苦しくなる。

「まるでこの国で生まれ育ったかのように流暢ですとも」

「……ありがとう、そう言ってもらえると嬉しいわ」

「これなら、アレンデール様と一緒に視察にも行けますね」

「え？」

「領主夫妻が仲睦まじい様を領民にも見せていただけると、彼らも安心できるかと思う次第でして。開拓地ゆえなのですが、地元の人間は内陸部から移り住んできた者も多く、ディノス語しか話せないことが多々ありますので……」

「ああ……そうよね。でも旦那様に迷惑をかけることにならないかしら？」

「え？」

「いくら政略結婚だと理解してくれているにしても、私と夕餉《ゆうげ》だけじゃなく視察などを共にすれば、どうしたって人々の目にはきちんとした夫婦に見えてしまうのではなくて？　それを耳にした恋人さんの苦悩を思うと、心苦しいわ」

領民は今回の件をどう受け止めているのだろう。

本当の恋人がいるなら、領民としてはその人と領主の幸せを願っているのではないのかしら。

イザヤが言う通り領主夫妻が視察に出ること自体は珍しい話ではないと思うし、むしろ、当然のことでしょう。

だけれど私たちの場合はあまりにも状況が特殊だから。

ところが私の言葉に、イザヤは困った顔を見せて口ごもってしまった。

その様子にハッとする。

「……イザヤに言われても困るわよね。視察の日程が決まったら教えてもらえるかしら。その日は、きちんと領主の妻として恥ずかしくないよう、仕度をするから」

「……いえ」

主人の恋愛事情を容易《たやす》く口にする部下などいるわけがない。

まったくこれだから世間知らずはと思われてしまったかもしれない。

実際その通りなのだから、困ったものだと自分でも思う。

(早く、子を身ごもればいいのに)

まだ何も宿っていない自分の薄い腹をそっと撫でる。

ここに命を授かったなら、全てが解決する。

私の寂しさも、恋人さんが苦しい想いをすることも、きっとなくなるに違いない。

そうしたら、王家に面目も立つだろうし、旦那様は私のところに来る必要もなくなって恋人さんと安心して過ごせるようにもなるだろう。

(……そうなれば、いいのよ)

旦那様が私に触れる手の温もりを、私が欲してしまわないうちに。

◆ ◆ ◆

領地を見て回るのは、とても刺激的だった。

私は生まれてこの方、パトレイアの城から外に出たことがなかった。

婚姻のために移動する際に馬車の窓から見た世界ですら、見るもの全てが新しかった。けれどあの時は兵士たちに囲まれて護送されているようなものだったから、あまり外を見てばかりいるわけにもいかなかったのだけれど……。

ただ、旦那様と同じ馬車に乗らねばならないことが申し訳ない。

お飾りとはいえ辺境伯の妻となった以上、外からの目があるのだから仕方のない話だ。

しかし、このことを耳にした旦那様の恋人さんの気持ちを思うと、胸が痛む。

(私が、子を望んだばかりに)

結婚しただけでなく、閨を共にしている関係。これは、正しい選択だったのだろうか。

王族教育に則るならば、政略結婚として正しいことのように思えるけれど……人としては、よくないことのように思えてならない。

悪名高い高貴な女。それが私。

結婚も貴族の義務の一つとはいえ、旦那様の恋しい人はどんな気持ちで今、彼の帰りを待っているのだろう。本来ならば彼女がいるべき場所を掠め取った私のことを、憎んでいるだろうか？

せめて私が子を望まず白い関係のままであったなら、彼女の溜飲も下がったのではないか。

そう考えると自身の我が儘が人を傷つけているのだという事実に、思わずため息が出る。

「どうした？　疲れたのか？」

「あ、いえ……申し訳ございません。弛んだところをお見せいたしました」

「いや。貴女は王城から滅多に出ることもなかったと聞いている。遠方に嫁いだだけでも心労が酷いだろうに、何もない土地を見て回るのはやはり退屈だろう」

「いいえ、そんなことはございません」

視察先に国家間の諍いがあったばかりの国境付近ではなく穏やかな土地を選んでくれたことくらい、いかに未熟な私でも理解できた。

そして私がどこ出身の女であるかを知っていても尚、行く先々の領民は普通に接してくれる。

なんと心温まることだろうか。

土に触れることも、作物を手にすることも、民と手を重ね言葉を交わすことも、今までの……パトレイアにいた頃の私には、一切許されなかったことだ。

きっと旦那様が一緒だったから、領民たちも受け入れてくれたのだろう。

それでも、嬉しかった。

『あんれまあ、奥方様がこんなところにまで来てくれて嬉しいですよう』

私の悪名を知らないからかもしれない。それでも心が温まる。

『土に触れるのはお嫌でないですか？　ありがたいことです』

見せてもらい、触れさせてもらったのはこちらなのにお礼を言ってくれた人もいた。

『あそこにある作物は今年は特に良い出来で、きっと領主様の館に届けるとお約束いたします』

作物片手に誇らしげなあの人は、本当に楽しそうだった。

彼らは私を『奥方様』と呼び、恐れ多いと言いながら、声をかければ嬉しそうに笑ってくれた。

（何もかも、旦那様が慕われる領主だからこそだとわかっているのに……）

彼らは笑みを見せてくれたのだ。

こんな、私に。

「ただ、気になることがございました。この辺りは緑豊かと聞いておりましたが、少し土地が痩せ始めているように思います」

「え？」

「土地のご老人も『最近、土の感触が違う』と言っていましたが……」

「ああ、さっきもそんなことを言っているご老人がいたな。……確かに館の方にもそういう報告は来ているが、収穫量に変化はないし、これといって異変は見られない」

「さようですか、では……いえ、差し出がましいことを申しました」

老人の言葉にふと、かつての教師の一人が教えてくれたことを思い出したが、座学しか経験のない私の言葉になんの意味があろうか。

そう思って謝罪の言葉を口にする。

（そうよ、私は無駄なことを言いがちだから黙っていろと、よく叱られたじゃない）

サマンサお姉様にも言われたわ、何を言ったっておまけの私に、何ができるはずもないと。

まったくもってその通りだ。

私が座学を修めようと、ダンスを極めようと、陛下と妃殿下には何も響かなかったではないか。

誕生日には私が過ごす部屋に贈り物が申し訳程度に積み上げられ、公式行事の間だけ家族と共に並び、そして誰もが兄を称える姿を後ろから見る。

それが私の立ち位置だ。

ここでだってそれは変わらない。

（本来この場所にいるべきは、旦那様の恋人さんなのよ。勘違いをしてはいけないわ）

つい、周りが親切だから、気が緩みすぎていたに違いない。

今一度、しっかりと自分を戒めなければ。

「何か気になることがあるなら教えてくれないか。こちらでは気づかないこともあるかもしれないだろう？　聞く前から可能性を潰すことはしたくない」

「……申し訳ございません。以前学んだ教師によると、こちらの国の山脈にある鉱石が、水脈に触れると土地を害するという話を聞いたことがございました。ただそれを、思い出しただけで……」

「水脈に触れると土地を害する鉱石？」

「はい、そうです。その鉱石はディノス王国でよく産出されるもので、山間部の岩山などに多いと記憶しております。ただ、モレル辺境伯領にその鉱石が採れる山はございません」

「よく覚えているな。土地のこともそうだが、かつて学んだことまで」

感嘆の声を漏らす旦那様に、私は曖昧に微笑みを返した。

学んだことを褒められるのは嬉しくもあったが、ただその記憶には苦いものが交じるのだ。

とはいえ、今それを告げる必要はない。

「……優秀な、学者が教えてくださったものですから」

そうだ、その人は最初の頃に地学を教えに来た教師だった。

自国のことを教えず他国のこと、それも毒についてばかり教えられた。

その上、毒に関しては体で覚えることができるとそれらを私に舐めさせたりもした。

何度か体調を崩したけれど、実地で教えただけだと言われればそういうものかとも思った。

ただやはりおかしな話だと思い、まだその頃は少しだけ会話をする余裕もあった双子の兄に相談した。そうしたらやはりおかしいということで、教師は変更された。

とても優秀な学者だとは聞いていたけれど、私のことを愚鈍で物覚えが悪いと常に罵っていたところは好きになれなかった。

毒を舐めて効能を覚えろと言ってきたりしたのも、今思えばただ私が苦しむ姿を見て嗤《わら》いたかっただけかもしれない。あの教師の本心はどこにあったのだろうか。

それともおまけでしかない、呪われた双子が邪魔だから排除しようとしたのだろうか。

(まあ……どちらでもいいわ。もう、私には関係ない……)

旦那様は自分が判断するから言っていいと許可をしてくださったけれど、私が言い出したことは普通に考えれば突拍子もない話だ。

そこに暮らしていたわけでもない国外の人間がパッと思いつきを述べたに過ぎないし、本当になんとなく思い出しただけなので、役に立たない情報に違いない。

だって私のような人間でも知っているような話なのだから、他に知っている人が大勢いても、何もおかしくないはずだ。

それなのに誰もそこに行き着いていないなら……きっと、そうではなかったのだろう。

(やっぱり私はあの人たちが言っていた通り、ただの役立たずね)

思わずため息が漏れて、慌てて口を塞いだ。

でもそんな私の行動は、旦那様の目には入っていなかったらしい。何やら考え込んでいる。

「……鉱毒……鉱山？　ああ、いやそうか、そういえば半年ほど前に隣の領で山崩れがあったな」

「旦那様？」

「お手柄かもしれないぞ、ヘレナ」

ぱっと私の手を取った旦那様が笑う。

私に、向けて。屈託のない笑顔を見せてくれた。その表情に思わずどきりとする。

この胸の高鳴りも、旦那様の仰ることも、その意味がわからなくて。

私はただ呆然とその笑顔を見つめるしかできなかった。

❖　❖　❖

「ヘレナの予想は当たっていた」

「……え？」

「鉱毒の話だ。覚えているか？」

「あ……はい。先日、視察の際にお話しした内容でしょうか？」

「そうだ」

なんと旦那様は私の言葉をきちんと精査してくださったのだ。

水と土を検査しても気にするほどではないとされていた数値が、確かに僅かずつではあるが上がっていること、そこに注視して周辺の情報を集めたのだという。

「川に鉱毒が僅かながら含まれていることが発覚したんだ」

その川は漁業や用水路を引くなど、普段から人々の生活に密接したものだ。

微量であったがゆえに見過ごされていたものではあったが、過去の水質検査の数値と比べれば一目瞭然だったという。

その毒について勿論、人為的なものである可能性も含めて調査が行われたのだそうだ。

「結論から言うと自然災害のせいだ。隣の領地に大きな山脈がある。そこがあの川の源流でもあるんだが……つい最近、と言っても半年ほど前か。長雨が続いた時期があって、そのせいで山崩れが起きたんだ」

「まあ……被害は？」

「幸いにもそこは開拓の難しい、手つかずの場所だったそうだ。そのせいで手が回っていなくて発見が遅れたのだから、なんとも言えないが」

苦笑する旦那様だけれどこればかりは誰も悪くないので仕方ない。

山崩れを起こして一度調査は入ったそうだけど、その後の二次災害で鉱毒が流れ出ていたことはその領地でも把握できていなかったのだそうだ。

地元でも健康被害を訴える人がチラホラ出始めていたそうで、今回の調査のおかげで早期に対処できて助かったと感謝されたとのこと。

幸いにもモレル辺境伯領に流れた鉱毒は微量だったから、特に今すぐ何かしなければいけないことはないとのことでそっと胸を撫で下ろす。

「あちらの領が対処してくれたから、もううちの領ですることはない。検査で出た数値程度なら、治療も必要ないそうだが……詳しい対処法について医師数人を派遣して、学んでもらっている」

「それはようございました」

基本的に鉱石の毒は蓄積すると習っている。

今はまだ何もなくても、長期間摂取すれば問題になっていたかもしれない。

何事もなかったのであれば、それが一番だ。

「土地への影響はどうなるのでしょう」

「ああ、そちらも確認したが上流での影響が落ち着けば、自然と数値も収まるそうだ」

「そうですか」

「それにしてもあの土地の老人たちはよく気づいたもんだな」

「本当に……」

畑を直に触る農家の人々だから気づけたのかもしれない。

旦那様が調べてくださったけれど、今回の件は特に領民の健康に被害が及ぶこともないそうなので、そのことに少し安心した。

含まれていた鉱毒が本当にごくごく微量のものだったのが、不幸中の幸いだ。

「ヘレナが気づいてくれたからこそ、早めに調査にとりかかれた」

「もったいないお言葉にございます」

「……まだ本邸に来る気になれないか？」

旦那様が困ったようにそう仰るのは、きっと今回の功労者として労うお気持ちなのだろう。

だけれど、それをそのまま受け入れるわけにはいかない。

私だって自分の立場くらい弁えているつもりだから。

「以前も申し上げましたとおり、どうぞ恋人さんを大事にしてあげてください」

「……いや、そうじゃなくて……ああ、くそ……ッ！　そ、それじゃあ……今回のことで褒美なしってわけにもいかない。欲しいものは本当に何も思いつかないのか？」

「そのように気を遣っていただくことはございません。名前だけとはいえ私も辺境伯夫人。領民に尽くすのは当然のことですし、旦那様のお手を煩わせることはございません」

そうだ、褒めてもらえただけで十分。

だって被害はなかったのだし、山崩れは自然災害だったのだ。

全てが判明したところで誰か悪者がいるわけでもないのに私が褒美をもらうのはおかしいだろう。

「だがそれでは」

「旦那様が褒めてくださいましたもの。私はそれで十分にございます」

「……無欲だな」

「いいえ、私は強欲な女にございますよ」

そう、私は十分に強欲だ。

愛されてもいないのに、誰の役にも立たないのに、こうして妻の座に居座っているのだから。

自身が望んだことではないけれど、それでもそのせいで誰かが嘆いているのは事実。

(お姉様たちのように素晴らしい王女であったなら、まだ旦那様のお役に立てただろうに)

トーラ姉様のように堂々と振る舞える貴婦人として人々を導けたなら。

ミネア姉様のように人々を和ませ縁を繋ぐことができたなら。

サマンサ姉様のようにそこにいるだけで人を惹き付けるような美貌があったなら。

私には、何もない。何一つ持ち合わせていないのだ。

「ですから、どうかお気になさらずに。私はこんな素敵なお部屋をいただいて、日々静かに過ごさせていただいているだけでも十分です」

心からの言葉だ。

この離れで過ごす時間は、とても静かで穏やかで、満ち足りている。

母国にいた頃よりも、ずっと心穏やかでいられるのだからこれ以上のことを望んではいけない。

望んだ通りの生活を手に入れた私は誰よりも我が儘で、そして妻としての役目を碌に果たさない悪辣な女に間違いないのだから。

(だから、これ以上を望んでは、それこそ悪辣が過ぎるというものでしょう?)

必要最低限だけしか求めず暮らすことで、いずれ離縁の時が来た際の心証も違うはず。

それを鑑みて、その時には少しだけでも心付けとして幾分かお金を渡してもらえると嬉しいなんて打算が、そこには含まれている。

勿論、子どもをこの手で育てることを許してもらえたら嬉しいけれど。そうでなくともきっと旦那様なら、たとえ私との間に生まれた子であっても大切に育ててくれるに違いない。

しかし私はこの身一つで放り出されたら、さすがに生きていけないだろう。

（いえ、放り出されるくらいのことを仕出かしたなら、仕方のない話ではあるのだけれど……）

別に自分の命そのものはそう惜しくない。

死にたいわけではないけれど、必要なくなるのであればそうなのかなとも思う。

でも王女という生まれである以上、変なところで野垂れ死んでは旦那様のご迷惑になるとわかっているからそこいらで倒れたなんてことになってはいけない。

追い出されるなら、その前にどこかの修道院にでも身を寄せたいと思ってはいるのだ。

そうしたら旦那様の醜聞にもならないし、我ながら良い案だと思う。

「……そうか……」

だけれど、私の言葉は旦那様が求める答えではなかったようだ。

なんとなくだけれど、肩を落としていらっしゃる気がする。

もしかして、私が悪辣で、嫌な女でなければ困るのだろうか？

だから何かしら引き出そうとしてあんなことを仰ったのかしら？

（ああ、そうか）

離縁の理由に、子が生せないだけでは弱いと思っているのかもしれない。

けれど今すぐ欲しいのかと問われても、私も答えは出せそうになかった。

(……どうしたら、いいのかしら)

こんな時、アンナがいてくれたら相談できたのに。

そう思って、また甘えたことを考える自分に辟易した。

「では、お許しいただけるのであれば、一つ……旦那様にお願いがございます」

「！　なんだ！」

パッと嬉しそうに顔を上げた旦那様に、チクリと胸が痛む。

この痛みは、いつかの別れを期待されていることに対してなのか……それとも、この人の元を去る未来を思い描いては嘆く自分の情けなさからなのか。

私には、やっぱりわからない。

「先日、視察に同行させていただきました途中に教会がございましたでしょう？　もしお許しいただけるのなら、お祈りをしに行きたいのです」

「……いや、そのくらい自由に行ってくれてかまわないが」

「では、馬車を使わせていただいても？」

「それも自由にしてくれ。……そもそも貴女は虜囚ではなく、その、わたしの妻だろう？」

「いやですわ旦那様、仮初めの、が抜けております」

妻というその名称は、真実あなたが愛している、大切な恋人にこそ相応しい。

いいえ、書類上は私が妻で間違いないのだけれど。

(……嫌味に聞こえてしまったかしら？)

私としては、恋人さんに申し訳ないと思うからそう言ったのだけれど……旦那様にはそう聞こえなかったようでうなだれてしまわれた。

（そうね、よくサマンサお姉様にも私は表情が乏しくて、そのせいで生意気に見えるからあまり口を開かない方がいいと言われていたっけ）

でも何も言わないままだと、それはそれでまた誤解されそうだし……。

どうしましょう。誤解はきちんと解いた方がいいのよね？

「あの、旦那様」

「……なんだ」

「私は、確かに旦那様の妻ではございます。ですが本来は……その、旦那様の恋しい御方がお隣に立つべきでしたでしょう？　だから、旦那様が私のことを『妻』と呼ぶのは……その、大切な方が辛い思いをされるのではないかと……」

実を言うとここ最近、旦那様は私に『恋人などいないから安心して本邸にある妻の部屋を使って欲しい』と仰られる。

それはつまり、私という存在が彼の恋しい人との関係を悪化させたに他ならない。

それか恋人さんがとてもよくできた女性で、仮初めとはいえ妻となった私の立場を慮ってそうするよう助言してくれたのかもしれない。

彼とは政略結婚で、その大事さはきっと旦那様もよく理解しているからこそ、私を尊重することで体面を保つという理由もあるに違いない。

それでも、恋しい人との別離は本意ではなかったはずだ。

「……ぐ、う……」

胸を押さえる旦那様は、もしかして具合が悪いのだろうか。

それとも、離れてしまった恋人さんを想って苦しんでいるのだろうか。

まさか私に対しても良心が咎めるあまり、苦しくなってしまったのだろうか。

(旦那様は、優しい方だから)

ああ、そんな。

私なんかのためにそんな辛い思いをなさらなくてもいいのに。

「旦那様、大丈夫ですか?」

「……なんでもない」

「……そうですか」

「今日は、ここに泊まる」

「かしこまりました」

旦那様がお泊まりになるということは、閨も共にするのだろうか。

一朝一夕で子が宿るわけではないし、仲睦まじい夫婦が幾度となく挑戦しても授からないこともあると聞いているから……そう簡単な話ではないのだろう。

でも旦那様もきっと早く私から解放されたいのだろうから、焦りもあるのかもしれない。

そっと、自分の薄い腹をさする。

(早く、私のところへ来てくれないかしら)

ああでも私のような女が母親ではいやだから、来てくれないのかもしれない。

そう思うとやはり白い結婚を貫いておくべきだっただろうかと後悔もし始めたが、もう処女でもないのだし何を言っても遅いことだと謝罪の言葉は呑み込んだ。

「……ヘレナ？」

「はい、旦那様」

泣きたいような気持ちだけれど、涙は一切零れない。

泣いたって、私を案ずる人なんていなかった。

いつの間にか泣き方も、忘れてしまった。

でもそれでいい。

悪辣な姫は、決して俯《うつむ》かないのだ。

そうして嫌われて嫌われて、そっと姿を消すまでがこの人生という舞台での役割なのだから。

（せめて、姫としての矜持を持って）

別れのその日までは、この人に身を委ねよう。

彼を待つ女性には、申し訳ないけれど。

いつかは謝罪の言葉を送ることを許されるだろうか。奪っておいてと詰《なじ》られるだろうか。

（でも、そのくらいは受け止めないとね）

この優しく素敵な人との時間を、私が奪ってしまったのだ。

そう思いながら、私は旦那様から差し出される手を取ったのだった。

そうして旦那様にも許可をいただいて、私はアンナを伴って教会へと足を向けた。

母国もこの国も、基本的には同じ宗教を崇めていることもあって安心して祈ることができた。

見慣れない存在である私に興味があるのか、それとも辺境伯家の紋章がついた馬車が珍しかったのか、町の人々がちらちらと視線を向けてきていたけれど……別に気になるというほどでもない。

「……旦那様はあまり教会に足を運ばれないので、この紋章の馬車が教会に来たことが町の人々にとっては珍しいのだと思います」

「そうなのね」

アンナに言われて頷く。そういえば旦那様は教会そのものは否定しないが神をあまり信じていないと仰っていたことを思い出して納得した。きっとほぼ通っていないに違いない。

確かに、周囲の視線は冷たく蔑むようなものではなく、興味津々と言ったところか。

「アンナ、神父様と少しお話をしてくるから、そこで待っていてくれるかしら？」

「かしこまりました」

この辺りに住まう人々はあちこちから移り住んできた者も多く、この教会は人々が集いやすいこともあって神父様も大忙しのようだった。

「神父様」

「ああ、これは奥方様……ご挨拶が遅れて申し訳ございません。本来ならばわたくしめの方から足を運ばねばなりませんのに、こちらまでおいでいただくとは。この教会を預かるダーウィットと申します。どうぞお見知りおきください」

「ありがとうございます。私こそお忙しい中お時間をいただいて……」

「いいえ、いかなる身分の方であろうと神の前では平等です」

そう、私が訪れることを先にアンナを通して連絡し、少しだけ人払いをしてもらっていた。

私が辺境伯の妻であっても、パトレイア王国出身の、しかも王女であったことには変わりない。人によってはそれを受け入れられないだろうし、それを考えれば余計な問題が起きないようにするべきだ。なにより、私個人が神父様に相談したいこともあったから都合がいい。

ただ……懺悔《ざんげ》をしたかったのだけれど、告解のための部屋はここにはないという。

(私が我が儘ばかりなことに対して、神に許しを請いたかったのだけれど……それもずるい考えだったのかもしれないわね)

この教会は昔からこの辺境地にあって人々の心の支えになっていたらしく、この教会があったからこそ辺境伯の館もその近くに建てられたという話だ。

ダーウィット神父様もこの地のご出身で、つい最近お歳を理由に引退された先代の司教様から志を引き継いで、人々を導くため日々努力なさっておいでなのだとか。

(本当にご立派だわ……)

元々は懺悔を行う場も設けていたらしいのだけれど、辺境の厳しい生活の中で野盗に押し入られ彼らの隠れ場所にされたことがあったため、なくしてしまったのだとか。

辺境の地は資源も多く、とても豊かになる可能性を秘めている。

だけれどそこに至るまでが大変だし、その豊かさを狙う者たちとの戦いでもあるのだと改めて知った。人は希望だけを抱いて生きたいけれど、そう簡単には行かないのだ。

そういう意味で、私はあの離れがいかに快適で、守られた暮らしをしているのかを改めて感じるのと同時に罪悪感を覚えずにはいられない。

(のうのうと、守られて生きているんだわ……こんな、私が)

私よりも価値のある人々が、この町にもたくさんいるだろうに。

それなのに、彼らの生活を脅かす行動をとったパトレイア王国の王女が、ただ王女という立場であったがためだけにこんな厚遇を受けていると知ったら。

「私がよくしてもらっているなんて、申し訳ないわ」

思わずそう零してしまった。

ハッとして口元を押さえて神父様を見ると、とても困った顔をしているではないか。

ああ、失敗した……。どうして心の声をとどめることができなかったのかしら！

「ごめんなさい、神父様。今の言葉はどうか忘れてください」

「……心得ました。それで、懺悔をお望みだったのですか？」

「いいえ、どうかお気になさらないで。それとは別に、神父様に少々お伺いしたいことがあって来たのです。……ああ、その前にこれを。寄進の代わりになりますかしら」

私は神父様に大ぶりの宝石がついたイヤリングを渡す。母国から持ってきた、数少ない私物だ。

おそらく物自体は良いはずなので、少しでも足しになる程度の値がつけば良いのだけれど。

「売り方も存じませんの。お手間をかけて申し訳ないのですが……」

私としては手間をかけさせて本当に悪いと思ってはいるけれど、こんな私が持っていたものでも多少は役に立つと思いたい。

神父様は難しい顔をしていらしたので、こういった形ではだめなのかと心配になったけれど……困ったような笑みを見せつつも受け取ってくださった。なんてお優しいのかしら。

「……このように立派な寄進をなさる奥方様に、神の恵みがありますように。ここを訪れる神の子たちのために役立てるとお約束いたします。それで、この神の僕《しもべ》に聞きたいこととはなんでしょうか？　お力になれればよいのですが……」

ホッと胸を撫で下ろす。

神父様のそのお言葉に、私は少しだけ声を潜めて質問をした。

「ここに限らずですが、この国でも教会は行く当てのない者に慈悲を与え、迎え入れてくださいますでしょうか」

私の言葉に、神父様がギョッとする。

そして周りに視線を巡らせて、大きなため息を一つ。

ああ、まだお若い神父様なのに苦労を背負わせてしまうのだろうか？

一応辺境伯家からは遠い教会を選んで出家するつもりだけれど、私の問いかけはどうやったってその意思があるとわかってしまうものだから。

（もう少し聞き方に気をつけるべきだったんだわ、どうしましょう）

領主の妻が出家したがっているとなれば、それを耳にした神父様にご迷惑がかかることはわかり切っていたでしょうに。

（相変わらず私は考えが足りない……）

教会の教えがある以上、神父様は困っている者がいればそれを見捨てることはできない。

出家を望む人間が、教会を頼る人間がそこにいる限り、彼らはそれを受け入れざるを得ないのだ。

とはいえ王侯貴族の女性が出家するというのは尋常ではないとされているし、それが既婚者で他国の人間となれば話はまたややこしくなることが目に見えている。

（でも離縁された後、母国に戻るのも憚《はばか》られるし……）

兄のマリウスはきっと私が出戻っても迎え入れてくれるだろうけれど、パトレイア国王夫妻は不出来な末の娘が戻ってきても受け入れてくれない気がする。

利用価値がないなら、修道女になるのが一番無難だと思うのだ。

パトレイア王国に戻ってから出家してもいいのだけれど、私の悪評を間近で聞いていたであろうあちらの教会が受け入れてくれるかどうか……また、受け入れてくれたとしてもそこの修道女たちからどう思われるか考えると、こちらで出家したいと思ってしまうのは甘えだろうか。

（とりあえず焦ってもよくないわ）

私はにこりと努めて笑みを浮かべてみせる。

そうだ、結果が出せず止むなく離婚となろうとも、他に理由があったとしても、少なくとも今すぐというわけではないのだから。

「言い方が悪く誤解をさせてしまったようで申し訳ありません。故郷でも、そのような取り組みをする教会がありましたので……この国でもそのようにしているならば、私も個人的に支援などさせていただけたらと思ってお伺いしたのです」

「……さようでしたか。この国に限らず、どこの教会でもそのような取り組みを行っております。支援をしていただければどのような形でも喜ぶことでしょう」

「ありがとうございます。今はまだ嫁いだばかり、婚家に迷惑をかけるわけにも参りませんので、すぐにとはいきませんが……せめて、祈りを捧げることを許していただけたらと思いますわ」

「それはいつなりとお越しいただけたらと。神は敬虔なる信徒を常に見守ってくださいます。奥方様に神もお喜びでしょう」

「……そうであれば嬉しゅうございます」

神父様の手前なんとか取り繕えたと思うけれど、どうかしらね……？

私が出家をしようとしていると報告があがったら、旦那様を困らせてしまうかしら。

それとも、喜ばれるのかしら。

（せめて、辺境伯家にご迷惑がかからないように考えよう）

私はできる限り綺麗に見えるように努めて穏やかな笑みを浮かべながら、教会を後にした。

自分でやれることは少しずつでもいいからこなし、誰にも迷惑をかけないようにするにはどうしたらいいかを考えながら。

❖　❖　❖

さて、定期的に教会に通う理由もできた。

でも手持ちのお金がないから寄付は難しい。

（そうよね、冷静に考えると離縁されたからといって旦那様は立場上、まずはパトレイア王国に戻そうとなさるわよね……）

それなのにこの国で出家するとか一人でちょっと先走りすぎてしまった。

でも神父様には寄付とか寄進をしたいって言ってしまった手前、どうにかして私個人の資産から遣り繰りしたいのだけれど……残念ながら、どうしたらいいのかさっぱりわからない。

（持参金が一応あるはずけれど、それはきっとこの部屋を整えたりドレスを揃えたりするのに使ったはずだわ）

というか、本来はそういうためのものだと思うし、別に使い道について旦那様に問うようなつもりはない。むしろ国同士の問題で迷惑をかけているんだから、私の生活にかかる初期費用についてはどんどん持参金を使っていただきたいと思う。

いくら世間知らずの私でも、そのくらいは当然だと理解しているつもりだ。

ただ結婚後の生活についてはどうしても旦那様を頼らないといけなくなるので、その点ではとても心苦しいのだけれど……何か私でもお役に立てることがあればいいのに。

「……ねえ、アンナ」

「！」

離れでいつものように掃除に来てくれている侍女のアンナに声をかける。

彼女はものすごい勢いで私の方を振り向いた。そこに嫌悪感は見られない。

「はい！　なんでしょうか、奥様」

「……どうかしたの？　なんだか張り切っているみたいだけど」

「いいえ何もございません。それでどうかなさいましたか?」

「旦那様にお目にかかりたいのだけれど、予定を確認してもらってもいいかしら。ごめんなさいね、業務外のことをお願いして」

「いえ! むしろありがとうございます!」

「……?」

どうしてかしら、随分と気合いの入った返事をされてしまったわ……。

私は変な頼みでもしたのかしら。旦那様にお目にかかるのってそんなに大変なこと?

それとも、もしかして私に話しかけられて驚いてしまったのが恥ずかしかったのかしら。

(ああ、そうかも)

そうよね、普段は黙ってひたすら置物のようにジッと座ってばかりの私が突然話しかけたら、誰だって驚くわよね……。

(アンナには悪いことをしてしまったかも)

それに旦那様だって、私から会いたいと言われても困るのではないかしら。

別に不純な気持ちでお目通りをお願いしているのではないけれど、世間の目からすればそう見えてしまうかもしれない。

なにせ私は〝悪辣姫〟。

旦那様と最愛の人との仲を裂いてしまった悪女なのだ。

その旦那様からは何度も『恋人はいない』と言われ続けている。どうやら恋人さんとは別れてしまったようだ。やはりこの結婚が響いてしまったのかしら。

会ったこともないけれど、旦那様の恋人さんには本当に申し訳ないことをしてしまったわ。

(離縁が確定したら、恋人さんに連絡して旦那様との仲を取り持てたら良いのだけれど)

旦那様はお立場ゆえにこの結婚を断れなかっただけで、愛はそちらにあったのだと……そう伝えられたら彼女も許してくれるのではないかしら。

(いえ、私から伝えるのではやはり角が立つわね)

私が望んだ縁談ではないし、邪魔するつもりはなかったといくら言おうと、実際に邪魔をしたのは事実だもの。嫌われて当然だし、どこの目線で話をしているのかと思われても仕方ない。

相手からしたらきっと腹が立つでしょうし……。

旦那様は誠実な方だから、私が何かをせずとも恋人さんには今回の事情をきちんと伝えられていたはず。それでも我慢できずに旦那様たちが関係を終わらせたのであれば、やはり私がでしゃばるのは良くないことなのでしょうね。

(そういえば、最近知ったことなのだけれど……旦那様は普段は自分のことを『俺』と仰るのよね。私の前で気楽に過ごすようになられたのかしら。そうだったら嬉しいけれど……)

いいえ、思い違いをしてはだめよね。

恋人さんとの関係も終わってしまって、きっと自棄《やけ》になられているのだわ。

私に対して必要以上に気を遣う理由がなくなったから、普段通りにしておられるだけのこと。

そもそも身に余るほど良くしていただいているし……怖いと思ったことは一度もない。

(旦那様は普段の気楽な格好でも十二分に素敵な御方だもの。正装で髪を整え、きっちりした服をお召しなのもとても素敵だったけれど……)

どうやら旦那様は本来、楽な格好を好まれるようだ。

これまで私のところに来る際は髪も服もきっちりとされていたけれど、それはきっと恋人さんのために一線を引いた態度を貫いていたからなのだろうと思う。

しかしこうして普段の姿を拝見して、私は親近感を覚えてしまった。

……この感情は、とても厄介だと自分でもわかっている。

(だめよ、いくら惹かれても……旦那様は、私には勿体ない人なんだから)

零れるため息は止められない。惹かれる気持ちも。

だけど私が〝悪辣姫〟として厄介者であることは事実なのだから、旦那様が誠実な方であればあるほど、これ以上私のことでご迷惑をおかけするのは心苦しくなるばかりだもの。

「ヘレナ!」

「……まあ、旦那様？」

そんなことをボンヤリ考えながらまた庭を眺めていると、何故か旦那様がやってきた。

アンナに旦那様の予定を確認してもらいたいとお願いしたのは、つい先ほどのことなのに！

(そんなにだめなことだったのかしら？　本邸に来ないかと仰っていたから、お目通りくらいは簡単に許していただけると思ったのだけれど……)

私が本邸に行くのは周りによく思われないから、自ら足を運んでくださったのかしら。

旦那様は私が立ち上がろうとするのを制して、向かい側に座られた。

どこか嬉しそうに見えるのは、私の気のせいだろうか。

いつの間にか戻っていたアンナが、ささっと旦那様と私の前にお茶を出してくれる。その手際のよさに思わず感心してしまったけれど……。

なんだかいつもよりも豪勢なお茶菓子が出てきたのは、どうしてかしら。

「俺に会いたいと言ってくれたと聞いて、やってきた」

「まあ、それはご足労をおかけいたしました。お許しいただければこちらから出向きましたのに」

でも私を嫌う人たちからすれば、本邸に足を踏み入れられたくないわよね？

だからこちらにわざわざ来てくださったのかしら。

（またご迷惑をおかけしちゃったわ……）

自分でもだめだなあと思ったけれど、とりあえずそれは表情に出さずに済んだと思うし、旦那様は気づいていないと思う。

旦那様は顎に手を当ててブツブツと何かを考え込んでいたから。

「……ああ、その手があったか……！　そうか、それなら本邸に……」

なんだかよくわからないけれど考えをまとめているようなので、少しだけ待ってみる。

しかしいつまでも顔を上げない旦那様に、私も声をかけてみることにした。

「旦那様？」

「ん、ああ、いや。悪い。それで、どうしたんだ？　何か欲しいものができたか？」

パッと顔を上げた旦那様は私が何かを欲しがっていると考えているようだ。

まあ、私が強欲な女だという話をこの方も耳にしているのだから、わざわざ会いたいと言われて
その可能性を考えるのは当然でしょうけれど。

……それに、私がこれから話す内容は確かに私にとって〝欲しいもの〟のことではあるので、あ

ながち間違いではないのかもしれない。

「いいえ。ただ、ご相談したいことがあって」

「相談？」

旦那様が怪訝そうな表情をしているけれど、それも仕方のないこと。

私がどんな我が儘を言うのかと、きっと内心では辟易してらっしゃるんだわ。

本当に、申し訳ない。申し訳なさすぎて、少しだけ胃が痛い気がした。

「私にできる仕事はございませんでしょうか。そして、厚かましいとは思いますがそれに対して給金をいただきたいのです」

「……し、仕事……？」

ギョッとした様子のご主人様は、それでも即座に否定するようなことはしなかった。

少し考える様子を見せているのは、私に気を遣ってのことだろうか。

（まあ突然の申し出だものね、最初から否定されることも想定のうちだったからまだマシだわ）

でもこのままこの離れで何もさせないというのも、きっと旦那様にとっても良くない話だと思う。

他国から来た女を甘やかしているとか、私を幽閉しているなんて噂が出てくる可能性だって否めない。どちらの国からも、というのが面倒くさい問題だ。

だからこれはどちらにとっても利のある話だと、冷静に考えてくださったらわかるはず。

旦那様は怠け者の妻を飼っているなんて周囲に言われなくて済むし、私は寄付用のお金を貯めることができるし、対外的にはきちんとした夫婦の姿も見せられる。

両国を陥れたい人も、旦那様の政敵も、王家の目からも。

これは、お互いを守るために必要なこと。

「なるほど。わかった、ヘレナの希望を叶えよう」

「ありがとうございます。それで……どのようなお仕事がありますでしょうか？」

正直、パトレイア王国にいた頃は公務らしい公務も与えられていなかった。

成人前だからという理由は勿論のこと、私の悪評では逆に王家の恥と考えられていたからだ。

だからというのは言い訳に過ぎないとわかってはいるけれど、自分で望んでおいて旦那様からいただいたお仕事にきちんと対処できるか少しだけ心配だった。

「本邸には来たくないんだよな？」

「え？　……まあ、そうですね」

なんだろう、噛み合っていない気がする。

だけど私は本邸に行くべきではないと思うので、少し考えてから頷いた。

すると旦那様はにこりと微笑んで、アンナを見る。

「アンナ、俺の執務室にある書類をここに持ってこさせろ。全部だ」

「かしこまりました」

「資料その他もだぞ」

「承知しております」

「……え？」

困惑する私をよそに、旦那様は一人満足そうだ。

旦那様の執務室にある書類、それは辺境伯として領内の運営に関するものを中心に、陳情書だったり被害状況を把握するためのものなどだろう、とは思う。

そのくらいの想像はできるけれど、何故。

(どうしてそれをここに？　私に仕事を与えるって仰ったのに……)

少し考えて、なるほど、と納得する。

私が辺境伯の仕事を代理でこなせば、彼は自由時間ができて新しい恋人、あるいは別れてしまった恋人との時間を捻出できるということね！

ならば私ができる範囲で可能な限り、きちんとこなさなくては……‼

これは責任重大だわ。

「ここで一緒に仕事をすればいい。本邸にヘレナが来ないなら、俺が通えばいいだけの話だったんだよな。もう待つのはやめだ」

「え？」

「……何度も言っているが、俺には恋人なんていない。妻はヘレナ、君だけだ」

「そ、それは存じて、おりますが」

真っ直ぐに見つめられると、どうしていいのかわからない。

まるで、旦那様の仰りようだと私だけを妻として、大切にすると言っているみたいで……そんなはずはないのに。

だって私は、嫌われ者の、おまけの……唯一価値があるとすれば、パトレイア王家の人間という立場でしかない〝悪辣姫〟なのに。

(……愛されてみたい、だなんて)

決して……不幸ではなかったと思うのだ。

両親も、姉たちも、兄もいて、彼らの関心が薄かっただけで……衣食住は、足りていた。

飢えることもなければ、寒さにも暑さにも苦しむことはなく、豪奢な部屋が与えられ、病になれば医者が来てくれる環境だった。

（着るものの好みが合わない、食事の量を変えたい、そんな私の〝我が儘〟が王女として相応しくない振る舞いだと叱られただけ……）

学ぶことも許されたし、あくせく働くことを余儀無くされる……なんてこともなかった。

ぼんやり庭を見ていることを、許された……怠惰な姫、だったのだから。

「俺のところに来る手紙の管理と整頓、それから返信の代筆を任せる。ヘレナはこの国の言語について読み書きができたな？」

「は、はい！」

「頼りにしている」

「……は、い……」

どうして。どうしてそんなことを言うのだろう。

旦那様は、私をどうしたいのだろう。

初めて会った時には私のことを嫌っていた様子だったのに。

恋人がいて、お役目を守って、私との距離は……同居人の、それだったはずなのに。

（どうしてそんな優しい目を向けてくださるの？）

「勿論、給金は出すぞ。妻だからといってただ働きをさせるのは趣味じゃないんだ。……というか、辺境伯夫人としての予算があるからそれを自由に使ってもらってもいいんだが」

「……でしたら、こちらの仕事に必要な書類を指定してアンナに持たせていただければ……その、旦那様にご足労をかけることもないと思います」

「俺が君と過ごしたい。来てはだめか？」

「……だめ、という、わけでは……」

知らない。

私はこんな風に言われたことが一度もなかったから。

「そうか」

満足そうに笑みを浮かべる旦那様。

私はどうしていいかわからず、ただ困り果てるのだった。

幕間　若き辺境伯は妻を愛でたくて途方に暮れる

「どうしよう」

「アレンデール、大丈夫か……？」

「どうしようイザヤ。彼女に何度本当のことを告げても信じてもらえなくて辛い」

「いや俺も正直困ってる。何あの人……人ってあんなに諦められるものなんだな……」

「調査報告書の内容も辛い」

「うん、そうだな……」

俺は妻となった〝悪辣姫〟の異名を持つヘレナについて、信頼する腹心のイザヤに調べてもらったわけだが……その報告書が酷かった。酷いなんてもんじゃなかった。

噂は鵜呑みにしない。そう決めていた。

だが火のない所に煙は立たないというし、念のため彼女を離れに住まわせた。

別に彼女を嫌ってのことではなく、彼女を守るという意味でも必要なことだったからだ。

お互いに距離を置くことで冷静に相手を見ることができるのは勿論のこと、パトレイアに悪感情を持つ使用人がいたとしても遠ざけて信頼できる侍女……この場合はアンナを行かせることで、ヘレナを守ることができるからだ。

当然離れとはいえ何不自由なく暮らせるように、あれこれと揃えたつもりだ。

(本当に我が儘姫だってんなら、内装から小物まで、全てに文句をつけてくるだろうし、世話をさせるための侍女も大勢よこせとか、食事の内容がどうとか言ってくると覚悟していたんだけどな)

しかし、そんなことは一切なかった。それこそ、清々しいほどに。

これには驚かされてしまった。

だってそうだろう?

噂の通りほどではなくとも、一国の姫君に対してそこそこの広さがあるとはいえ離れでの質素な生活を強いられ、辺境地のことを知ってもらうのと反応を見る二つの意味で衣服も華美なものはあえて避け、着心地の良さを重視したものを揃えさせた。

加えて侍女はこちらが用意したアンナただ一人、しかも常時ではない。

箱入り娘には到底耐えられない仕打ちをしていると自覚はしている。

それなのに、彼女は満足していると微笑み、文句など一言も口にしない。

正直なところ、俺も本邸の使用人たちも身構えていただけに肩透かしを食らった気分だ。

「むしろ日がな庭を眺めているだけで、何もせず過ごしているってアンナから報告を受けた時は衝撃的だったよな……」

「そうだよな……刺繍とか編み物でもするかって聞いたら辺境家の財産を無駄に使うことはできないって返事があったたって聞いた時は俺も胸が痛んだわ……」

そうなのだ、ヘレナは何も求めない。

贅沢な暮らしも、娯楽も、言ってしまえば些細な喜びすら彼女は求めない。

別にうちを貧乏と侮っているのではなく、彼女は本気で、そう……タチが悪いことに、本当に心の底から『自分なんかが妻になってごめんなさい』と思っているのだ。

一緒に暮らしていない俺でもそこまで理解できてしまうくらい、彼女は自分自身に価値を認めることができず、諦め切っている。

（それも仕方がないと思ってしまうのは、俺が甘いんだろうか）

実際の彼女を見て、噂なんてあてにならないとそう痛感した。

そして極めつきは調査報告書だ。その内容はこうだ。

双子の伝承を笑い飛ばしながら、なんとなく気味が悪いと遠ざけたパトレイア国王夫妻。

勿論そこには、よくない言い伝えを信じる老貴族たちへの配慮ってもんがあったんだろう。だけど裏では大事にしてやればいいだけの話。

そう、あの国は彼女を大事にしなかった。

待望の王子が双子だったために、ヘレナは常に後回しにされた。

王妃はとにかく息子にべったりで末の娘に興味がない。

国王は子育てに興味がないのか、あるいは国政に追われていたのか……そこまではわからなかったが、とにかくヘレナのことは人任せであるということはわかった。

ちなみに双子の兄は現在勉強を詰め込まれすぎてノイローゼ気味、とのことだ。

「は――――、なんなのあの国」

イザヤの言葉に俺も無言で同意する。

表面上は豊かで平和な国だ。平和ボケしているとも言える。

子だくさんで幸せな王家だと思ってたのに、蓋を開けてみりゃびっくりだ！

もしヘレナが本当に〝悪辣姫〟と呼ばれるほどの我が儘王女だったとしても、それは蔑《ないがし》ろにされまくった結果だったんだろうなと納得する勢いだ。

むしろどうだ、実際に俺の目の前に現れたヘレナは我が儘に振る舞うどころか、全てを諦めて、自分はいないものとして扱えくらいの状態だ。

知識もあるし振る舞いも美しい、どこに出しても恥ずかしくない王女様なのに、だ。

初めて彼女を目にした時はあまりの美しさに、この世のものとも思えないその儚げな姿に目を奪われて、冷静になるために神父の方だけを必死に見ていたって言うのに。

そんなヘレナが、俺の『妻』なんだぞ⁉

旦那様って呼んで、俺との子が欲しいって言ってくれたんだぞ⁉

何度閨を共にしたって夢なんじゃないかってくらいこっちは有頂天になるってのに、彼女は自分の価値をそこらの石ころよりも下に見ているのだ。

(……大事にしているつもりなのに)

伝わらない。本当に俺の気持ちが伝わらない。

いや、伝わってはいるのかもしれない。

でも届かないのだ。あまりにも大切にされたことがないために。

恋人はいない、本邸にお前の部屋を用意した、一緒に出かけようと声をかけても『気を遣わなくていい、むしろ迷惑をかけて申し訳ない』って返されるのがこんなに辛いと思わなかった。

恋人に関しては本当にいない。いないったらいない。俺は妻一筋だ!

本邸にはヘレナの部屋だって最初からちゃんと用意してあるのに。

なのに彼女は、俺が彼女を気遣って言っているだけだと心から思っている。それが本当に辛い。

「なんで嘘ついたんだっけか……」

それがなかったら、今よりは関係がマシなものになっていたんだろうか?

最初から『政略結婚だけど信頼関係を築いていけるようお互い努力しよう』って言っていたら、ヘレナともっと親密になれていたんじゃないのか?

(先日なんて、ダーウィットから『お前の嫁、噂を信じ切って出家しようとしてないか……?』とか言われてもう俺辛くて膝から崩れ落ちたんだけど)

幼馴染からものすごい目で見られて俺は本気で落ち込んだ。

これからは言葉だけじゃなく態度でも示そうぜってイザヤと話し合って、週四日は彼女の元に通っては泊まり、他の三日もできるだけ一緒に過ごしているのに信じてもらえない。

ちなみに三日は泊まらないようにしているのは、彼女の体に負担をかけないためだ。

一人の時間だって、きっと欲しいだろうし。

俺も傍にいたら構い倒す自信しかないし。仕事しろってイザヤもうるさいし。

「いや、まさか〝悪辣姫〟ってあそこまで噂になってたのに、こんな実態が待っているとは誰も思わなかったからさあ……」

イザヤが慰めるようにそう言ってくれるが、時間は戻らない。

ヘレナは俺のことを〝恋人がいるのに無理矢理自分を押し付けられた哀れな男〟として見ているし、家族どころか誰からも必要とされていないと思っている。

だから、彼女はどこにも愛着がない。執着がない。

いつどこで、どうなってもいいとそう思っている。

それが、辛い。とにかく辛い。

「……幸せにしてあげたいと、思うんだけどな……」

離れに行った時、こっそり彼女を見た。

切なげな表情でお腹をさする彼女の寂しさを初めて目にして、どうして共寝をしようと提案してきたのかを、察してしまった。

(彼女は……俺に、いいや、俺だけじゃなく全てのことに期待していない。だけど寂しいんだ)

領民と、嫌がらずに接する姿を見た。

穏やかに笑って、現地の農民たちの手を取る姿はとても綺麗だった。

護衛を兼ねた諜報のアンナのことも、気遣ってくれるという。

アンナから、早く彼女のことを助けてやれとせっつかれた。

何もせず、ただ人形のように座って庭を眺める姿は、とても美しいのに……もの悲しい。

「……ヘレナのところに行ってくる」

「おう……」

ヘレナは、うちに嫁いできた。たった一人で。

変な噂を立てられても、ただ王女として凛と立って、前を向いて。

(俺が、家族なのになあ)

出だしを間違えたならやり直せ、そう死んだじいちゃんの声が聞こえたが、そのやり直しの一手が俺には見えなくて途方に暮れる。

初めはこの政略結婚に不満があった。

(そりゃ、押し付けられた結婚だったからな)

俺にとって、この辺境地にとって何の利があるのかと言えば王家に恩が売れた、その程度でしかない。それだって王家からすれば『部下なんだから当然』って話だろう。

幸い先日の、今回の元凶であるパトレイアとの小競り合いの一件で大した被害は出なかった。

領民たちも小競り合いの件は国境付近ということで、ある程度の不満は呑み込んでくれている。

反感がまるでないとは言わないが、現状は特に変化を感じない。

ただ、もしも大きな被害を受けていたなら、領民たちがヘレナのことを受け入れられなかった可能性もあったわけで……。そういう意味では、複雑だ。

ヘレナは姫として生きてきた。何不自由ない暮らしをしていたのも事実だ。

けれど姫としては複雑な立場で、決して恵まれてはいない。

哀れむに哀れむことができない、そんな矛盾を俺は抱えている。

(……でも、気になるんだよな)

別に肌を重ねたから情が湧いたってわけじゃない。

ただ、俺と彼女は縁あって夫婦となった。これは事実だ。

(ヘレナは家族を欲しがっている)

俺に対して『夫』として情を求めてはいなくとも、子は欲しがっている様子だ。

彼女は俺にいつ捨てられてもいいと思っている。捨てられること前提でいるんだ。

夫に、この結婚に、周囲の人間に対して希望を抱かない彼女に、俺は何ができるだろう?

きっとそれが、ヘレナなりの自己防衛の仕方だったんだろうけれども。

(……それに腹が立つんだよなあ。どうして彼女が……)

確かに俺の態度は褒められたもんじゃなかったと思う。

結婚式の当日は態度が悪かったと思うし、初夜の日の態度も良くなかった。だがその後ヘレナが悪い人間ではない、噂とはまったく別の人間であると知って歩み寄りたいと思ったんだ。

自分の領地を、領民を守りたい。

だけど、それと同じくらい彼女のことも守ってやりたい。

もしも共に手を取り合っていける相手なら……政略結婚であったとしても、向き合ってやっていけるのではないだろうか?

国境の危うさを、領民の暮らしを、これから改善していくために協力していけるんじゃないか。

「旦那様。……あの、こちらにお手紙をまとめておいたので目を通していただけますか？」

「ああ、助かる。……ヘレナは優秀だな」

「そんな……ありがとうございます」

今はまだ、俺は夫として信頼されていない。

仕事をしたいという彼女のその希望は、きっといずれこの地を去る時に必要な何かを手に入れるための手段の一つなのだろう。

それに気づいて俺は逆に利用することにした。仕事を理由に、彼女と共に過ごすのだ。

そして嬉しい誤算というヤツで、ヘレナはなかなか優秀だった。

国元にいた時は公務に携わっていなかったそうだが、異国語は複数使えるし、他の知識も豊富で理解力もある。

コミュニケーション能力が低いが、俺の仕事を補佐するには十分すぎるくらいだった。

優しくて控えめで、努力を惜しまないその姿勢には、仕事の関係で出入りする使用人たちからも好感触を得ている。

（……後はどうやって彼女に〝俺〟を意識してもらうかだ）

これまで色恋沙汰は、好まなかった。そのせいでどうしていいかわからない俺に、アンナは流行の恋愛小説をぶん投げてきた。一応目を通したけど、これはない。真似なんかできるか。

まあ、それでも参考にはなった……と思う。

甘い言葉は俺には無理だってわかっただけ収穫だろう？

でもどう振る舞えば女性が喜びそうなのかってのは、なんとなくわかった気がする。

（あれだ、溺愛ってヤツを実践していけばいいんだろ）

俺の言葉が届かないなら、態度もセットで愛を示していけばいいってことに違いない。

閨での言葉は偽りなんてよく聞く話。なら、ベッドで囁く愛はきっとヘレナの中に残らない。

日常的にあれこれ囁くには俺にだって恥という概念が存在するので、こうして離れで人の目もなく過ごす時に伝えていけばいいのだ。

仕事もできて、妻も愛でられる。一挙両得とはまさにこのことだ。

「ヘレナ、そろそろ休憩にしよう」

「……かしこまりました」

彼女の心を手に入れるには、相当時間が必要だろう。

俺も家庭環境がそれなりに複雑だったから、なんとなく理解はできる。

（だけど、俺にはじいちゃんがいたからなあ）

肉親の情というやつを、俺は祖父と伯父たちや伯母からきちんともらっていた。

だけどヘレナはそれがない。

俺も夫として彼女のことを愛しているのかと問われたらまだ首を傾げるところだが、ヘレナのことは嫌いじゃないと思う。

惚れたかどうかで聞かれると難しいが、彼女が自分の妻で良かったと思う程度には好意があって、それはつまるところそういうことなんじゃないかと思うのだ。

壊れそうなほど細い、人形みたいな肢体はいつ触れても心配なくらいだ。

普段から物静かだから傍にいてうるさいと思うことなんてないし、むしろもう少し笑ってくれたらいいと思う。いつも小さく笑うんだが、その姿が好ましいと思う。

それに、俺の言動に最近は少しだけ、素の反応を返してくれるところが、嬉しいと感じる。

俺のこの感情がもし、恋情というやつなら、それを彼女と育むのも悪くない。

「ヘレナ」

「はい」

「口づけてくれないか」

「……今は、夜ではありませんが」

「夫婦なんだから昼間でもしていいんだ」

「そ、そうなのですか……？」

いや、そんなルール知らねえけど。思わず出そうになった言葉は呑み込んだ。

でも俺の言葉に困惑しながらも、そっと身を寄せてくる素直なヘレナのことは……やっぱり嫌いじゃないから、好きなんだろう。

（大切に、してやりたいと思ったんだ。誰よりも）

これが恋かと聞かれたら、まだ違うと俺は答えるだろう。

でもまあ、政略結婚で恋ができるのは幸運だという話を耳にして、俺はなんとなく、そう、なんとなくだけど……ヘレナと俺ならできて当然だと、そう思ったのだった。

第三章　小さなスミレの願い事

（旦那様がおかしい）

絶対に、おかしい。

私が仕事をしたいと言ったら領主のお仕事に携わらせてくれた。

それは、とてもありがたいと思う。

そして先代を除く過去の女主人たちがどう使っていたのか、帳簿を元に辺境伯夫人が一ヶ月にどの程度の金額を予算として割り当てられているのかを説明してくれた。

私が教会への寄付を定期的に行いたいと言ったら、それは慈善活動になるので、やりすぎない程度に予算を組めば女主人としての予算とはまた別に出すとまで仰ってくださった。

（それらは本当に嬉しいけど……）

何も知らない小娘が嫁いできて、碌に仕事もしていないというのに……普通に考えてこれは好待遇以外の何ものでもない。……と、思う。

（……どうして、旦那様は急に態度を変えたのかしら）

疎まれていると思ったのに。それとももしかして、試されているのだろうか？

私が辺境伯夫人として努力するのか、それとも噂通りの悪女として振る舞うのか。

僅かでも信頼してくれて任せても良いと思ってくれたなら……それはそれで責任が重いけれど、

嬉しくも思う。ただ、どうしてという疑問は拭えない。

(何か……思うところが、あったのかしら)

ただ、無駄遣いだけはしないようにしようと思った。

寄付のお金以外は無駄遣いしないように!

辺境伯家の資産は寄付程度では揺るがないだろうけれど、ここで女主人としての予算を無駄遣いなどして反感を買うのは得策ではない。元々他に使う予定もないのだけれど。

最低限、社交はこなさないといけないだろうけれど、それ以外は旦那様も私を連れて行きたいとは思わないでしょうし……。

(それよりも、旦那様のことだわ)

そう、旦那様がおかしいのだ。

仕事をさせてくれるだけでなく、わからないところがあればすぐ話し合えるようにと何故か私が暮らす離れで仕事をするようになったのだ。そうなると必然的に共に過ごす時間は増える。

そもそも週に四日は共寝をなさるので、今までだったら気づいたら翌朝には姿のなかった旦那様と、朝から晩まで一緒という時間が増えた。

それだけではなく以前と同じように『恋人はいない』と繰り返し、『自分たちは夫婦だ』と言い含めるようになった。しかも何故か閨でもないのに口づけを求められたり、手を握られたり、私のことをやたらと褒めたり……。

(いったい、どうしたというのかしら?)

別居婚のような生活を、周囲に不審がられてしまったのだろうか。

政略結婚なのだから、おかしな話ではないと思うのだけれど……同じ屋根の下に暮らしても別の部屋で生活し、顔も合わせない夫婦も世の中にはいると以前聞いたことがあるし。

それで考えれば私たちは確かに本邸と離れに暮らす、少し変わった関係かもしれないけれど。

閨は共にしているし、少なくとも役目を忘れたことはないと思うので問題ないはず。そもそもが私は人質のようなものだし、でも、だとしたら旦那様は何をお望みなのかしら？

「あの、旦那様……」

「うん？」

「こうした触れ合いは、その、必要なのでしょうか？」

今も仕事の休憩時間だからとソファでぴったりと隣り合わせに座り、私の肩を抱いて時折キスまでくださる旦那様。

その表情は穏やかで、まるで私に心を許してくださっているようで、落ち着かない。

（なんだか、勘違いしてしまいそう……）

だってまるでそれは、アンナが貸してくれた恋愛小説の中で思い合っている恋人みたい。

物語の二人が思い合い、愛を確かめ合う姿はあんなにも微笑ましくてときめくのに。

（……旦那様と私は、違うのに。どうしたら）

偽りの、期間限定の関係のはずなのに、何故こんなにもよくしてくださるのだろう。

ああ、でも旦那様は律儀な方で、とても良い人だから……政略結婚でも、私という〝妻〟に気を遣ってくださっているのか。

あるいは、周囲から何かを言われてしまったのだろうか。

「……旦那様、どうか無理はなさらないでくださいね」

「うん？　どうした」

「いえ……あの」

「俺のことを気遣ってくれるのか。優しいな、ヘレナは」

なんだろう、誤解をされている気がする。

いや、あながち全てが誤解というわけではないのだけれど……。

（……なんだろう。とりあえず私はまだしばらく、この人の妻でいていいのかしら……？）

とりあえずは離縁されるまで、妻には違いないのだけれど。

子を儲けることを考えれば、それこそ閨で触れてくれるだけでいいと思うのだが……どうしてか、心がざわめいた。もっとと願うこの気持ちは、閨ではわからなかったものだ。

誰かに構われるということにも、褒められることにも慣れていない私は、きっと上手く返事ができていないことだろう。

でも、そんな私相手でも、旦那様は決して嫌な顔なんて見せない。

（ああ本当に、どこまでも優しい人）

その青い目が、私に向けられる視線が優しくて、不覚にも泣きそうな気持ちになるのを私は必死に耐えるしかない。縋ってしまいたいこの気持ちを、どうにか堪える。

旦那様は、酷い人だ。

旦那様は、素敵な人だ。

旦那様は、優しい人だ。

（ああ、そうだ……認めよう。認めなくてはならない）

私の隣にいて、微笑んでくれて。

他愛ない日々の話をしてくれて、抱きしめてくれる。

この空っぽな私を、包んでくれるこの人が——私は、好きだ。

きっとこの気持ちを恋と呼び、同じ気持ちを抱いた相手と育てることで愛となっていくのだろう。

（本当は、ずっと気づいていたの）

けれどこの気持ちは、育ててはいけないものだと知っているから。

旦那様が私に対して義務と責任を感じているからこそ、しっかり向き合って関係を築こうとしてくれている……そのことを、私も理解しているつもりだ。

でも私は弱い人間だ。

王家の姫として生まれたにも拘わらず、大切にされる価値のない人間だったから。

生まれてしまったから『仕方ない』と育てられたような、そんな人間だったから。

大切なものができたら、それを失うことが怖くなるでしょう？

だから、私には……いつ飽きられてもいいように、全てのことに気づかないふりを、し続けることしかできなかった。

気づかないふりをして、何事もないように肌を重ねて、いつかの別れに備えるつもりだったのに。

芽生えてしまった恋心は、私の臆病さにも負けずに育とうと必死だ。

隠さなければと思うのに、旦那様を前にすると泣きたくなってしまう。

「ヘレナ。庭を散歩しよう」

「……はい、旦那様」

日課のようになった、離れ周辺の花壇に植えられた花を見ながら二人での散歩。

旦那様は私よりもずっと、物知りだ。

私は本にあるものは知っている。王城にある本を、何でも読んだから。

でもそれは探究心とかではなくて、ただ時間を……たった一人で過ごすことを、無為に過ごす時間を、埋めたかったからだ。

それも、当てつけがましいと言われ、人目を忍んで図書室に足を運ぶようになったのは、いつだったか。いくつの頃だっただろうか。

あれは誰に言われたんだっけ？　侍女？　それとも教師？

「どうした？」

「いえ……小さな花が咲いていると思って」

「どれ？」

「ここに。……いつも庭を見ておりましたのに、気づきませんでした」

窓から眺めてばかりだったから、足元に咲く花を見過ごしていたのだ。

それは青い色の、小さな花。図鑑で見たことがあった。

これは、確か……。

「スミレか。綺麗に咲いたものだ」

私が思い出すよりも先に、旦那様がそう言った。

そうだ、スミレだ。

小さく、健気に咲いているけれど割とどんな土地でも生える、強い花だと書いてあった。

「ヘレナの色だな」

「……私の？」

「ああ、お前の目の色は光に当たると紫がかった青なんだとわかる。綺麗な色だよな」

「そう、でしょうか」

そんなことを言われたことなんてなかった。

そういえば、家族と繋がりがあるのだとすれば私のこの目の色なのだろうか。家族はみんな紫が入った青の目をしているから。

「それにこんな辺境地にも咲いてくれる花だ。お前も、こいつも」

旦那様は、優しい人だ。

旦那様は、素敵な人だ。

旦那様は……酷い人だ。

「今度スミレの装飾品でも探すとしよう。きっとヘレナに似合う」

「……ありがとうございます」

「礼なんて要らない。妻に喜んでもらえるなら、俺も嬉しい」

期待なんてさせないで。

私に失う恐怖を思い出させないで。

何も気づかないでいられたら、何も求めないでいられたら——傷つかないで済むのだから。

「ヘレナ」

「……はい」

「俺は、お前の夫になることができて嬉しいよ」

旦那様が、笑う。その顔が眩しくて、見つめ返すことができなくて、俯いた。

ああ、胸が苦しい。

この気持ちに、蓋をしなきゃいけないとわかっている。

自分自身のためにもそうするべきだ。

臆病な自分が、そう告げるのをわかっているのに——私は縋る思いで旦那様の言葉に、小さく応える。心のままに言葉を紡いだ。

「……私も、旦那様に嫁げて幸せです」

❖　❖　❖

旦那様への気持ちを自覚してしまうと、今度は旦那様と触れ合うことが恐ろしくなった。

閨を共にしてほしいとお願いしたのは私からだったのに、今では旦那様がその言葉を口にするのが少しだけ、怖い。

(離れがたいと、思ってしまうなんて)

旦那様が私と向き合ってくれているのだから、私も彼の良き妻となれるよう努力すればいい。

そうすれば彼は善良な人だから、私を見捨てずに傍に置いてくれることだろう。

それを頭ではわかっているのだ。

でも我が儘と言われ、悪辣と呼ばれた自分の過去を思うと踏み出すのが怖くなる。

何かをしても、何もしなくても、私はそうやって嫌われて、最後にはいない者扱いされたのだ。

実の家族ですらそうしたのに、政略的な出会いでしかない旦那様がそうならない理由はない。

(ここでもそうやって、いない者として扱われたら……)

もしも旦那様の優しさが、表向きのもので……いいえ、きっとそうなのだろうけれど。

あの方が、本当に想い合える女性と出会ってしまったら。

当たり前だけれど、私はここにはいられなくなるだろう。

(その時、私は、彼の恋を笑顔で応援できるのかしら)

この気持ちを自覚するまでは、喜んでそうするつもりだったのに。

今ある彼の優しさを受け入れてしまって、旦那様のことを素直に慕ってしまったら……この温かさを、当たり前のものにしてしまったら。

それに慣れてしまったら、私はもう二度と立ち直れない気がする。

家族に期待しては報われないと知ったあの時と同じように、悲しくなることに耐えられるだろうか？　あの時はまだ、支えてくれる兄と、アンナとビフレスクがいてくれた。

でも……ここでは、私は一人。

「ヘレナ」

「……旦那様、どうかなさいましたか」

「いや。具合が悪いのかと思って」

「いいえ、なんともございません。お気遣いありがとうございます」

「そうか」

今日は、本邸の図書室に行く。

仕事の書類関係の他に、どうしても必要な辞書があったからだ。

他にもいろいろな蔵書があるから、侍女たちに取ってきてもらうよりも一度自分の目で確認しておいて欲しいと旦那様に言われてしまえば断ることはできなかった。

(基本的に妻は夫に従うものだと夫婦の心得にもあったし……おかしな話じゃ、ないのよね?)

そんな教本の内容を言い訳にしなければならない自分の弱さに、呆れるばかり。

正直、本邸に足を踏み入れるのも怖いくらいだ。

パトレイア王国から嫁いできたというだけでも反感が少なからずあるということは理解しているし、実際何度目かの視察で怒りをぶつけられたこともある。

(あの時は旦那様が守ってくださったけれど……それこそが本来の反応なのよね)

国同士の諍いに巻き込まれるのは民だ。

それを仕方ないと受け入れる人もいるけれど、そうできない人だっていて当たり前。

その時に向けられる、怒りの矛先を受け止めるために私は嫁がされたのだから。

ここに来て私の世話をしてくれるようになったアンナだって、本を貸してくれたり私を気遣うこともあるけれど……本心はどうだかわからない。

旦那様は憎しみや悲しみの解決にはどうしても時間が必要だから、私に怒りをぶつけた相手のことを許してやって欲しいと言っていた。

(許すも許さないも、それが私の役割なのだから旦那様が気にする必要はないのに……)

表向きは友好関係を築くためだけれど、人質として差し出された王女の役目なんて鬱憤をぶつける標的でしかないと私は思っている。

だから、本邸で働く人たちだってそういう感情を持っていてもおかしくないのだ。

それを思うと、正直なところ足が竦む。

（怒りを向けられても、パトレイア王家の人間として受け止めなければならない。その覚悟を持って嫁ぐようにと大臣からは告げられていたけど……）

あまりにも、離れでの暮らしが穏やかなものだから怖さが出てしまう。

本邸は、当たり前だけれどずっと離れよりも広くて、重厚感が漂う造りだった。

いざという時に砦になるよう作られているということもあって、隠し切れない無骨さがそこかしこに見られる。

天井はとても高い。見上げると首が痛くなるくらい。王城のダンスホールみたいだ。

これも槍を持った兵を配置することを想定しているものらしい。

旦那様が、本邸のことを次々に教えてくれる。

なんだか、ちゃんとした夫婦みたいで少し胸が苦しくなった。

「ヘレナも妻として心づもりだけしておいてくれると嬉しい。勿論、そんな状況にならないのが一番だけれどな」

「……はい」

妻として。

そう言われて返事をしたけれど、応える声が、少しだけ震えてしまった気がした。

「さて、図書室に着いたわけだが……あちら側の端にあるのは娯楽系だな。邸内で働く使用人たちの子どもを預かってもいるから、彼ら用に置いてあるんだ。そのうちへレナにも紹介しよう。ちょっと生意気だが可愛いやつらだから仲良くしてやってくれると嬉しい」

「まあ、子どもたちが邸内にいるのですか？」

「移住してきた中には親一人子一人という環境も少なくない。だからってそれで働き手の道を狭めて有能な人間を雇わないのも損だろう？　だから邸内で預かる環境を作った。といってもまあ、大人数は無理だからある程度の年齢までと限定しているがな」

旦那様によると館に近いところで託児所のようなものを作ることも考えたそうなのだけれど、やはりそこでも人を雇わないといけないことを考えると邸内の人間を幾人か、仕事として割り振ってしまった方が合理的と判断してのことらしい。

代々のモレル辺境伯が客人を招くことを好まず、その地位にしては館はこぢんまりとしている方なので、働く人間もそう多くはない……とのこと。

だからこそ、できることなのだと旦那様は笑った。

「その関係もあって、ここは使用人たちにも自由に閲覧してもらえるよう、基本的に開放してあるんだ。流行り物の小説なんかもあるぞ。といっても、王都に比べれば届くのも遅いから、少しだけ流行からはずれているかもしれないが……それ以外にも国内の伝承を集めたものや、なんならレシピ本まであるから好きに読むといい」

笑う旦那様は、私にも好きなものを読んでいいと仰ってくださった。

私が棚に並ぶたくさんの本を見つめていたからだろうか。

本は、好きだ。

空想の世界では私のことを嫌う人はいなくて、甘やかしてもらったり頭を撫でてもらったり、誰よりも私を大切にしてくれる……そんな夢を見られるから。

(だけど……)

家庭教師を辞めさせておいて、自分は好き勝手に本を読んでいる……そんな風に言われてからは、あまり本を手に取らなくなってしまった。

王宮にある図書室は、とても静かで、たくさんの本があって、私を拒絶しない場所だった。

数少ない安心できる場所でもあった。

それを思い出して、少しだけ胸が苦しくなる。

「……ありがとうございます」

お礼の言葉を口にするのだけで精一杯。

きっとそれは不自然だったに違いないのに、旦那様は何も言わないでいてくれた。

本当に、優しい人。

私の手を取って二階へ上がる階段をエスコートしてくれる。

「二階には近隣の地図や地学、薬学の専門書、辞書などがあるんだ。他にも貴族年鑑が書かれた本なんかもあるな。気が向いた時にでもその辺りは一度目を通しておくと、今後社交の時に役立つかもしれない。一般に閲覧ができないものは俺の書斎に置いてある」

「承知いたしました」

社交、ああ社交はやはりあるのかと思うと、少しばかり気が重い。

信頼できないといわれているし、愛を期待してはいけないと頭では理解できているはずのに……最近ではどうしても心が落ち着かない。

こんな調子で堂々と社交場で旦那様の横を歩くことができるのだろうか。まったくもって自信が持てそうになくて、不安だ。

重くなった胸の内を悟られないように手近にあった貴族年鑑を取って眺めていると、侍女がやってきて旦那様に来客だと告げた。

「誰だ、まったく……」

「イザヤ様がすぐにお越しいただきたいと」

「……イザヤが？　しかし」

旦那様が私を見る。心配するようなその視線に、私は気がつかないふりをした。

努めて明るい笑みを浮かべる。侍女を前に、これが正解なはずだ。

「旦那様、私はこちらで本を見ておりますのでどうぞ行っていらしてください。必要であれば同行いたしますが……」

「いや。……そうだな、ヘレナはここでゆっくりしていてくれ。人払いはしてあるし、そこの侍女を残していく。何かあれば呼んでくれ」

「かしこまりました」

旦那様は私の頭を軽く撫でると颯爽と出て行った。

もしかして、私のことを年下として、哀れむようにでもなったのだろうか。

だとするとそれはそれで少しだけ……胸が痛い。

出て行くその後ろ姿を見送って、そっと息を吐く。貴族年鑑は戻した。

そうして再び本棚に視線を戻したところで、一階で待機している侍女がソワソワしている様子に気づいてそちらに視線を投げかけると、彼女は意を決したように口を開く。

「奥様！　あ、あの‼」

「……なにかしら」

「いえ、あの、不躾ながらお願いが……」

残された侍女はアンナよりも年若い、まだ少女という言葉が似合いそうな可憐な女の子だ。

ブルブル震えている姿は小動物のようで、私に怯えているのかと思うとなんだかとても可哀想になってしまった。

私自身、愛想がいい方でもないというのは自覚しているし……噂のこともあって安心させてあげられるような要素もない。

（旦那様を困らせる、異国から来た〝悪辣姫〟だなんて。きっとこの子からしてみれば、世にも恐ろしい女に見えているのではないかしら……？）

少なくとも、自国ではそういう扱いだったから。

アンナがとても怒ってくれていたのが懐かしい。

（ここでは、私が悪く言われても……誰にも頼ってはいけないのよ）

旦那様は優しいけれど。彼らの不満を受け止めるのが、私の役目。

怯えて二の足を踏んでいた小狡い私は、もうやめなければ。

（優しくしていただいた。それで十分じゃない）

故国から言われた役割を、果たすだけだ。何を言われても、受け止めよう。

私の覚悟が伝わったのか、侍女も決意の籠もった目で私を見上げる。

「同僚のアンナから話を聞いて、奥様にどうしてもお願いしたいことがあったんです。でも、ずっと本邸にはいらっしゃらなかったから……」

「……そうね」

嫌われていることは初夜の日の、旦那様からの言葉でわかっていた。

あの日、嫁いできた私の身の回りのことを手伝ってくれたこのモレル家の侍女たちもよそよそしく、最低限の仕事をきっちりこなすだけだった。

最初から、わかっていたから傷つかない。

だけどここで暮らし始めて、人の優しさを、温もりを知ってしまった。

歩み寄るなんて、私には怖くてできない。

結局、私は自分の殻に閉じこもることしかできない臆病者なのだ。

「でも！　今日こちらに来てくださったんなら、どうかこのまま旦那様のためにも本邸に移り住んでください、奥様‼」

気合いたっぷりにそう叫ぶように言われた内容が、静かな図書室に響く。

だけど、それはあまりにも予想外だった。

「……えっ」

罵られるとばかり思っていたのに、これはいったいどうしたことだろう。

何を言われたのか理解に時間を要する私をよそに、彼女は堰《せき》を切ったかのように喋り続ける。

「アンナから聞きました！　お花が好きでとても物静かな方で、でも理知的で無駄遣いとか一切せずお礼を言ってくれたり小さな変化にも気づいてくださる優しい御方だって！」

「あ、あの……」

「前の奥様とは大違いだって‼」

私は目を丸くする。これもまた私が想像していなかった言葉だ。

前の奥様、つまり辺境伯夫人。

（旦那様には、私よりも前に妻がいた……？）

そうか、と思った。ショックだった。

旦那様に対してどうこうということはない。自分に対してだ。

私は旦那様を好ましく思っておきながら、彼のことを何一つ知ろうとしてこなかったのだ。

その事実が、ひどく胸に刺さった。

「前の……奥様……」

「旦那様は奥様をとても大切にしていると聞きました！　わたしたち使用人一同、奥様に本邸でお過ごしいただけたらどれだけ喜ばしいことかと……」

「えっ……？　で、でもあなたたち、私のことを嫌っているのではないの？」

「そのようなことありませんよ！」

侍女はあどけなく笑う。

王宮で美しい所作に冷たい目線の侍女たちしか記憶にない私にとって、まるで違う笑顔だ。

侍女服を身に纏っていても、彼女の所作はあまり褒められたものではない。

一応とはいえ辺境伯夫人である私に対して大きな声で喋るし、口調も砕けたものだし、これがパトレイアの王宮だったらきっと叱られているに違いない。

でもどこからどう見ても、親しく思ってくれている眼差しに、朗らかな笑顔。

それらは何もかもが未知のもので、私は困惑した。

「……何をしている」

「旦那様！　えっと、あの……」

「ヘレナに何を言った？」

困惑していると、旦那様が戻ってこられた。

私の様子で何かあったらしいということをすぐに察したらしく、眉間に皺を寄せて侍女に詰め寄っている。私は慌ててそれを止めた。

「大丈夫です旦那様、彼女は私に本邸の部屋の話をしてくれただけです」

「……本当に？」

「本当です。私に、本邸に移り住んでくれと……そう言ってくれたんです」

「……だが、それは使用人が言っていい台詞じゃない」

「旦那様に再三言われて尚、離れで暮らす私を慮ってのことでしょう。彼女からは悪意を感じませんし、どうか許してあげてください」

そうだ、私は何も悪いことなど言われていない。むしろおかしなことに褒められた。

それなのに彼女が非難されては、かつての私を見ているようで悲しくなる。

「奥様……‼」

なにやら侍女がキラキラした目を私に向けてくる。

きっと庇ってくれたとでも思ったのだろう。私のことを優しいと勘違いしたのかもしれない。

(違うわ、私は……過去の自分を貴女に重ねて、いやだっただけよ)

そっと目を逸らす。

都合の良い勘違いをされていそうで、ものすごく居心地が悪い。

「……離れで暮らすことで、旦那様にご迷惑がかかるのでしょうか。私は、人質として嫁いで参りましたのに」

「ヘレナ」

ああ、胸が苦しい。

どうしてかなんてわかっている。

ここは、私を『私』としてみんなが見てくれるからだ。

「そういえば、以前も奥様がいらしたのですか?」

「は?」

「いえ、彼女が前の奥様の話を……」

「お前なあ……! いや、ヘレナ。俺の話を聞いてくれ!」

「え? いえ……旦那様?」

「俺には恋人なんて元からいなかったし結婚はお前が初めての相手だし、離縁なんてする気はこれっぽっちもない。これからも妻はヘレナだけだ!」

「……え、ええと……？」

なんだろう、アンナに借りた恋愛小説で、恋人に誤解された男性が一生懸命言い訳しているシーンを見ているようだわ。

「うるさいな、今はヘレナと信頼関係を築いてる時なんだよ‼」

「やだ旦那様、そこからだったんですか⁉」

「わたしたちは奥様がいつ本邸に来てくれるのか、今か今かとずっと待ってたのに！　まさか旦那様がヘタレだっただなんて……‼」

（なんだろう、私が思っていたよりも旦那様と使用人たちって距離がとても近いのかしら……）

王城にいた時にお姉様たちが侍女たちと親しくしている姿を見かけたことはあるけれど、旦那様と彼女みたいにあそこまで親しげではなかったような……。

国が違うから、という問題ではない気もするけれど、どうなのだろう。

「へ、ヘレナ！」

「はい」

「とにかく！　ちょっと話を聞いてくれ……！」

「は、はい……」

別に旦那様に結婚歴があろうとなかろうと、私が文句を言う筋合いはないのだけれど……。

それでも必死に訴えてくる旦那様に、私は頷くしかできなかった。

「……前の奥様ってあいつらが呼んでるのは、前の辺境伯……俺の伯父にあたる人物の、元妻だ」

「伯父様の、ですか？　え？　元？」

唐突に出てきた旦那様の親戚についての話題に、思わず目を瞬かせる。

一般的に貴族家を継ぐのは直系だ。確かディノスでは男女関係なく長子だったような。

(なのに甥に継がせたということは、前辺境伯にはお子がいらっしゃらなかったのかしら?)

確かにここに嫁いで以来、辺境伯家の使用人たちの姿は見るものの、旦那様の親類縁者の話は一つも聞いたことがない。それにしても、元……?

私がそんなことを考えていると、旦那様はそれを察したのか頷いた。

「うちは先代辺りがちょっと複雑なんだ」

「……複雑、ですか?」

「先々代の辺境伯である祖父には、息子が三人、娘が一人いた。俺の親父が三男坊で末っ子だ。二番目の伯父と、それから伯母は商家と縁を結んで別の領地で暮らしている」

旦那様の話を要約するとこうだ。

三男……つまり旦那様のお父様はあまり素行の良い方ではなかったらしく、揉め事をたくさん起こしてモレル家に迷惑をかけてばかりだったとかで勘当されてしまったそうだ。

「伯父や伯母はとても良い人たちでさ、親父と本当に兄姉なのか? って感じだから、元々の性格っていうか、性質なんだろうな」

とにかく旦那様の父君はモレル家を出て行ったと思ったら、今度は幼い旦那様を抱えて帰ってきて、そのまま先々代のところに旦那様を置いて息つく間もなく去ってしまわれたのだとか!

その後の行方は杳《よう》として知れず、母君についても不明のままだとか……。

「当時、隠居生活をしてた祖父が俺を育ててくれた。事情もきちんと説明した上で、俺のモレル家での立ち位置を考えて、いつか独り立ちしていけるようにって感じで」

「……素晴らしい方だったのですね」

「ああ、俺にとって師で、父だ」

モレル家の方々はとても、そう、言ってしまえば旦那様の父君以外、とても良い方だったそう。

だけれど、伯父様の妻、つまり〝前の奥様〟が問題だった。

私と同じように政略結婚で嫁いでこられた〝前の奥様〟は高位貴族のご令嬢で、辺境地に馴染めない……というわけではなかったけれど、決して夫に寄り添わなかったのだそうだ。

子は要らない、白い結婚を望むが離婚もしない。

それを明言して憚らなかったというから、驚きだ。

中々に無茶な要求で、普通は通ることはないものだ。

けれど、当時の辺境伯家では飢饉などが起こっており、奥様の実家からその援助を受けるための結婚だったというから難しかったのだろう。

そして幸いにもその援助のおかげで領民たちは助かり、次第に領地の運営も上向きとなった。

そうなると、妻とその実家に頭が上がらない状況ができてしまった。

「まあ、多分だけど……あの人は、厄介払いされてうちに来たんだろうな。理解はしてるけど納得はできてなかったんだろう。自分が常に女王様扱いされなきゃ不満って感じの人だったよ」

生活に余裕が出てくると、先代の夫人は豪遊したりしていたそうだ。

そのためモレル家は碌に蓄財もできず、度々周囲が苦言を呈するものの、聞き入れてもらえず……時には使用人たちが罵声を浴びせられることもあったんだとか。

当然ながら、その度にいろいろなトラブルが起きていたそうで……。

「……まあ、伯父が亡くなった頃には愛人の家に入り浸りで、結局そのまま縁切りになったんだけどな。辺境伯夫人としてはなんの実績も残していなかった人だけに周囲に庇う人間もいなかったそうだし、実家も代替わりしていたことから頼れなかったようだ」

そしてお子がいらっしゃらなかったために、旦那様がモレル家を継ぐことになった。何故なら先代辺境伯の弟妹は商家に嫁いでいたから。

(すごいわ、なんだか壮絶な話だわ……)

だから余計に〝悪辣姫〟に対して警戒する気持ちが強かったのかしら。

でもそれにしては初めから親切にしてくださっていたように思うのだけど……ディノス王家からの援助か何かあって、様子を見ていただけなのかも？

「大変だったのですね……」

「いや、俺は……そうでもない。ただ、ほら……ちゃんとした跡取りとして育ったわけでもなかったし、そういうわけでどっちかっていうと俺も使用人側だったたっていうか、今も『辺境伯様』なんて身分じゃなくて本当は騎士とか、なんだったら一兵卒でも良かったたっていうか」

(なるほど、旦那様と使用人たちの距離が近いのも、幼い頃から跡取りではない立場で彼らと接していたからだったのね)

それに、先ほどの侍女からすれば前の奥様と違って暴言を吐いたり散財をしたりしないという点で、私に対して好意的に捉えているのかもしれない。

アンナから話を聞くまで、彼らはずっと警戒していたに違いない。

「……旦那様は、私が妻でよろしいのですか。そのような立ち位置であるならば、やはり国内の貴族令嬢を改めて娶り、後ろ盾になってもらった方が……」

「そんなことはない」

「確かに今すぐは難しいでしょうが、事情が事情です。両国が信頼を築き直せば、私がディノス王国に留まるだけで良いと言ってもらえるかもしれません。元々離婚が前提ではありましたが、後添えの方を選定することも視野に入れるべきかと思います」

自分で口にしておきながら、その言葉につきりと胸が痛んだ。

でも、これは本当の話だ。

旦那様はかつての辺境伯が勘当した息子が、どこの誰ともわからない女性との間に儲けた御子。後ろ盾がない状態で、必死に辺境地という大切な土地を守っていらっしゃる。

(旦那様は、後ろ盾がなくても実力だけでやってこられた……)

そこには筆舌に尽くしがたい努力もあったはずだ。旦那様には頭が下がる思いしかない。

だからこそこれからのことを考えたら、後ろ盾というものはとても大事だと思うのだ。

(人質の私では、決して与えられないものだわ)

旦那様に、重ねて『妻は私だけ』と告げられて、私は何も言えなかった。

グッと何か、こみ上げてくるものがあったけれど。必死に無表情を貫いた。

何かを言わなければいけないとわかっていても、今この口を開けば何か……取り返しがつかないような言葉が飛び出てしまいそうで。

ただ手をぎゅっと握りしめ、目を伏せる。

この人は本来得るべきものがある。それは私では与えられないもの。

名誉、人脈、資金。他の姉たちであれば……そう思わずにいられない。

せめて私が〝悪辣姫〟でなかったら。

この人は優しい。優しいからこそ切り捨てられないのであれば、こちらから身を引くべきだ。

「旦那様は、素晴らしい方です。本来であれば、この辺境地を共に守っていく気概を持つ女性を妻に迎えるべきでしょう」

「ヘレナ」

「このようなことを申しては失礼かもしれませんが、前辺境伯の奥様が仕事を放棄していたのであれば、先代で招いた不信や不安を取り除くためにも寄り添えるだけの女性を妻に迎えるべきです。領民のためにも……」

「確かにその通りだ」

旦那様は私の言葉に頷いた。

領主として主君の命に従い、人質をそこに留める役割だって正しい行いだろう。

だけれど領主として領民のためを思うならば、この地に幸いをもたらす相手と関係を結ぶのがいいに決まっている。

ディノスとパトレイア、この二つの国の関係がなんとかなれば、私は彼の妻でなくとも人質としての役割を果たすことだってできるはずで……その方が、旦那様のためにもなるじゃないか。

胸の痛みは、気づかないふりをしていれば済むことだ。

そう、これまでと同じように。

目をつぶって、耳を塞いで。それだけのこと。

(この地でたくさんの優しさをもらった。もうそれで十分でしょう？　ヘレナ)

私は薄く笑みを浮かべ、自分を慰める。

旦那様もそんな私を見て、笑顔を見せてくださった。

「だが」

一歩。旦那様が踏み出した。

どうしてだろう、笑顔なのに旦那様はまるで怒っているみたいだ。

「俺は、君とその関係を築きたい。そうずっと言っていることに、気づいているか？」

「……旦那様……？」

ただ歩み寄ってくる姿を見ているだけなのに、私は思わず逃げ出したくなった。

私は間違ったことを言ってしまったのだろうか？

善意であっても、相手を傷つけて……また、ここでも疎まれてしまうのだろうか。

ああでもいっそのこと、その方がいいかもしれない。

優しさから切り捨てられないなら、嫌われてしまった方がずっと。

「下がれ。人払いをして、客が来ようともう俺を呼ぶな。イザヤに対処させろ。いいな？」

「は、はい！」

旦那様は私に視線を向けたまま、侍女に低くそう告げる。聞いたことがないほど厳しい声。

侍女も旦那様のそんな態度に驚いた様子で震えていた。

チラチラと私の方へ向ける視線は、どこか気遣わしげでもあった。

（気のせいでなければ、だけれど）

ああ、どうして私はそうやって期待してしまうのかしら。

そんな価値はないとあれほどまでに言われてきたのに！

「ヘレナ。やり直しをさせてくれ」

「……な、にを、で、しょうか」

侍女が部屋を出て行くのが、私の視界に入る。旦那様は歩みを止めない。

階下からゆっくりと階段を上ってくる旦那様を見て、私は何故か後ずさってしまった。

どんどん近づいてくる旦那様の目が、真っ直ぐに私を捉えている。紺青の瞳の奥にきらめくような強い意志が見え隠れしていて、そんな視線を……嫌悪ではない目を向けられることに慣れていない私には、それが恐ろしいもののように感じてしまった。

下がろうにも本棚があってそれ以上は下がれず、咄嗟に私は俯く。

旦那様の視線から、とにかく逃れたくてたまらなかったのだ。

でも俯いた私の視界に、旦那様の靴のつま先が見えて、目の前にいるのだと理解してしまった。

「ヘレナ・パトレイア姫」

名前を、呼ばれた。

よく知っている自分の名前なのに、まるで初めて聞いた言葉のようだった。

（胸が、苦しい）

旦那様の声を聞いただけで、ぐっと心臓を掴まれてしまったようだ。

視線は上げられない。

だけど、旦那様は何も言わずにいてくれる。

私の前に立っているけれど、決して、触れてくることはない。

手を伸ばせば捕まってしまう距離だから、私の顔を上げさせるなんて簡単なことなのに。

そうしないこの人は、どこまでも優しい人だ。

そんな優しい人だから、胸が苦しくなる。

「改めて自己紹介をさせてくれ」

柔らかい声が、顔を上げられない私の頭に降る。

今どんな目で私を見ているのだろう。あの紺青の瞳は、何を宿しているのか。

「俺の名前はアレンデール。辺境伯とは名ばかりの、腕っ節が取り柄の若造だ」

名ばかりなんて、そんなことはない。

私は首を左右に振って、旦那様の言葉を否定する。

旦那様がどれだけ必死に領民たちのために努力しているのか、それを知っているからみんなが頼りにして、慕っている。それを私は見てきた。

腕っ節だけなんてことはない。優しくて、強い人だ。

「……辺境地の暮らしは決して華やかなものじゃないし、苦労をかけることも多いと思う。だけど、俺と共に歩んで欲しい」

「……だん、な、さま」

「なあ、だめか？」

縋るような声。どこか頼りなくて、これまで聞いてきたどのお声よりも掠れていた気がする。

私が恐る恐る顔を上げると、そこには微笑む旦那様がいた。

どうしてこの人は、こんなに優しいのだろう。

どうしてこの人は、こんなにも酷いのだろう。

諦めていた私に希望を持たせ、私の忘れてしまいたかった気持ちを思い出させる。

「……私、は、何もなくて」

「うん」

「お役に、立てるようなことが何も……」

「俺もまだまだだ」

「それ、に、パトレイア王国の人間で」

「……どうしても帰りたいならそれなりの方法を考えるが、帰らないでもらえると嬉しい」

(帰りたいか、ですって?)

帰ってどうなるというのだろう。

ここにいたって、不出来な私に何ができるわけではないけれど……それでも、私はあそこにいた頃よりもずっとずっと、幸せだ。生まれ故郷という、ただそれだけの土地。

寂しいなんて気持ちは、とうの昔に忘れていた。

この土地に来たってそれは変わらなかった。変わらないはずだった。

だって私には、居場所なんてない。

そう……教えられてきたのだ。

(いいえ、違う)

この土地に来て、寂しいなんて思わなかった。

だって、ずっと。

ずっと、旦那様が傍にいてくれたから。

私の傍に、ずっと……いつだって旦那様が。

「わた、し……私、は……」

「ヘレナは、俺よりも賢い。そして俺よりも優しい」

「そんなこと」

「ヘレナ・パトレイア。貴女は俺にとって、誰よりも素晴らしい人だ」

国の名を背負う私の名前。王女としての私の名前。

私なんて、価値がないって。おまけだって。何をやってもだめだって。

そう否定され続けて、嫌われてきたのに。その程度の人間なのに。

(どうして？　私なんて大した王女じゃないのに)

そうやって否定されて傷ついた心も、期待や望みも、全部全部呑み込んで蓋をして……それを、
当たり前のことにしてきたのに。

私が何も言わなければ、誰も困らない。

私を嫌う人がいても、黙っていれば表面だけ見て踏み込んでこないから。

諦めてしまった方が、早いから。

私はそうやって、自分を守ってきたのに。

旦那様はこんな私の前に膝をつく。

呑み込まれてしまいそうな深い青の目が、やっぱり私を真っ直ぐに見つめる。

「ヘレナ・パトレイア。どうかこのアレンデール・モレルの本当の妻になってくれないか。愛と信頼を、貴女と共に人生を、家庭を築く相手として俺を、どうか選んで欲しい」

「どうして……」

「婚礼の日から今日に至るまで、俺は君と過ごしてきた。その中で、君の所作が綺麗で、物知りだということを知った。それは努力をしなければできないことだ」

「……」

「明け方に鳴く鳥の声に聞き入る横顔を見た。優しい目で見ていたことを知っている。それがとても綺麗で、これからもその姿を見たいと思った」

「……」

「領民の手を取ってくれた。泥に塗れた汚い手だと厭《いと》わず、働き者の手だと褒める君の声はどこまでも真摯だった」

「旦那様……」

「俺が知る、どこの貴族令嬢よりも、どの王族よりも、君の志は尊く、そして優しく温かい」

私が知らないうちに、旦那様は私を見てくださっていたのだ。

私の、取るに足らない小さな一つ一つを。

それを目の当たりにして、私は息をするのも忘れてしまったかのような苦しさと……そして『どうして』という行き場のない憤りを覚えた。

（家族が見てくれなかった〝私〟のことを、どうして他人の貴方が見つけてくれたの？）

かつて〝私〟が見て欲しかったのは、家族なのに。

家族じゃないこの人がどうして。

どうして……こんなにも、優しいの。家族でもないのに！

（ああ、ああ、私はなんて醜いんだろう）

こんな感情は八つ当たりだ。

何もかもを諦めてしまったのは私で、周りにも家族にも訴えることを無駄だとやめてしまったのは、他でもない私自身だ。

それでも『どうして今になって』と思わずには、いられなかった。

そしてどうしてこの人の言葉に、ここまで心を揺さぶられるのか理解できなかった。

いいや、理解はしている。本当は、わかっている。

だけれど感情が追いつかない。

自分の中にこんなにも誰かの温もりを渇望する感情がしまい込まれていたのだと、驚くほどに。

「ヘレナ」

旦那様が私の名前を呼んだ。

王女としてではない、ただの私の名前を。

それまで『ヘレナ・パトレイア』という王女を呼んでいた彼の言葉に、私の目から涙が零れた。

その場から一歩も動けないまま涙を零す私を見て、旦那様は何を思うのだろうか。

声も出せずただ涙を零すだけの私は、彼の目にはどう映るのだろう。

醜いと思う？　哀れだと思う？

ああ、もう、そんなことはどうでも良かった。

自分でもなんと単純なことかと呆れるくらい、私は愛情に飢えていたのだ。

私を、私個人を見てくれて、ささやかな努力でも認めてくれたこの人の言葉に、こんなにも心が躍らされ、そして怯えている。

私は、この人に期待してしまっている。

（もう認めざるを得ない。私はこの人に恋い焦がれている）

誰よりも優しくて、不器用で、努力家のこの人に。嘘を吐かない紺青の瞳に恋をしている。

それだけでは飽き足らず、この人に認められて、妻として愛されたいと願っている。

旦那様が、私の名前を呼んだ。いつだって〝私〟を呼んでくれるその声が、愛しい。

たかが名前だけれど、ここまで私の名前を大切なものであるかのように呼んでくれる人が今までいただろうか？　私には覚えがない。

「ヘレナ」

旦那様は微笑みを浮かべて、私の手を取った。

節くれ立って、ごつごつとしていて、傷痕もあって……大きくて温かい手。

私の手を包んでくれる、優しい手。

「俺に、ヘレナを愛する権利をくれないか。そして俺を愛してくれないか」

「……」

息が詰まる。声が出ない。

涙は、ボロボロと落ちていくのに。

「俺に枯れないスミレの花を贈らせてくれないか」

旦那様がポケットから何かを取り出した。

それは、スミレの花を象った首飾り。箱に入ってもいないそれが、キラキラと輝いて私の前に差し出される。私の目の色のようだと言ってくれた、愛らしい花が揺れていた。

「スミレの花言葉は、小さな幸せなんだそうだ。俺はお前と、そういう小さな幸せを積み重ねる関係になりたい」

相手の目を真っ直ぐに見たのなんて、いつぶりだろう。

涙のせいでぼやけるけれど、その目は変わらず真剣に、私を真っ直ぐに見てくれていた。

「私は、幸せを望んでも……いいのでしょうか」

「いいさ。パトレイア王国との関係は切り離せないだろうが、それでも俺は妻を幸せにするために努力することはできる」

「……私も、誰かを幸せにできるのでしょうか」

「ヘレナはいつも俺を幸せにしてくれているよ」

恐る恐る、手を伸ばす。

この首飾りを受け取ってしまってもいいのだろうか。

この人だって、いつか私のことを捨ててしまうかもしれないのに。

だけど、この手を取りたい。この人なら。そう思った。

理屈ではなくて、私がこの人を望んでいる。

「その首飾り……旦那様が、つけてくださいますか」

「……！　ああ、もちろんだ‼」

パッと笑ってくださったその笑顔は、まるで太陽のようだと思った。

私という花を咲かせる太陽がこの方ならば、私は信じてみたい。

（たとえそれが、泡沫の夢であっても）

どうしても信じ切れずにいる自分が、あまりにも情けないけれど。

それでも旦那様の手を取ったことだけは、後悔しないように。

首元に触れる旦那様のこの熱を忘れないように、私はそっと目を閉じたのだった。

幕間　国王は王妃の言葉でそれを知る

「何？」

「へ、ヘレナに関して……その、あちらの辺境伯家から問い合わせが来たではありませんか。トーラたちにもお願いして、何か慰めの品をと思っているので……陛下にもお願いできたらと」

「ふむ……」

妻であるユージェニーの言葉に、パトレイア王であるヘイデンは顎に手を当てて少しだけ考える。

彼はとても疲れていた。

王というのはふんぞり返っていさえすれば良いと思われがちではあるが、少なくとも彼は日々多忙であった。特に、先日のディノス王国との小競り合いの件が尾を引いている。

表向きは末姫のヘレナを嫁がせることで両国間の関係が安定したように見えるが、実際のところはまだまだ問題が山積みだ。主に国内貴族の不満が大きい。

小競り合いの原因はパトレイアにあるが、それを不満に思う者は今でも多いのだ。

大陸の三つ子国などと言われるライラトネ、ディノス、パトレイアの三国。

三国の中央に位置するパトレイアは、両国の良いところを兼ね備えた国であると豪語する貴族たちも多い。そのせいで他の二国よりも自分たちは優れていると思いがちでもあった。

実際、一時期はこの三国でパトレイアが頭一つ抜けたと言っても良いほど栄えたこともあった。

だがしかし、今ではどうだろうか。王としてヘイデンは口を閉ざすばかりだ。

あちこちからちらほらと漏れ聞こえる【斜陽の国】という揶揄の声。

今回の小競り合いでも結局先に手を出しておきながら負けた。だからこそ、こちらが悪者になってこのような状況に陥っているのだ。勝っていれば話もまた異なったに違いない。

（まったく、騒ぐしか能のない連中のせいで頭が痛い……）

ヘイデンは眉間を揉み解しつつ、そっとため息を吐く。

王家の厄介者とまで言われていた末姫を嫁がせることでディノス王国も納得してくれて、戦争回避ができたと安心したのも束の間。

今度は国内貴族からヘレナの婚姻相手が王家やそれに準ずる高位貴族ではなく、小競り合い相手であるモレル辺境伯家であったことに対して『パトレイアが軽視されているのではないか』と不満の声があがり、先ほども議会がその話題で紛糾したばかりだ。

かといってこちらは抗議の文を送れる立場にもないのだ。何故それがわからないのか。

戦を吹っかけ、あまつさえ悪評を持つ姫を送った側なのだ。

相手が警戒してもそれは咎める理由にはならない。それを言えば貴族たちも怯むばかり。

彼らはとかく、文句を言いたいだけなのだ。

自分たちが上位に立てないことに。

そして自国が【斜陽の国】であると認めるようで気に入らない、それだけだ。

ヘイデンは王としてすでにそれらを理解し、納得している。

そもそも、同じような国土を保有している両国であっても近年のディノス王国は進歩がめざましく、国力は目に見えて差をつけられている。これは変えようのない事実であった。

今回の件がなくとも近いうちに似たような問題が生じ、結局のところ今と同じように対処をしていくしかないのが現状である。

それを理解している貴族たちはすでに奔走していて、議会中も静かだった。

だが認めたくないのか本当に理解できていないのか、一部の貴族たちが声を荒らげて己を大きく見せようとするものだからヘイデンは疲れる一方だ。

「……そういえば、あの子の噂をとんと聞かなくなったな。少しは落ち着いたのか」

「陛下？　何か仰いまして？」

「いや、なんでもない。それで？　なんだったか」

ユージェニーが首を傾げて質問するのをヘイデンは軽く手を振って誤魔化した。

今更になって末娘が落ち着いても、国内の問題とは何ら関係ない。

父親としては娘が婚家で成長したというならば、寂しく思うのと同時に安心である。

結婚して家庭を持ち、ようやく一人前になったのかもしれない。それだけだ。

「嫁ぎ先から何か慰めになるものを送ってほしいと言われたので、陛下もあの子が喜びそうなものを見繕ってくだされぱと……」

「ふむ……確かに今回の功労者でもあるし、労いの意味も踏まえてそれもいいかもしれないな」

何がいいだろうか、そうヘイデンは考える。

嫁いだとはいえあの子はまだ年頃の娘だ。

婚家の辺境伯家がどれだけ裕福かは知らないが、今回は人質の意味合いでの政略結婚。それが重要である以上、贅沢な暮らしをさせてもらえているとは思えない。

（戦争をしたわけではないが、実質敗戦国の姫の扱いなど良いものであろうはずがない）

それを思うとヘイデンの胸も苦しくなる。

普段から華美なものを求めがちだという末娘には良い罰でもあるだろうが、それでも故国を離れてさぞかし心細い思いをしているに違いない。

ヘイデンは父親として娘の慰めになるものを贈ろうと、近くにいた侍従を呼んだ。

「商人に言って装飾品を用意させよう。確か、華やかなものを好んでいたのだったな……うん？何色が好みだったか。ユージェニー、あの子の好む色は何色だ？」

贅沢を好み、ドレスもアクセサリーも好きなだけ欲していた娘だから、国民の手前、王女として手本になるべきだとそれらを禁じたことはヘイデンも覚えている。

それ以降はすでに持っていた派手なドレスに身を包んでいたはずの娘の姿を思い出そうとしてみるものの、王の記憶の中にある末姫の印象は朧気であった。

嫁入り道具も最高級のものを揃えたとはいえ、華美にならないよう気を遣いに遣ってシンプルなものを用意した。

きっと、華美なものを好む末姫は腹を立てたに違いない。

向こうに連れて行ける侍女は限られていたため、あちらの家で騒ぎを起こしていないといいのだがとヘイデンは苦笑する。

侍女たちに当たり散らすと聞いてからは末姫を叱ることのできる王妃つきの侍女と、王室に長く仕える執事だけをつけた。おかげで少しは矯正されたと思うが、どうだろうか。

彼らのように叱ってくれる人間があちらの国でも末姫の傍にいてくれたら心強いのにと考えたところでヘイデンはハッとした。

（……そういえば侍女たちに当たり散らすと聞いた割に、人数を減らした後は静かであったな）

減らせばその分、攻撃は集中するはずだ。

我慢なんてものからほど遠い娘が、状況を把握して行動できるとは思えない。

それなのに、何故急激に報告が減ったのか。

煩わしいことから解放されて仕事に集中できるとこれまで特に気にしてこなかったことを、ヘイデンは今更ながら後悔する。

詳しい報告が上がってきていたはずだが、もしかすれば反省した末姫は、とっくの昔に王女として成長を遂げていたのだろうか。

（だとすれば悪いことをしてしまったな）

当時は叱られたのが堪えたのだろうと放っておいた。

いずれはゆっくりと末姫の話も聞いてやろうと、その時のヘイデンは考えていたのだ。

だが国王としての責務に忙殺されて話せないまま、末姫は嫁いでしまった。

それを思うと、さすがに申し訳ない気持ちになる。

「ユージェニー、どうした。あの子の好きな色を教えてくれんか？」

国王として責務を果たすことに邁進するあまり、父親としては決して褒められたものではないなと自嘲気味に笑うが、これを機に贈り物と共に手紙を書いてもいいかもしれない。

あまり頻繁な手紙のやりとりはディノス王国に不信感を抱かせるかもしれないが、それでも父親として失われた娘との時間を取り戻す良い機会だと思えたのだ。

だからこそ、この贈り物は失敗できない。しかし妻の意見を取り入れれば問題ないだろう。

子育ては、ユージェニーに一任していた。

だから娘の好みを熟知していると、ヘイデンはすっかり信じていたのだ。

「わ……わかりません」

「何？」

ところが、妻の口から出たのは『わからない』というまったくの想定外なものであった。

忙殺されていたのは王だけではない。王妃もそうだと気づいてからは『では誰が育児をしていたのか』から始まり、ようやくヘイデンはおかしいということに気づいた。

ユージェニーは自分が間違っていないと頑なに思うあまり、それを認めることができなかった。

だが、ヘイデンは妻とは違った。まだ目は曇り切ってはいなかった。

子育てをしていたはずのユージェニーも知らず、自分も知らない〝末娘〟についての情報は、果たして正しいものなのかという疑問をようやくそこで抱いたのである。

とはいえ、遅すぎたのだ。何もかも。

「なんということだ」

父親である自分も、母親であるユージェニーも、末娘のことを知らないのだ。

ヘイデンは衝撃を受けた。いつだって部下たちからの話しか聞いていなかった。

妻からも、娘たち、息子、そして本人からも聞いたことがないだなんて欠片も思っていなかったのだ。だが、いくら記憶を辿っても一つも思い出が出てこない。

（あの子のことだけ、まるで何も）

自分と同じプラチナブロンドの髪と、同じような目の色をしていたことは覚えている。

待望の男児、そちらを優先したが生まれた当時は愛らしい双子として神に感謝をしたのだ。

名前をつける時にもどの名が良いだろうか、ずっと考えて、宝物のように……。

だがいつからあの子の顔を見ていなかっただろうか？

あの子の名前を呼ぶことすら、ずっとしていなかった気がする。

ヘイデンは愕然とした。

「なんということだ。……おい、お前。あの子の持ち物はまだ処分されていないはずだな。持ち物から好みを調べよ！」

「は、はい！　かしこまりました‼」

侍従は慌てて去って行く。

本来であれば末姫につけた侍女と執事に話を聞けば済む話であったが、執事は末姫が嫁いで行った日に、そして侍女は先日この城を辞してどこかへ行ってしまった。

（もしかすると、我々は何か大きな間違いを犯していたのかもしれない）

ヘイデンはつるりと自分の顔を撫でて、それから顔色をなくしたユージェニーを見つめ、ただ小さく息を吐き出すのであった。

幕間　三番目の姫

サマンサという王女は、何につけても中途半端だった。

それでも王も王妃も忙しい合間に相手をしたたし、上にいる姉二人が可愛がってくれていたからサマンサは日々に不満などなく、幸せだった。

彼女は大変見目麗しい女性だった。

幼い頃からその美貌は周囲の人々を虜《とりこ》にし、誰もが彼女を愛らしいと絶賛したものだ。

誰も彼もが彼女を褒めそやし、その容姿を称え、構ってくれた。

だがそんなサマンサの生活はある日、一転する。

サマンサが二歳の時、弟と妹が生まれた。

彼女もまた姉になる日を心待ちにしていた一人であったが、想像していたものとは異なった。

男児が生まれたことによって国中が沸いた日から、サマンサは誰にとっても〝三番目の姫〟でしかなくなったのである。

　これまで末っ子だからと愛されていた状況は様変わりし、両親は弟優先の生活でサマンサに会いに来る回数が大きく減った。代わりに、乳母と過ごす時間が増えた。

　姉二人は変わらず愛してくれていることがわかったが、こちらも共に過ごす時間が減った。

　姉たちは弟の世話を自らしているという両親に代わり、国政の手助けをしているという。

　それに、どうやら姉たちは意中の相手と愛を育むのに忙しいという噂も聞こえていた。

　だからといって、サマンサが寂しい思いをしていたかというと、そうでもない。

　王女として生まれた以上、彼女にも最高の環境は与えられていた。

　物心がついた時には自分が三番目だから後回しなのだと、ただ理解していた。

　初めの頃は彼女もそれで良かった。

　姉たちが自分に構ってくれるし、両親も時折顔を見せてくれて、勉強を頑張れば褒めてくれた。

　容姿が優れていたから周囲の貴族からもいつだって褒めてもらえた。

　サマンサは常に愛されている、その現状に満足していたのだ。

　だが、月日が経つにつれ周囲も変化する。

　二言目には〝弟〟の話題が人々から出るようになった。

　姉たちの口からも『弟が生まれてくれて良かった』という言葉が出てくるようになった。

　以前よりも家族が自分に構わなくなっていたことに、早いうちからサマンサも気づいていた。

　寂寥感を覚えるものの、それも仕方ないと彼女は諦める。だが、ふと思ったのだ。

（じゃあ、〝妹〟は？）

姉たちは自分を構うように、弟だけでなく妹にも構っているはずだ。

だから自分と過ごす時間が減ったのではないか。それは少しいやだな、そうサマンサは思った。

それは幼い嫉妬心が芽生えた瞬間だった。だが自分も姉だと彼女もすぐに考え直す。

サマンサは自分も姉たちのように、弟妹に対して優しい姉になりたいと考えて乳母に頼んでこっそりと二人の様子を見に行った。

弟と妹はそれぞれ別室で育てられていた。それも離れた場所だ。

サマンサは首を傾げる。何故一緒ではないのだろう。

弟のところは豪奢な部屋で、おもちゃがたくさんあって、両親がいた。

二人揃って可愛い可愛いと弟を愛でる姿に、サマンサの胸がずくりと痛みを訴える。

だが声をあげる前に、乳母によってその場から離された。

(どうして)

その疑問は誰に向けたものか彼女にもわからなかったが、声にならず消えていった。

今思えば、あれは乳母の優しさだったのかもしれない。

そしてその後で向かった妹のところは、ひどく静かだった。

先に弟の部屋を見たせいかもしれない。そう思いたかった。

閑散としていて、自分のところよりも侍女がいなくて、初めて見た〝妹〟はぽつんとしていた。

(可哀想だ)

二つしか年が離れていなかったこともあったからなのか、いっそう哀れに見える。

サマンサは、妹に構うようになった。

どうやら侍女たちは妹のことがあまり好きではないらしい。

我が儘だからと言っていた。幼いサマンサは、それを信じた。

だから、妹の我が儘を窘めた。

姉として可愛い妹を導いてあげなければと、その一心だった。


だが成長するにつれて、自分たち家族の歪《いびつ》さにサマンサは誰よりも早く気づいてしまった。

その頃には嫉妬する心も、恐れる心も大きくなっていた。

家族にそれを上手く伝える術も思いつかないまま、月日だけが流れていく。

そして大きくなっていく歪みに、恐れ慄《おのの》いた。

三番目の姫であるサマンサは、容姿以外優れたところが特別なく、誰よりも臆病だった。

両親の関心は相変わらず弟だけに向いていたし、上の二人の姉も自分の想う相手と婚約が決まって幸せそうで何も相談ができない。

家族の誰も、それらのしわ寄せが弟と妹に行っていることに気づいていないことがサマンサにはたまらなく気持ち悪かったのだ。だがそれを告げて、自分に矛先が向くことを恐れた。

妹のことを我が儘だと言っていた侍女たちは、どうやら迷信を信じているようだった。

双子は不吉、だから王家にそぐわぬ末子として遠ざけるべきという大義名分を掲げてそうしているのだと陰で言っているのを耳にして、サマンサは恐ろしくなった。

実際どこまで彼女たちがそれを信じて行動しているのかはわからないが、少なくとも今の暮らしに対して小さく積もった鬱憤を妹で晴らしているような気がしてならない。

庇うことも考えたが、自分まで嫌がらせをされたらという怯えが表立って、行動できなかった。

彼女たちが侍女頭に叱られたとか、天気が悪いだとか、好みの異性に恋人がいたとか……そんな他愛ない愚痴を零している日に限って、妹の悪い噂がそこかしこで聞こえてきた。

サマンサを相手にする侍女たちは、まるで人形を相手にするように世間話をしてくるのだ。

初めはなんてことのない世間話として聞き流していたサマンサも、それと妹の悪評が重なる日が度々増えると疑問に思わずにはいられなかったし、それが確証を得た時には怖くなった。

お人形のようなサマンサは、いつだってニコニコと笑って相手の話を聞いて頷いてあげるだけ。

だから侍女たちが気を緩めているのだろうとは思ったが、それは同時に侮られているということでもあるとサマンサは気づいていた。

（ああ、わたしは弱虫だから）

妹を愛しく思うのに、怖くて、怖くてたまらなくて、動けない。

困っている様子を見ても、両親に相談しろとしか言えない自分が情けない。

それでも、それ以上のことは彼女にはできなかったのである。

サマンサは臆病だ。

だから全てのことが怖かった。

ただ、妹にはなんとかその苦境を乗り越えてもらいたいと願っていた。それだけは確かだった。

何もしてあげられないけれど、どうにか自分で頑張ってくれたらと願う。

教師の件もそうだ。

迷信から疎まれるだけでなく侍女たちに軽んじてられている妹を見て、末姫には何をしてもいいと勘違いした教師がいたようなのだ。どの教師かはわからないが。

妹からそれを相談された時も『両親に言えば侍女も服も教師も、みんな取り替えてくれるはずだ』と告げ、その際は自分が助言したことは決して誰にも明かしてはならないと妹に約束させた。

自分が悪者になることだけは、避けたかった。

その教師が誰なのかも聞かなかった。少なくとも妹がされているようなことはサマンサの記憶にないし、かといって妹に親身になった結果、その教師から嫌がらせをされるのはいやだった。

そしてどの教師か知って、自分がこれまでと同じ態度をとれるかも不安だったのだ。

サマンサは、どこまでも臆病な、普通の子どもだったから。

その結果、妹は『我が儘放題の悪辣姫』といつの間にか呼ばれるようになり、そんな妹を気に掛ける自分は『とても優しい王女』として持ち上げられてしまった。

サマンサは戦慄した。

周囲の悪気のない悪意も、自分を尊敬するかのように見る目も、弱い自分も、罪悪感も。

表情をなくし、ただ茫洋と外を見つめている小さな妹を見ることも恐ろしくてたまらない。

だから彼女は逃げ出すことを選んだのである。

「怖いの！　助けて、あなたの国へ連れて行って！　わたしをここから逃がして‼」

隣国ライラトネの王子であるヘラルトとはパーティーで顔を合わせたことが何度もある。

歳が近いからという理由で近い席に座ることも多く、それなりに親しかった。

年齢を理由にわざわざそういう場を設けるということは、将来的には自分たちを婚姻させて両国の仲を深めようという腹であるとサマンサも知っていた。だから頼りやすかった。

自分の容姿が男性に好まれることを彼女は理解していたし、彼から異性として意識されていることも知っていた。彼ならば身分も相応ということで難なく連れ出してくれると踏んだのだ。

そしてヘラルトは、そんなサマンサの希望を叶えてくれた。

表向きの理由は一目惚れからの恋愛結婚だが、実際はそんな感情などではない。

一日でも早く婚姻したいと望むヘラルトに、パトレイア王家は一も二もなく賛成した。

経済的な条件で有利なものを提示されたからかもしれないが、娘の幸せを願っていることも本当なのだろうと思うとサマンサは罪悪感に苛まれる。

だがそれでも安堵の方が大きい。

ライラトネ王国へと嫁いだ現在に至っても、サマンサは夫となったヘラルトに対して異性としての愛情は抱いていない。

それでも祖国から連れ出してくれたことに対して感謝しているし、夫を尊敬しているし、信頼を寄せている。もうサマンサには、ヘラルトしか頼れる人間がいないのだ。

逃げ出してしまったという罪悪感が常に彼女の後をついてきている。影のように。

夫を愛せないこと、幸せを願う両親に本当のことを言えなかったこと。

歪みを恐れる余り立ち向かうことも相談もせず一人、逃げ出してしまったこと。

なによりも、あの場に残された妹のことを思うと申し訳なくて胸が苦しくなる。

(あの子はわたしのことをどう思っているんだろうか)

憎まれているだろうか、恨まれているのだろうか。それとも何も思われていないかもしれない。

もしも幸せを願われていたら、それこそ罪悪感に押し潰されそうだとサマンサはまた勝手に胸を苦しくさせる。

周囲の反応を恐れる余り、幾度辛辣な言葉を妹に対して吐いてしまったことか！

妹が慕ってくれればくれるほど嬉しかったし、愛しかった。

けれど同時にサマンサは、妹に嫌われたかったのだ。

表立って守ってやれない自分の弱さが憎くて、いっそのこと妹が嫌ってくれたら自分を慰める理由になるのにとそう思ったのだ。

弟に関しては知らない。ほとんど、交流などなかった。

常に両親のどちらかが傍にいたため、個人的な話はしづらかったのだ。

大きすぎる期待に潰されそうになっているということは人伝に聞いているが……両親に嫌われるかもしれないと思うと、やはりサマンサには何もできなかった。

（ああ、どうしてあの子が）

姉として、手を引いて守るべきだったろうに、そうしなかった。

結果、弟も妹も辛い目に遭っている。

自分は姉たちのように心を救ってやれないどころか、もっと追い込んだに違いない。

その自責の念が、彼女を苛むのだ。いつまでも、いつまでも。

「大丈夫かい？　サマンサ」

「……あの子が、嫁いだの。ディノスの、辺境伯に」

死神のように恐ろしく、強い戦士だと聞いた。

自国のために戦うならば、きっとどこまでも心強いことだろう。

いつかは妹も嫁ぎ、あの歪んだ関係から抜け出せると、そうなってくれたらようやくこの罪悪感から解放されると信じていたのに。

だがまさか諍いの結果、妹が人質として敵国の相手に嫁ぐことになるだなんて‼

サマンサは、そんな未来などこれっぽっちも想像していなかったのだ。

自分がいなくなれば、差し出せる姫が妹しかいないということに。

罪悪感が、ただ増していくばかり。

（ああ、神様。これは罰ですか）

嘆くばかりの妻を見て、夫であるヘラルトは小さく苦笑する。

そしてこの心が弱く美しい妻に、意外と妹姫は幸せになれるかもしれないよと言うタイミングを図るのだった。

幕間　双子の兄は妹のことを

唯一の男児。待ち望まれた王子。

僕の名前を彩るその言葉。それはまるで、呪いのようだ。

本来は祝福の言葉であるはずのそれは、僕を縛り付ける鎖と同じ。

決して、蔑ろにされているわけではない。

家族は……両親は、姉たちは、僕を大切にしてくれている。

それはよくわかっているのだ。

パトレイア王家は、何故か男児の出生率が低い。

だけれど、可能な限り王太子は直系男児が望ましいと定められている。

それ故に男児が生まれる度にこうなのだと言われれば、そうなのかと受け入れざるを得ない。

いつからなのかはわからないが、家系図を見る限りは子に恵まれないというわけでもないから本当に偶然なのか、遺伝的なものなのか……かくいう僕も、順番で言えば四番目の子だ。

しかし、僕には理解できないことばかりだった。

王位に就くのが誰であろうと構わない、とまでは言わないが、王子に拘る理由が僕にはさっぱりわからないのだ。

だって一番上の姉上は責任感もあって勤勉で、とても優秀だ。

二番目の姉上は話術に長けて、周囲との折衝役が上手かった。

三番目の姉上は見目麗しいだけではなく、人の心の機微に聡かった。

いずれも僕にはない能力だ。それぞれ姉上たちの魅力であり、能力だろう。

だけれど人々は僕に対して姉上たちと同じだけを、そしてそれ以上を期待する。

唯一の男児は、姉姫たちよりも全てにおいて優れているに違いないと勝手な期待を寄せるのだ。

それは両親も同じだった。

姉上たちが優秀だからこそ、僕にかける期待はより一層強いものになるのも理解できる。

(だけど、苦しいな)

朝から晩まで勉強をして、合間には剣の修業をし、両親が息抜きにと誘ってくれる茶会に行く。

その茶会ですら王太子としての品格を求められ、僕個人はいったいどこにあるのだろうか。

どこに行っても、何をしようとも、僕は〝唯一の王子〟として衆目に晒される。

僕個人の時間が欲しいと願ってしまうのは……これほどまでに望まれ、大切にされていながらそう思ってしまうのは、我が儘なのだろうか。

鏡を見る。

そこには少しくたびれた自分の顔が映っていた。

(こんな顔をしていたら、また母上が騒いじゃうな)

以前も少し疲れた顔を見せただけで、やれ医者だの神官だの……ただ静かに休ませてほしいだけなのに、そうもいかなかったことを思い出して苦笑する。

(……ヘレナのところは、静かだったっていうけど)

双子の妹。僕と共に生まれてしまったせいで、双子は不吉だからと言われたり、僕のおまけだなんて言われてしまう哀れな妹！

(だけど、僕は妹が羨ましい)

放っておかれたい。

きっと妹は僕の気持ちを理解できないだろうし、実際妹がどう過ごしていたのか僕はまるで知らないから、ただ理想を重ねて羨んでいるだけなのだろうけれど。

なにせ人質として嫁ぐためにこの城から出て行く妹に、言葉をかけることもできなかった兄だ。

「殿下、妃殿下が……」

「母上がどうした？」

ぼんやりと鏡に指を這わしたところで、ドア付近に控えていた侍従が困惑した表情で声をかけてくる。その声にハッとして表情を取り繕い、振り返って尋ねた。

いつものように顔でも見に来たか、それとも父上に対する愚痴を零しに来たか。

だが侍従の様子を考えると、どちらも違うようだ。

「そ、それが、第四王女殿下に届ける文を王太子殿下にも認《したた》めていただきたいとのことで」

「……え？」

それは、予想もしないことだった。

僕は、姉妹たちとあまり接点がない。

まるでないわけではないが、親しいかと問われるとよくわからないというのが正直なところだ。

家族仲が良いことはいいことだけれど、それよりも生まれながらの王太子として、やるべきことが山のようにあるのだと両親は期待ばかりを口にしていたから。

その結果、双子でありながら僕は妹のことをよく知らない。

（姉たちはまだ、僕を訪ねてくれることがあったから多少の思い出があるけれど……）

とても小さな頃は、一緒にいたと思う。

それぞれの乳母が示し合わせて会わせてくれたことだってあった。

教師がつくようになってからは、それもなくなってしまったけれど。

（あの頃のヘレナは、寂しがり屋で……なのに、いつも僕を心配してくれていたっけ）

当時の僕には、それだけが、支えだった。

ヘレナだけが僕を王太子としてではなく……唯一の王子としてではなく、たった一人の片割れとして見てくれていたから。

一番上と二番目の姉上たちは、僕に対して感謝の言葉を常に言う。

僕が生まれたから自由になって好きな人に嫁げるのだ、ありがとう、と。

それが妬ましくて、じくりと僕の胸を蝕んだのはいつだったか。

三番目の姉上は、とても綺麗な人だけど……どこか僕を怖がるような目を向け、そして時々睨むように見ていた。僕が生まれたことで、両親の関心が一切向かなくなったことを寂しく思っていたのかもしれない。

罪悪感が、僕の胸を蝕んだ。

たった一人、僕を理解してくれる双子の妹は、気づけば悪評の中にいた。

両親はいつだって僕のところに来て期待する言葉ばかり投げかけるので、きっと妹には無関心だったのだろう。優越感が少しと、悲しい気持ちが僕の胸を満たす。

(手紙……手紙?)

そんなヘレナに、今更になって何を書けばいいのだろう。

結婚おめでとう?

人質としての役割を押し付けられたあの子にそんなことを言えるはずもない。

辛くはないか?

そんなことを聞いてどうする。辛いと言われたら助けられるのかと言えば、無理だ。

(そもそもあの子はどんな姿をしていたっけ)

そんなことを思って、もう一度鏡を見る。双子として面影を追った。

だけど、映るのは自分の顔だけだ。

（ああ、僕はなんて）

なんて、薄情なのだろう。

世界でたった一人の、双子の片割れを思い出せないなんて！


手紙を、書いた。

たった一人の妹に。薄っぺらい言葉を並べた気がする。

そうしたら、手紙が届いた。

隣国ライラトネの王太子、僕の義兄であるヘラルト殿から。

（……あの手紙が真実なら）

両親が珍しく揃って王城に不在のタイミングで、僕に宛てられたその手紙。

普段であれば、検閲にかけられて両親も目を通すに違いない僕宛の封書。

その内容は正直、見なかったことにしたい事実で溢れていた。

（確かに両親が不在の時でもなければ難しかったろうな）

ただ、その予定を知っていることも僕だけに届けることができることも、ライラトネ王国の人間が王城に潜んでいると告げられているようで面白くなかった。
（ヘレナ）
僕を大切にするあまり、まるで目を向けられることのなかった妹。

王家に向けられる不満が、日々の小さな不満が、あらゆる悪意が妹に向けられていただなんて！

ただ、王女であるから。それだけの理由で。

それも誰も大切にしていない王女だから！

（王家の姫という立場が、ヘレナを傷つけた）

もしもあの子が大家族の末っ子でしかなかったら、きっと可愛がられたに違いない。

パトレイア王家の末姫。

それだけであの子に全ての鬱屈が向けられるだなんて、誰が想像しただろうか。

そこにいた大勢が『誰かもやっていることだから』『自分だけじゃないから』と責任を逃れ、そして『誰かが親切にするだろう』という他力本願で目を逸らし続けたのだ。

勿論、問題はそれだけじゃない。

それだって、恐ろしいことではあるけれど。

（……サマンサ姉上は知っていて、そこから目を背けた。でもそれも理解できる）

悪意の恐ろしさを知ってしまったら、それがこちらに向くかもしれないという恐怖を感じるのは当然だろう。僕だって、怖いと思った。思ってしまった。

妹をそんな風に虐げた人々の中で僕は暮らしている。

あの子の境遇を知るサマンサ姉上の言葉をヘラルト殿経由で知った自分が情けないと同時に、恐ろしくてたまらない。僕は家族のことを、何も知らないのではないか？

だが、手紙の末尾にあった『知ったからにはやらねばならないことがあるだろう』という言葉に、僕自身を奮い立たせる。

（ヘレナが嫁いでこの城からいなくなったからといって、なかったことにはならない）

妹が受けていた虐待も、あの子が受けた屈辱も。

そしてそれに加担した者も、利用した者もいるはずだ。

（……あの子の部屋は、質素だった。だが王女の生活費はどうなっていた？　母上の侍女と、父上の執事がついていたなら報告だってあったはずだ。なのに何故、誰も気づかなかった？　それとも全員が気づいていて、なかったことにしたのか？）

さすがにそんなことはないと思いたい。

どこかで、ほんの一部の者によって握り潰されたのだと信じたい気持ちでいっぱいだ。

（だがまさか、父上もそれを黙認していたとしたら？）

その考えに至って、僕はぶるりと体を震わせた。

母上はおそらく何も知らない。……というより、気にもしていないに違いない。

あの人の関心は、ただ僕にのみ向けられている。

正確には〝パトレイア王国唯一の王子〟である〝王太子のマリウス〟に、だ。

王太子の母であり、王妃である自分。

昔はどうだったか知らないが、少なくとも今の母が望んでいるのはそういうことだろうと思う。

だからただ単純に、ヘレナに対しては興味が持てなかったに違いない。きっと、今も。

（でも父上はどうだろうか？）

時折会いに来てくれる父は、優しくて尊敬できる大人だと思っていた。

国を憂い、民も己の家族として愛していけと教えてくれる父上を、偉大な人だと信じたい。

（だけど……ヘレナにとっての父上は？）

わからない。

わからないことが多すぎて、自分は何も見ないようにしていたという事実を突きつけられた。

結局……僕は、サマンサ姉上と同じで真実から目を背けてきたのだろう。

（ああ、もう見えない振りは終いにしなければ）

王太子として、息子として、そして兄として。

僕はこれから償っていかなければならないのだと、覚悟を決めるしかなかった。

第四章 〝悪辣姫〟は立ち向かう

旦那様と想い合う仲になって、私は本来の……本邸にある辺境伯夫人の部屋へと居を移した。

もともと離れは旦那様が幼い頃から使っていた部屋だったそうで、今も一人になりたい時に使っているものらしい。

（だから綺麗にされていたし、過ごしやすかったのね……）

あそこは、旦那様にとって辺境伯の重荷を下ろせる場所だったのだろう。

息抜きの場を私に奪われていたこの数ヶ月、旦那様にとってはきっと窮屈だったに違いない。

「……今まで不便だったのではありませんか？」

「いいや、俺たちも噂の〝悪辣姫〟がどんな人となりかわからなかったから、元より離れで過ごしてもらうつもりだったんだ。ある程度は女性向けに内装も整えさせたが、不十分だったろう？」

「え？」

私としては十二分に足りていたと思うのだけれど。

少し困ってアンナを見れば、彼女はなんとも言えない表情を浮かべていた。

「……貴族家の奥方をお迎えするには、諸々足りていなかったと思います。ドレッサーですとか、アクセサリーやドレスといったものがほぼないに等しかったかと」

「でも夜会に行くわけでもないし、そもそも私は人質でしょう？　華美なものは不必要だから当然だわ。不十分と言うけれど、離れは日差しが気持ち良くて、とても素敵な場所でした」

「そうだろう？　俺も時折〝辺境伯〟なんて堅苦しい肩書きが嫌で逃げたくなることがある。そんな時にあの離れで一人の時間を作っていたんだ」

「そうだったのですね……」

「これからはヘレナも使えばいい。あそこは俺たちの離れだ」

旦那様はさらりと言ってのけるけれど、私はまだ慣れない。

私個人が持っていいもの、使っていいもの、それがここにはたくさんあると言われても、はいそうですかといきなりは受け入れられない。

私の狭量さのせいだから申し訳ないけれど……これればかりは時間が必要なのだろう。

「奥様、こちらが奥様のお部屋になります」

「ありがとう」

立派な部屋は、確かに辺境伯の妻が過ごすべき部屋なのだと実感する。

パトレイアでの私の居室は内装だけなら立派なものだった。

王女という身分に相応の部屋を与えられていたのだから、ここでもそうだということは私も理解はできている。けれど、内心の劣等感に加え自分の無価値さについて言われ続けた私にとって、王城の自室は豪華な牢獄のようなものだった。

（でも、これからはそうならないようにしないと）

この部屋に見合うだけの自分になろう、素直にそう思えた。

辺境伯夫人としてではなく、旦那様に求めてもらった私として努力を重ねていこう。

ぎゅっと胸元で手を握る。震えを悟られないように。

（旦那様は、こんな私なんかを求めてくださったんだもの。それに応えなくちゃ……）

本当は、私なんかって卑下した考え方をしてはいけないことくらいわかっている。

だけどいきなり考え方は変えられそうにない。

「続き間でご夫婦の寝所となり、寝所を挟んで反対側が旦那様のお部屋になります」

アンナの言葉に私は頷いた。

こういった貴族の邸宅では夫婦は基本的に別室だ。

そこはパトレイアもディノスも変わらないのだなとそんなことを思う。

夫婦であってもそれぞれに大事なものを隠したり、時には密談などもあるだろうし、やはりプライベートな時間を過ごすためにも必要なのかもしれない。

「もういいだろうアンナ、ヘレナだって部屋を移動したばっかりなんだから説明よりも夫婦だけにしてくれよ！」

「かしこまりました。奥様、どうか旦那様のことをよろしくお願いいたします。差し出がましいですが、旦那様はこの通り見かけ倒しと言いますか、朴念仁と申しましょうか、とにかく初っ端から奥様に苦労をかけてしまう人ですが、根は素直な方です。どうかお見捨てなきようお願いします」

「えっ」

「アンナぁぁぁあ‼」

旦那様が怒鳴るけれどアンナは一顧だにせず、私に綺麗なお辞儀をする。

大きな声に驚かされはしたものの、旦那様のお顔が真っ赤なので私はどうしていいかわからずただ目を瞬かせるばかりだ。

「そちらの呼び鈴を鳴らしていただければいつでもわたしが参りますので」

「え、ええ」

「それでは失礼いたします」

アンナはこのまま私の侍女としてついてくれることになったのだけれど、意外とおしゃべりであると気づいたのは正式に部屋を移動することが決まってからだった。

元々は私の監視要員だったらしく、不審に思われないよう距離を保っていたそうだけれど……私の生気のなさが心配で、度々旦那様に苦言を呈していたと聞いた時には申し訳なく思った。

(旦那様は気にしなくてもいいって言ってくれたけれど……)

アンナとイザヤは旦那様の幼馴染で、ずっと共に辺境伯家を盛り立ててくれている信頼できる人物だと教えてもらった。それからダーウィット神父も。

特にアンナは侍女ではあるけれど同時に護衛を兼ねているので、外出時には必ず連れて行くようにと言われている。

対外的にはイザヤもアンナも平民だし使用人であるけれど、他に人がいない時は先ほどのように気安く会話をするそうだ。

「アンナのやつ、浮かれやがって……よっぽどヘレナが本邸に移ったことが嬉しいんだな」

「え？」

「あの仏頂面のせいで表情がわかりづらいんだけど、アイツがあれだけ饒舌なのって大体機嫌がいい時なんだ。俺に対して軽口を叩いている時って言えばわかりやすいか？」

「そう、なんですね……」

つまり彼女は旦那様と私の結婚を、祝福してくれているってことでいいんだろうか？

きっとそういうことなのだろう。

それにしても、旦那様を見捨てないでだなんて。逆だろうに。

（ああ、私が自分を卑下してはいけない理由がまた一つ増えてしまった）

より一層震えてしまいそうな手を、ぎゅっと強く強く、握りしめる。

そんな私を旦那様がジッと見ていて、思わず息を呑んだ。

気づかれてしまっただろうか。

情けないと思われただろうか。

慌てて何か言い訳をしようとする私に、旦那様が優しい笑みを浮かべた。

「部屋にあるものは何でも好きに使ってくれ。足りないものがあったら、まあ……予算の問題はあるが大体は揃えられるはずだ」

「ありがとうございます。辺境伯夫人として私にできることは、何でも仰ってくださいね」

「頼りにしてる。……じゃあ、さっそくお願いしてもいいか？」

「はい！　なんなりと」

私にもできることがあるんだと、旦那様の言葉にホッとする。

そんな私を見て、旦那様は目を細めて笑う。その姿にも見惚れてしまうのは、恋を自覚してしまったからだろうか。なにもかもが、素敵に思えて仕方がない。

「じゃあまずは……俺を甘やかしてくれ」

「え？」

旦那様が私の手を引いて隣の部屋、つまり私たちの寝所へと向かった。

目を丸くする私をよそに、旦那様は寝所にあるカウチソファに座ると私を膝の上に乗せて、ぎゅうっと強く抱きしめて笑う。

なんだかとても楽しそうだけれど、私はどうしていいのかわからない。

でも、嫌ではなかった。むしろ力強い腕に守られている気がして……嬉しい。

「館の連中はみんなお前の味方で、頑張って口説いた俺を誰も褒めてくれないんだ」

「……旦那様」

「だから、ヘレナが俺を褒めて、甘やかして？」

優しい笑みを浮かべた旦那様が、私の手に頬ずりしてくる。

その様子はまるで、大きな猫のよう。

（ああ、旦那様はやっぱり優しい人だ）

私にこうして、旦那様に触れるきっかけをくださった。

怖くてまだ自分からは動けない、そんな臆病な私の手を引いてくださるのだから。

恐る恐る伸ばした手は振り払われることもない。

抱きつく私を、受け止めてくれる手はどこまでも優しい。

(ここにいたい。ずっと)

まだそれを言葉にするのは、勇気がいることだけれど。

いつかは直接、旦那様に言いたいと……そう思うのだった。

❖ ❖ ❖

劇的に何かが変わったかと問われると、そんなことはない日々。

私は自分から何かをするという行動力に欠けているし、これまで十年以上望まれていなかったことからくる自信のなさに自分でもがっかりする日々だ。

いくら大事にしてもらえているとは言え、この一ヶ月と少し程度で認識を変えることは難しいのだと実感し、その度に落胆している。

それでも旦那様は私のことを見捨てず、毎日愛でてくださっている。

今のところ、子が宿った気配はない。でも焦る気持ちはなくなった。

(私だけが愛するなんて、もう言わなくていいんだわ)

自分の寂しさを埋めるかのように子を欲したけれど、今ならきっと旦那様も、アンナも、イザヤも……この館の人々が祝福し、大切に想ってくれていると信じられる。

（ああ、でもどうしよう）

私が双子だったのだから、宿るのも双子だったら？

そうしたら私と兄のように、扱いは変わってしまうのだろうか。

少し心配になってしまった。決して旦那様だったらそんなことはしないと、思っているのに。

「どうした？」

「あ、いえ……」

「ヘレナ、大丈夫だ。何か気になることがあるならいつでも言ってくれていい」

私の些細な変化を、旦那様は見逃さない。

愛情があると、そういうことにも気づきやすいのだとアンナが教えてくれた。

そして私が黙っているのを旦那様はよしとしない。

上手くしゃべり出せない私のために、たくさんの思いやりを言葉にしてくれる。

（……自分から、もっと話せるようにならないと）

申し訳ないと思う反面、とてもありがたくて、嬉しい。

私自身はまだ変われないけれど、変わろうと努力しているのをみんなが焦らず待ってくれているのだ。以前は諦めていたことも、諦めないでもいいのだと思うと、胸が温かくなる。

それは同時に少しだけ、逃げ場がなくなった気もするけれど……そう考えることがまた逃げなのだとわかっているから、なんとかしたい。

慌てなくてもいいとみんなが言ってくれるその優しさに、応えられる自分になりたい。

そんなことを考えながら、私は差し出された旦那様の手を取る。

温かくて、大きな手。

何からも守ってくれると思える、私の大好きな手だ。

「……親が双子だと、子も双子になりやすいと本で読んだことがあって」

「そうなのか？」

「……そうだったら、どうしようかと……ふと、思ってしまっただけなんです」

他愛ない話だ。まだ宿ってもいない我が子に不安を感じるなんて。

私の言葉を聞いた旦那様は少しだけ首を傾げてから、ああ、と零すように声を出した。

目を丸くして私を軽く抱きしめ、ソファに誘われるまま旦那様と並んで座った。

「そういえばパトレイアでは双子が不吉って言われるんだったか」

「……はい」

「こっちの国じゃあそういうのはあまり聞いたことがないな。辺境区だと生まれる子どもも多いからかもしれないが……そうだなあ、俺は兄弟が欲しかったから、子どもは三人とか、だめか？」

「えっ」

「アンナやイザヤの家が大人数で、実を言うといつも羨ましかったんだ。こう見えて赤ん坊をあやしたこともあるぞ」

「えっ、ええっ……？」

旦那様が子を望んでいらっしゃることは知っていた。

この辺境伯家を、この地をとても大切に想っておられるから。

だからこそ立派な跡取りを……と思ったけれど、三人？

（男児を……ではなくて？）

混乱する私の額に口づけを落として、旦那様は笑う。

その目はどこまでも真摯で愛情に満ちていて、彼が私を宥めるためだけに言っているのではないとすぐにわかった。

「男女はどちらでもいいさ。できなければできないで、伯父や伯母に頼んで従兄弟たちかその子どもたちに養子縁組してもらえばいいしな。この土地を大切にしてくれるなら、誰だっていいんだ」

辺境伯という地位には固執していない。

そう言い切った旦那様の眼差しは、どこまでも柔らかい。

「俺としちゃ中身もヘレナに似てもらいたいな。中身が俺に似たら大惨事になりそうだしなあ」

「まあ、旦那様ったら！」

気が早い。そう言おうとする私の後ろで給仕していたアンナがものすごい勢いでこちらを向いた。

そうだった、アンナもいたんだったと顔を赤らめる私をよそに、彼女は真剣な様子だ。

「お子様が旦那様に似ていた場合、屋敷の者総出で高価なものは隠させていただきますので、ご承知おきくださいませ」

「おい、アンナ……」

「旦那様にそっくりならば、家宝の壺でシチューを作るといった突拍子もないことをなさるに違いありません」

「あれはお前も加担していただろうが！」

「すみません、記憶にございません」

（家宝の壺でシチュー⁉）

私はただ目を丸くするしかできない。子ども時代の旦那様たちは随分とやんちゃだったようだ。

パトレイアにいる私の姉兄たちはみんな王族としての振る舞いを重視していたし、そう考えると私自身、子どもらしい振る舞いというものを知らない。

（……なら、旦那様の活発なところと私の引っ込み思案なところが合わされば、ちょうどいいんじゃないかしら……？）

平らな腹をそっと撫でる。

いつかを期待してもいいのだと、素直に思えて笑みがこぼれる。

そんな中、ノックの音が聞こえてイザヤが入ってきた。

「楽しそうなところ失礼。王家からの書状が来たぞ」

「王家からだあ？」

旦那様の表情が途端に険しくなる。

差し出されたのは真っ白な封筒に金の装飾が施された煌びやかなもの。

それを一瞥していやそうな顔を隠しもしない旦那様が、乱暴に封を開けて中身を見る。

「王家主催のパーティーには妻を伴い〝必ず〟参加しろ……だとさ。ご丁寧に招待状に第三王子殿下からの直筆で『逃げるなよ』とのありがたいお言葉付きだ」

「三ヶ月後のパーティーと言えば一年でも最大の祝祭。おそらく他国からの客人を招いての場で、ディノスとパトレイアの関係を大々的に謳う目的と思われます」

「お前が普段からのらりくらりと社交場にも行かずに済ませてたせいで頼れる相手も少ないが、今回ばかりは誤魔化して不参加ってわけにもいかない。国王陛下から夫婦仲はどうかとか、根掘り葉掘り聞かれるんじゃないのか」

「チッ……パーティーはともかく、あのくそったれ王子め……俺が御前試合でコテンパンにのしてやったことを今だに恨みに思ってるらしい。まったく、執念深いやつだ」

(そういえば以前も王家とあまり上手く行っていないようなことを旦那様は仰っていたような)

特に第三王子と馬が合わないと、そんなことを零していらした気がする。

本来私が嫁ぐ相手だったという噂もあったらしいけれど、確かあの時は私の悪評がひどすぎて王家に迎えるのに難色を示したとかそんな話を母国の侍女たちがしていたっけ。

(だとしたら、今回のパーティーはきっと私のことをきちんと〝人質として〟囲い込めているかを確認したいのでしょうね)

モレル辺境伯家がディノス王家に忠誠を誓っているかどうか、その確認と共に。

第三王子も旦那様個人への感情があるようなので、きっと私に焦点を当てて嫌味を言ってくることは想像に難くない。私の悪評は材料に事欠かないもの。

本当に、旦那様には申し訳ない。

(でも、もう逃げないって決めたんだから)

私は旦那様の妻として、できる限り前を向いて微笑んでみせよう。

噂の〝悪辣姫〟そのまま……というのは難しそうだけれど、名前負けしない程度に凜々しくありたいと思う。この悪評のおかげで、大抵の人はわざわざ私に関わってこようなどとしないはずだ。

(旦那様の恥とならない淑女として、振る舞いにだけは注意しなくては)

もう私はパトレイアにいた頃の、言われるがままの〝悪辣姫〟ではないのだ。

モレル辺境伯夫人のヘレナとして自分らしく社交界に立ち向かわなければ。

私はスカートを握り締め、覚悟を決めるのだった。

❦ ❦ ❦

初めての夫婦揃っての社交、どうしても緊張してしまう。

今回の装いは、全て旦那様が選び、揃えてくださったものだ。

とはいえ私の意見を無視してということではなく、私に似合うと旦那様が準備してくださったドレスの中から選んだのだけれど。

（……しっかりしなくちゃ）

私たちの結婚は、決して周囲から祝福されたものではない。

だからこそ、準備はしっかりしておくのだ。

残念ながら、私たちは今回どうしたって好奇の目に晒されるであろうことは、想像に難くない。

旦那様は本来跡目を継ぐ予定がない立場だったから見くびられがちであるし、私はパトレイア王国から人質として寄越された王女であり、周辺諸国に〝悪辣姫〟の悪名が流れる人間だ。

そんな二人が結婚したのだから、注目を浴びるのも仕方がないのかもしれない。

ディノス王国内の貴族たちの中には、モレル辺境伯家を今でも新参扱いしている人たちがいるらしい。そうした人たちのことを旦那様は気にしておられないけれど、社交を好まない性格ゆえに彼らに言いたい放題されているとイザヤが嘆いていた。

特に第三王子に嫌われていることで、第三王子の派閥からの口撃が止まないそうだ。

幸いなことに近隣の領主たちは少なくとも敵対はしていないそうだけれど……友好的かと問われればそうでもないという。

(派閥の問題は、複雑だというものね……)

少なくとも私自身、嫁ぐ前も嫁いだ後も社交らしいことをこれまでしてこなかった。

そういう意味で未経験と言ってもいい。その点では旦那様のお役に立てる気がしない。

悪評はどうあっても今更消えることはなく、人々は〝悪辣姫〟の噂を元に私を見るだろう。

ならばいっそ彼らの望む姿をした方が良いのではないかとすら思ったけれど、旦那様は今の私をそのまま見せればいいと仰った。

好きなドレスを選び、旦那様の陰に隠れていたければそれでいいと……挨拶だけして、パーティーを後にしたって構わないとまで言ってくれたのだ。

「……本当によろしかったのですか？　噂通りの〝悪女〟であった方が、王家としては厄介払いができたと喜ぶのでは」

辺境地から王城へは距離があり移動には日数が必要なため、私たちは最低限の荷物を持って、護衛を引き連れ王都にあるタウンハウスで準備を整えていた。

旦那様から贈られたドレスは、私が故郷にいた頃に着ていたものとはまるで違うデザインだ。

(噂通りの悪女であれば王家は〝貧乏くじ〟をモレル家に押し付けてやったと満足して、それ以上旦那様を困らせることはないのではと思うのだけれど……)

「たとえ逃がした魚がでかかったってあっちが気づいたところで、ヘレナは俺と正式に結婚してるんだ、今更王家だって文句のつけようがない。むしろ噂を鵜呑みにして確認もしなかった落ち度でせいぜい悔しがってくれと思ってるよ」

「旦那様……」

「ヘレナは俺の妻だ。返せと言われても返してやるものか。王家にも、パトレイア王国にもだ」

「……はい、旦那様」

そう、今日の夜会にはパトレイア王と王妃も参加する。

ディノスとパトレイア、両国の講和を記念して、互いに過去は水に流して良い関係を築いているという周辺諸国に向けたパフォーマンスでもある。

とはいえパトレイアの国王がディノスに足を運ぶのだから、力関係なんて見る人が見れば丸わかりに違いない。

（……陛下たちは私の装いを、今の姿を見て何を思われるのかしら……。いいえ、きっと何も思わないわね。せいぜい、装いがまともになったと言われるくらいかしら）

旦那様の色をふんだんに取り入れた、美しいドレスとアクセサリー。

黒ベースのドレスは裾に向かって青くなるグラデーションで、胸元には青い糸で刺繍が施されている。決して暗いイメージにならないのは、キラキラとした光沢があるからだ。

袖は割とシンプルだけれど、黒からグラデーションになるように広がる青紫のレースが品良く揺れている。

つけているアクセサリーはいずれもシルバーに、青みの強いサファイア。

「いいな、てっぺんからつま先まで俺の色だ」

「独占欲むき出しなのは如何かと思いますよ」

「うるさいぞ、イザヤ」

「はいはい、まったくもう……」

旦那様はカフスに青紫のサファイアと、似たような色合いのクラバットを身につけている。

互いの目の色を模した宝石を身につけ、さらには衣装の共布で『我々は夫婦円満である』と示しているわけだけれど……なんだかとても照れくさいのは、私だけなのだろうか。

旦那様はとてもご機嫌だけれど。

「今日のパーティーで王族と会うのは癪だが、山一つ向こうの国の親善大使が来てるんだ。あそことツテができるとありがたいな」

「……？　もしかして、薬の関係でしょうか？」

「ああ、そうだ。よく知ってるなあ。俺はイザヤに言われるまで知らなかった」

「アンタは辺境伯のくせに周囲に関心がなさすぎなんでしょうよ……」

私たちの後ろに控えて今日の段取りを説明してくれるイザヤが、酷く疲れたような声を出した。

旦那様は少し肩を竦めただけだったけれど。

山一つ向こうの国、そこは薬学に優れた国だということは聞いたことがある。

ディノスともパトレイアとも違う、皇帝が治めるバッドゥーラ帝国。

間に山を挟むだけなのに、そこはまるで別の世界みたいなのだとか。

言語も、風習もまるで異なった国だと本を読んで知っている。

とても興味深い話だと思っていたので、その国から来た人と言葉を交わせたら嬉しい。

「さあ、そろそろ行くか。……でも綺麗なヘレナを見せるのは、少し腹立たしいな」

「我らが辺境伯様、頼むから王城では大人しくしてくれよ？　奥様、本当にコイツの舵取りお願いしますね！　俺は中まで入れないんですから‼」

「え、ええ。精一杯、旦那様のお役に立てるよう頑張るわ、イザヤ」

イザヤに頼まれたはいいものの、何ができるかはわからない。

むしろ私が旦那様の足を引っ張らないように努力をすべきである。

それでもこれは……私が変わるための、第一歩でもあると、そう思ったのだった。


ディノスの王城は、パトレイア王国のものとはまた少し趣の違うものだった。

立国した年代も、気候も似たようなところが多いのに、国が違うだけで言語も違えばあれこれと違いがあることにいつだって驚かされる。

大陸の三つ子国、互いに手を取り合う仲であったはずがいつからいがみ合うようになったのか。

(でもこの国が発展を続けているのに対して、パトレイアは衰退していく一方……)

その原因がなんなのか、私にはわからない。そしてわからなくても別に問題ないのだろう。

私は国政に携わる人間ではないし、それを求められてもいないのだから。

だけれどそれで済んでいた時とはまた違って、今は少しだけ考えることが増えたと思う。

「大丈夫か、ヘレナ」

「……はい、旦那様」

人の目が今でもまだ、少し怖いと思う。こんな大勢の前に出たのはいったいいつぶりだろう。

パトレイア王国にいた頃、公式行事に出ることは当然のことだった。

けれど、私に注目が寄せられることはなかった。

いつもみんなの興味は兄にだけ向けられていたから。

（私は後ろに下がってなるべく前に出ないようにって言われていたっけ……）

兄の引き立て役くらいにしか役に立たない、立場を弁えろなんて陰口もあった。

実際、何の役にも立たない第四王女なんてそんな扱いでも仕方ないと思う。

「モレル辺境伯アレンデール様、並びにヘレナ夫人ご入場！」

その声にすでに入場し談笑に興じていた貴族たちの目が向けられる。

好奇の目、ただ反応しただけの目、目、目、目。

一人だったら怯んでしまいそうなそれも、隣にいる旦那様のおかげで俯かずに済んだ。

「……陛下の入場までは時間がある。適当に飲み物でも取って落ち着こう」

「はい、旦那様」

遠巻きに見られつつ手に取った果実酒で唇を湿らせていると、ディノスとパトレイア、両国の王と王妃が入場する。

ディノス王国側は、三人の王子と妃たちも一緒だった。

「あの一番端でふんぞり返ってこっちを見ているのが第三王子だ。やつに絡まれたらすぐに逃げるか適当に言い訳をして足でも踏んでやるといい」

「旦那様ったら」

緊張する私に旦那様が冗談を言ってくれるおかげで、少しだけ気が紛れた。

一段高いところではディノス王がパトレイアとの諍いを嘆き、過去を乗り越えるために……と演説を行い講和について述べている。

私は久しぶりに目にする両親の姿に何か心に響くかと危惧していたけれど……驚くほどに、何も響かなかった。不思議だなと思った。

「それではディノスとパトレイア、両国の絆がこれからも続くことを願い、乾杯！」

乾杯の音頭と共に流れ出す音楽。

ここからは、交流となるのだろう。一気に活気づいたホール内を、私はぼんやりと見ていた。

「話しかけられると面倒だな。ヘレナ、踊りたいか？」

「旦那様ったら……イザヤに叱られてしまいます」

「まあそうなんだが……」

ダンスは踊ってみたい気もするけれど、余計な注目をされそうな気もして乗り気にはなれなかった。かといって私たちを遠巻きに見ている人たちと積極的に交流をしたいかと問われると、それも何か違う気がする。

（イザヤには周りから印象が良くなるよう、笑みを絶やさず友好的に過ごしてくれって言われたけれど……どこまですればいいのかしら）

旦那様はどちらかというともう帰りたいのか、仏頂面だ。

結局、私たちは壁際でいつものように二人仲良く談笑に興じることにする。

するとそこに歩み寄ってくる人物がいた。ディノス国王の後ろに控えていた、侍従だった。

「――ご歓談中のところ申し訳ございません。モレル辺境伯様、陛下がお呼びにございます」

「……承知した」

すっと差し出される腕。気遣わしげな視線。

ディノス王の近くにはパトレイア王と王妃がいる。そのことを心配してくれているのだろう。

私は何かを言う代わりに、旦那様の腕にそっと手を絡め、歩を進める。

そもそも、呼び出されることは想定内の話。

両国の和平を願い、両国王がパーティーで姿を見せた後はきっと……パトレイア王国側と、私を会わせるだろうと予測はしていた。

そこに含まれる意図はいろいろあってどれ《ヽヽ》が主たるものかはわからないけれど、少なくとも人質が大切にされていることを示すためにも家族に会わせておく必要があるはずだ。

パトレイア王国側も家族を気遣う様子を見せることで、体面を保つに違いない。

実際のところは、あの人たちにとって私との時間は価値などないのだろうけれども。

「王国の太陽たる国王陛下、並びに月である王妃殿下にご挨拶申し上げます。モレル辺境伯アレンデール、お呼びと伺い参上いたしました」

「よく来た、モレル辺境伯よ。奥方も元気そうで何よりだ」

「ありがとうございます」

ディノス王と王妃がにこやかな態度で私たちを出迎えた。

ちらりと視線を巡らせれば王太子と第三王子もいる。第二王子は席を外しているようだ。

王太子殿下は特にこちらに視線を向けるでもなく王太子妃殿下と何かを喋っている。

第三王子殿下はこちらに視線を向けているけれど、なんだか不機嫌そうだった。

「二人を呼んだのは他でもない。嫁いでそろそろ一年、故国が恋しいのではないか？　パトレイア王夫妻も娘と離れてさぞ寂しかろうと思ってな」

「寛大なお心、痛み入ります」

「よいよい。パトレイア王夫妻は此度の賓客ゆえ、ダンスホールに下りることは難しいのでな、こうして若い二人に足を運んでもらったというわけだ」

私はディノス王に向かってただこの国の礼儀に則ったお辞儀をする。

温かな言葉、思いやりの態度――だけれどそれはディノス王国の臣下に向けた慈愛のものであることを、忘れてはいけない。

私はもうパトレイア王国の王女ではなく、ディノス王国の臣下の妻であると態度で示さなければならないのだ。同時に友好国の王女であったという品位も求められている。

この関係は決して対等ではないと、人質である私が理解していることを示さなくてはならない。

「モレル辺境伯よ、そなたの奥方は大変賢いようじゃ」

「は、自分のような無骨な男には得がたき妻にございます。良縁をいただき、国王陛下には感謝しかございません」

ディノス妃の言葉に、旦那様が如才ない返事をしたけれど……どうやら私の行動は、王妃様の目に適ったようだった。

そして私は両親に目を向ける。

「パトレイア王国国王陛下、並びに王妃殿下にご挨拶申し上げます」

「あなた……そんな、他人行儀な……」

妃殿下が動揺しているように見えたけれど、どうしてだろうか。

パトレイア王は幾分か、顔色が悪いように見える。

もしかすればこのパーティーがお二人の負担になっているのかもしれない。

それとも私を人質として嫁がせたことに対し、良心が咎めるのだろうか？

なら、私が幸せだと示せば、少しは気持ちが軽くなるだろうか。

「私はパトレイア王国の王女として、一人の臣として役目を担い、そして嫁ぎました。嫁ぎ先であるモレル辺境伯家では大変よくしていただいておりますし、幸せな生活を送っております」

「……そうか」

「でも、あなた。そんな地味な服を着て！　もっと華やかなものを好んでいたのではなくて？　それともまさか強要されて――」

「ユージェニー、よさんか！」

慌てて陛下が止めるものの、その場がしんとしてしまった。

ダンスホール側までこの声が届いていなくて良かったと、心からそう思う。

（そうよね、私のイメージはこの人たちにとって赤や派手なレース、そして宝石だものね）

キラキラしたスパンコールとやたら大きなビジューで飾り立てられ重くて動きにくいドレス、着る人間が埋もれてしまいそうなレース。

今思えば、まるでゴテゴテと飾り立てられた祭りの人形のようだったかもしれない。

そしてそんな私は、さぞかし人々の目には滑稽に映っていたことだろう。

でも私が本来好むのは、今着ているようなドレスだ。

レースやビジューは確かに使われているけれど……それだって過度に取り入れられているわけではない。歩く度に笑われることも、ジャラジャラと音を立てることもない。

着ていて楽しい気持ちになれるドレスだ。

それを否定されたようで、泣きたいような、叫び出したいような……そして、温かな気持ちも何もかもなくなってしまうような、そんな気持ちになったのはどうしてだろう。

期待なんて、していなかったはずなのに。

「こちらのディノス王国ではパートナーの目の色を取り入れたドレスが主流なんです。私のドレスも、夫の色で仕立てております」

「えっ……」

妃殿下の驚く声をよそに、私は隣に立つ旦那様を見上げる。

優しい笑みを返してくださって、辛い気持ちが和らいだ。

(旦那様と私の関係を、人質とそれを監視する人間という関係にしか捉えていないんだわ)

それは当然のことかもしれないけれど、僅かでもいいから『政略結婚でも二人は歩み寄った』と思ってくれたらと考えていたが、そうはならなかったことを思い知らされる。

今の私は、ドレスに埋もれて自身を見てもらえもしなかった哀れな子どもではなく、きちんとしたものを身に纏い、それなりに見られる姿になった貴婦人であるはずなのだ。

そこに私たちの関係が良好であることを、私自身の変化を認めてもらえないことに落胆し、落胆した自分にまた落胆する。

どこかで私は……やっぱり期待していたのだろう。

だから――だからひどく、胸が、痛んだ。

（私ったらまだこんな気持ちを……）

自分でもなんと未練たらしいことだろうと呆れる。

この人たちにしてみたら、私などいないも同然だろうに。

もう諦めよう、期待してはいけないと何度も何度も自分に言い聞かせたというのに。

「……よろしければ、改めて私の夫を紹介させていただければと思います」

これ以上ドレスの件で話をしようとしてもきっと無駄だ。

私はそう思って目を伏せる。

それよりもここでやるべきことを頭に浮かべて順にこなしていった方が、よほどマシだ。

（これ以上惨めな思いをして、気持ちを鬱々とさせても良いことなんて何一つないのだから）

私の言葉に陛下たちはハッとした様子を見せて、旦那様を見た。

旦那様は変わらず薄く笑みを浮かべていらっしゃるけれど、どこかひんやりとした雰囲気だから……これは気分を害されたのかもしれない。

（それはそうよね、私のせいとはいえご自分が選んだドレスを貶《けな》されたようなものだもの）

旦那様が用意してくださったドレスは、どれもこれも素敵なドレスだった。

その中から私に選ばせてくださって、ここに来る間もずっと褒めてくださっていたのに！

本当に申し訳なくて、逃げ出していいなら逃げ出したい気分だわ。

（どうして私は上手くやれないのだろう）

それなりに綺麗に装えたと嬉しくなった、その自信はとっくに消えた。

旦那様の隣に立てる人間になれた、そう思えていたはずなのに。

変わらなくちゃ、変われるはずだって私は自分でそう思っていたけれど、それは間違いだったのだろうか。落ちていく思考と、視線。

ああ、情けなさの余り泣いてしまいたい気分だ。

だけれどそれは許されない。

ここは王城で、私は今王家の人間たちを前にしているのだから、みっともない振る舞いなど許されるはずもない。いくら未熟者であろうとも。

その時、私の肩を力強く抱き寄せるその感触に、思わずハッとして顔を上げた。

（旦那様？）

「ただいまご紹介にあずかりました、モレル辺境伯アレンデールと申します。ご挨拶が遅れ、誠に申し訳ございません。先日は不躾にも手紙を送ったのですが、そちらはお受け取りいただけたでしょうか？」

「え？　え、ええ……」

「さようでしたか。当家としても妻の好みについてはあれこれと噂を耳にしておりましたが、実際に共に過ごしてみれば事実と異なることも多く是非ご家族からいろいろと教えていただければと思ったのです。妻の控え目な性格も、物腰穏やかなところも大変好ましく、わたしとしてもこの縁は誠に得がたいものであったと感じております。重ねてお礼を申し上げたい」

「……え？」

旦那様の饒舌さに驚きながらも、一人称が『わたし』であったことに彼がパトレイア王夫妻と親しくするつもりがないことが見て取れた。

そして旦那様のその言葉に妃殿下が何故だか唖然としているではないか。

陛下は苦虫を噛みつぶしたような顔だけれど。

「彼女はモレル領でも大変人気ですよ。穏やかで人の話をよく聞き、民衆に寄り添ってくれる優しい女性だと。領内ではわたしが良き妻を得たと評判になっている程です」

(そんなこと言われているの？　初耳だわ……)

いいえ、多分だけれど旦那様が私のことをあえてそのように、領民に印象づけているんだわ。

そう考えれば視察に出る度にみんなが好意的なのも納得できるもの。

もしくは、私の立場が悪くならないようとりあえずパトレイアとディノス、両国王夫妻の前で私が上手く打ち解けていると発言しておけば、人質を大切に扱っているという証明になるものね。

……結局、また旦那様に助けられてしまった。

私は何をやっているのだろう。やっぱり見た目が変わっただけでは、何も……。

「ヘレナは、優秀です。わたしはいつも妻に助けられてばかりなのです」

私がまた視線を落とすのを察したのか、旦那様がグッと私を抱く力を強めた。

それは自分の言葉を聞けと言われているようで……私は、旦那様を見上げる。

(……その言葉を、信じても良いの？)

私の存在が、少しは旦那様のお役に立っているのだろうか。

もしそうならば、どれほど嬉しいことかしら。この優しい人の役に立てたなら……。

「知識は豊富、人に学ぶことも厭わない。辺境伯夫人という立場を理解し、無骨なばかりのわたしを恐れず寄り添ってくれる。いったい、どこの誰が彼女の何を見て〝悪辣姫〟などという話を広めたのやら、首を傾げるばかりです。あまりにも美しく優秀ゆえに妬まれたのでしょうか」

旦那様は私を見てにこりと微笑み、そしてパトレイア王夫妻に視線を向ける。

私に向けるものとは違う、温度を伴わないその視線に妃殿下が顔色をなくすのが見えた。

「わたしも国家に仕える武人の一人として剣を振るう立場にありますが、それゆえでしょうか……悪鬼だの死神だの、なかなかに物騒なあだ名をいただいております。まあそれもこれも噂に過ぎないと妻が笑ってくれるので、気にもならなくなりました」

そういえばそんなあだ名があったのだと、今更になって思い出す。

サマンサお姉様が案じる程に彼の名が轟いていたのだと思うけれど、そんなことは忘れていた。

ああ、だって、この人は、この国のために剣を振るっているのだもの。

敵にとって恐ろしい姿でなくてはならなくて、やはり弱い者から見ればとても恐ろしいに違いない。

そうであればあるほど、彼らにとっての畏怖の対象として、そうした呼び名がつくのも道理。

そしてそう呼ばれたとして、旦那様は大切な領地と領民を守るために心を鬼にして戦われるに違いない。なら、どうして私が恐ろしいなどと思えるだろうか。

（……優しすぎる人だもの、旦那様は）

そんなこの方だからこそ、私はお慕い申し上げているのだ。

この人が誇り高く、誰よりも民を思いやれる人だから。

「ハハッ」

重くなってしまった空気は、快活な笑い声によって緩和された。

それはディノス王の笑い声だった。

「お前から惚気話が聞けるとは思わなんだ、モレル辺境伯よ」

「……陛下、そのようなことは」

「なに、奥方と仲睦まじいようで安堵した。これからも夫婦仲良く過ごせばよい。……さて、歓談中ではあるがパトレイア王とはまだ話があるのでな、すまんがこの辺りで切り上げてくれ。そなたたちも挨拶回りが残っているのだろう？」

「お気遣い、ありがとうございます」

あくまで親子の対面はとても和やかに終わった、そういうことにしておけという意味だろう。

旦那様は僅かに眉間に皺を寄せたけれど、それ以上何か言うこともなく頭を下げる。

勿論、私も。

「パトレイア王もすまんな、ご息女ともうしばし歓談をしたいところであろうが……我らも話し合いを続けねばならぬことが山とある。今は他の参加者たちとも言葉を交わしてやってくれ」

「あ、ああ、そうだな。すまん……」

陛下はどこか引きつった笑みを浮かべながらそう返して、私に、いいえ、私たちに視線を向けた。

少し視線を彷徨わせてから、それとは別に何かを言いかけた妃殿下を手で制して私をジッと見つめてくるので、少し居心地が悪い。

（どうして……なんで？）

王が私のことを見るなんて、いつぶりだろうか。

婚姻を告げられたあの日でさえ、その目は伏せられていたように思う。

なのに今更、どうしたことだろうか。

（ああでも、私も視線はいつだって下に向けていたから、気づかなかったのかもしれない）

愛されたいという願いを捨ててしまったからこそ……諦めていつも違うところを見ていた。

何もないところだったり、相手の衣服だったり、周囲にある自然だったり。

まあ、大抵が床を見ていたような気がするけれど……。

だって顔を上げるといつも……兄のマリウスに優しい笑みを向けるお二人の姿があって。

それを見て、私はいつだって、とても悲しくなるのだ。

あの優しい視線も、笑みも、私に向けられたことなんてないから。

でも下を向いてばかりいると、みっともない振る舞いだと周囲に叱られてしまって……それで余計に私は嫌われていったのよね。

（そうね、私が〝悪辣姫〟と呼ばれるようになったのも、きっと私自身に責任があるんだわ）

きっと、抗うことを諦めてしまった私が悪いのだ。

もっとやりようはあったのだろう。対処のしようがいくらでもあったはずだ。

大人になって大切な出会いを経た今なら、そう思える。

（旦那様のように、周囲を頼り頼られる関係を築ければ良かったんだわ）

私自身の、人間としての魅力などが不足していたために起きた現象だ。

未熟だったという言葉では誤魔化しようがない、個人の資質なのかもしれない。

「……では下がってよいぞ」

「はい、陛下」

できうる限りの美しいお辞儀《カーテシー》で応じれば、何故か両親に驚かれた気がする。

旦那様に促されてその場を去ったけれど、少しだけ気になって肩ごしに振り返ったらまだ、あの人たちは……私を、見ていた。

(どう、したのかしら……)

これまで私に視線を向けることなんて数える程度しかなかったのに。

そんな人たちがこちらを見ているという事実は、私の心を波立たせた。

「ヘレナ」

「……旦那様」

「ヘレナは俺だけ見ていればいい」

まだどこか不機嫌そうな旦那様に、私は何も返せない。

甘い言葉だと思えればそれで良かったのだろうに。

だけれど、私は……その言葉を嬉しいと思うのと同時に、あの人たちによって、旦那様に迷惑がかからないか、そればかりが気になった。

「俺たちは義理を果たしたし、ディノスの国王が認めてくれたんならもういいはずだ」

「……義理……」

「ああ。うちの陛下があの場に俺たちを呼んだのは、パトレイア王国に対してお前が元気で、大切にされていることを見せるのが目的だろう」

「はい」

「だから陛下たちが求めたことは終わったし、俺とヘレナが想い合っているという事実を見せつけてやった。挨拶もしたし、義理は十分果たしただろ？　後は適当にパーティーを楽しむだけだ」

旦那様はそう言うと私の手を取ったまま、前に立つ。

そして笑って繋いだ手を持ち上げると、その手に口づけを落とした。

「俺と踊ってくれませんか、レディ」

「――……私で、よろしければ」

「ヘレナとじゃなきゃ踊らない」

妻と最初のダンスを踊るのは、一般的な貴族の作法。

だけれど、きっと旦那様のお言葉はどこまでも本気なのだと、そう信じられる。

それだけで、先ほどまでの不安は空気に溶けて消えてしまったような気がした。

(そうね、私は義理を果たしたんだわ)

親子の対面という、義理を。

その言葉で片付いてしまうこの関係を、少しだけ寂しく思ったけれど気づかないふりをした。

ダンスをしてただ旦那様だけを見ていればいい状態は、私にとって幸せそのもの。

これまでの私にとって、こんな華やかな場はただ居たたまれない場所でしかなかった。

好みでもない上に動きにくく苦しいばかりの派手なドレスに身を包み、兄が褒められる横で声もかけられずただ好奇と侮蔑の目を向けられる。

そんな私と、誰が親しくなりたいなんて思うだろうか。

私だったらきっと、一顧だにしない。誰だって、巻き添えになりたくないだろう。

だから私は常に一人だった。

大勢の中にいても、どこにいても、独り。

本当はもっと両親に声をかけ、自分が侍女たちからドレスを選ばせてもらえていないことなどを訴えれば良かったのだろう。頭では理解している。できている。

でも振り向いてもらえない辛さだけが、アンナ以外は誰も話を聞いてくれないその状況が、私の心を折るには十分すぎたのだ。

執事のビフレスクも傍にいてくれたけれど、彼はとても寡黙だったから。

母のように甘えさせてくれるアンナが、私の心の拠り所だった。

（サマンサお姉様は、優しかった。けれど、きっとお姉様は私のことは嫌いだった）

姉としての義務で私を放っておかなかったのは、優しさで間違いないと思う。

それでも義務は義務にしか過ぎないことも、今ならよくわかっている。

恨み言をぶつけるつもりも、憎むつもりもない。

ただ、少し寂しいと思うだけだ。

上の二人の姉に関しても、同様だろう。

あの人たちの方が、サマンサお姉様よりも私に関心はなかったと思う。

（今はただ、あの方々が幸せでいてくれたらいいなと思うだけだわ）

王女としての私は弱かった。

だから家族に対して無関心になってしまった。そうすることで自分を守った。

それらを全部引っくるめて、諦めることを覚えた〝私〟だった。

「ヘレナは踊るのが上手いな。俺がまともに踊っているように見える」

「旦那様は元々運動神経がよろしいですから」

ダンスの輪を抜けて、給仕からシャンパンを受け取った私たちはホッと息をつく。

こんなに楽しいことがあるなんて知らなかった。

これまでの私だったら、この思い出を胸に生きていけると思うくらいに。

「いつか、辺境地の祭りにも行こう。ここみたいに綺麗なものじゃないが、素朴でいいものだぞ。そこでも一緒に踊ってくれるか？」

「はい、旦那様」

旦那様は、いつだって私に未来を与えてくださる。

それが嬉しくて、笑みがこぼれた。

「おっと」

【ああ、失礼！】

ふと旦那様が人とぶつかった。

その人は慌てて謝ってくれたが、聞き慣れない言語とその人の容姿に旦那様が目を丸くする。

相手は若い男性だ。浅黒い肌に綺麗な緑の目を持つ、異国の人。

「……どこの国の言葉だ？　わかるか、ヘレナ」

「例の山一つ向こうのバッドゥーラ帝国の言葉でしたが……」

「スミマセンで、ス？　ぶつける。こまる。しない！」

「ああ、いや……別に痛くない。あー……伝わるか？　これ」

どうやらこの人はディノス王国の言葉が苦手らしく、一生懸命旦那様に謝罪してくださっているけれど、その言葉はカタコトでわかりづらい。

果たしてディノス語で返事をしても伝わるかどうか。

旦那様も身振り手振りを交えて問題ないことを伝えようとするのを見て、私は一歩前に出た。

少し不安はあるものの、私は小さく深呼吸してからにこりと微笑んだ。

【夫は気にしていないと申しております。そちらはお怪我などございませんか？】

「……ヘレナ、バッドゥーラの言葉もわかるのか⁉」

「実際に使うのはこれが初めてですが、一応……」

そう、少しだけ学んだことがある。

とはいえ使うこと自体初めてなので内心ドキドキしているのだけれど。

幸いなことに私のバッドゥーラ語は相手に通じたようで、嬉しそうに笑ってくれた。

【ああ、なんと！　我が国の言葉をご理解いただけているとは！　いや本当に申し訳ない、実は通訳とはぐれてしまって探しているんだ】

「……旦那様、この方は通訳の方とはぐれてしまわれたんですって。私たちも探すのをお手伝いしてはいかがでしょう」

「そうだな、それはさぞお困りのことだろう。ヘレナ、通訳の風体を聞いてくれるか」

「はい」

自分でも驚いた。

誰かに、親切にしようと自ら思って行動できるだなんて。

（これも旦那様が傍にいてくれるからだわ）

旦那様なら、きっと手伝うと仰るに違いないと、そう思ったから。

そして私の言葉を受けて、旦那様は思ったとおりのことを仰ったから。

私は思わず、笑みを浮かべていたのだった。


異国の男性の名前はアールシュ様といって、なんと今回バッドゥーラから来た親善大使その人だった。しかもバッドゥーラ帝国の第四皇子だというから、重ねて驚かされたものだ。

そんなアールシュ様は旦那様と何か通じるものがあったらしく、とても仲良くなった。

今回の和平の場で、この国に集う周辺諸国の方々とも交流を持とうと意気込んで来たのはいいものの、肌の色や言語が大きく違ったために敬遠されがちで困っていたのだそうだ。

大陸の公用語とディノス語がまた異なることも彼にとってはとても大変だったらしく、それでもとにかく打ち解けなくてはと奔走していたところ、通訳の方ともはぐれてしまったのだとか。

そして困り切っていたところで旦那様にぶつかってしまった……とまあ、そういうことだった。

幸いにもその通訳の方はすぐに見つかった。アールシュ様が妙な人に絡まれたりなんかして国際問題に発展せず良かったとそっと胸を撫で下ろす。

公式の場とはいえ、ほぼ見た目の変わらない私に対しても悪評があるからと嘲笑と好奇の視線が絶えなかったのだもの。見た目や衣装の様式がこちらとは大きく異なるがゆえに、彼にもそうしたものが向けられていたのではと思うと心苦しい。

とはいえアールシュ様は私と違い、堂々とした振る舞いとその雰囲気からも高貴な方とわかるし、むしろその異国情緒溢れるスタイルでご令嬢たちから違う意味で注目を浴びていたのかもしれないけれど。今もあちこちからご令嬢たちがチラチラと見ているもの。

「……なんにせよ、よかったですね」

「ああ。これもヘレナのおかげだ」

「いえ、私は……」

旦那様はそう仰るが、私自身は大したことなどしていない。

あちこち視線を巡らしながら旦那様とアールシュ様と共に来客たちの中を歩き回って、通訳の方を探しただけだ。それと合間合間に二人の会話の手助けをしただけ。

「アレンデール、ヘレナ！　あ、りが、と？　たすける。あった！」

にっこり笑ったアールシュ様は、時々つっかえながらもディノス語でお礼を述べる。

彼はすっかり私たちを気に入ったようで、時間が許す限り話がしたいとまで言ってくれた。

ちなみに探していた通訳の方は、アールシュ様の従者でドゥルーブという大柄な男性だった。

少々彫りが深く厳つく見えるその人は、笑うと印象が大分変わる壮年の男性だった。

話してみるととても知的で、親しみやすい人だ。

どうやら他の使節団の人と話している間にアールシュ様がいつの間にかいなくなっていて大慌てしていたらしく、再会した時は本当に大変だったのだ。

さすがにこの会場で誘拐だのなんだのと疑われることはなく、むしろ迷惑をかけて申し訳なかったと膝をついて謝意を表すバッドゥーラ式のお礼をその場でされそうになって止めたほどだ。

まあそんなこんなで彼らと打ち解けられたことは、私たちにとって思いがけない幸運でもあった。

【なるほどなあ、アレンデールは薬草の類いをもう少しなんとかしたいんだな！　確かに領内で薬草が育てられると領民も喜ぶだろう。流通も対処できるなら仕事にもなるし】

「ああ、うちの辺境区は他国との諍いよりもまだ開拓が終わっていない森林からの野獣被害の方が多くて。もっと医師にかかりやすくするのがいいんだろうが……現状いる医師たちの負担を減らす意味でも、薬草を安定供給させられたらと思ってるんだ」

【そういうことなら任せてくれ！】

旦那様がバッドゥーラに興味を持っていたのは、バッドゥーラ帝国は薬学がとても発展しているからだ。強い効能を持つ薬草や獣よけになるようなものでモレル領でも育てられる品種がないか、それを知りたくてのことだった。

勿論、ディノス王国内にだって複数種薬草は存在しているし、今この時も薬師たちがより良い薬を作り出すために日夜研究を重ねていることは確かだ。

だが既存のものだけでなく、外の……これまで交流が薄かった国の知識も手に入れることができたなら、可能性はもっと広がるに違いない。そう旦那様は考えている。

旦那様は新興貴族として軽んじられることも多く、また若いということに加え第三王子に嫌われている。そのせいで他の貴族たちから邪険にされることも多いとイザヤが言っていた。

社交が嫌いなのも、そういった人々がいるからだ。そのため外に目を向けているのかもしれない。

認めてくれない人々、思うように上がらない成果、その間にも出る被害。

領民のためにできることを考えて行動に出たことが今、実を結ぶのかもしれないと思うと、アールシュ様はまるで救いの神のよう。

「ヘレナ、アールシュを我が家に招いてもいいか？」

「え？　それは勿論構いませんけれど……ディノスの陛下がなんと仰るか」

「まあそれはそうなんだが……でも個人的には、構わないか？」

「ええ、勿論です。精一杯おもてなしさせていただきたいです」

【楽しみだ！　なあ、ドゥルーブ‼】

【はいはい……交渉してみますよ、まったくもう】

立場上そう簡単ではないはずだけれど、アールシュ様にとってもうモレル領に遊びに行くことは決定事項らしい。ドゥルーブさんは苦笑していたけれど『できない』とは言わなかったのできっと実現するのだろう。

（まさか今日のパーティーで最も大事な客人とこうして打ち解けるところまで行くだなんて）

私もその目的はわかっていたけれど、せいぜいご挨拶をして後日時間をとってもらうとか、その程度の成果に終わると思っていたのに。

旦那様は、人を惹き付けるものをお持ちなのかもしれない。

二人が言葉もわからないままに笑い合いお酒を飲んでいる姿を見て微笑ましく思っていると、ドゥルーブさんから話しかけられた。

「それにしてもモレル夫人の語学力はすごいですね、我が国の言葉は少々難解でしたでしょう」

「え？　ああ、そうですね。文法などがかなり異なりますから……ですが、以前ここより遥か北東に位置する神聖国の言語体系を学んだことがあって。それと似ているところがありましたので、そこから学びを得ました」

「素晴らしい！　モレル夫人は大層勤勉なのですなあ。アールシュ様にも是非、見習っていただきたいものです。あの方は武術一辺倒でそういったことを毛嫌いしておりまして」

「まあ、そんな……」

告げられたその言葉は、真っ直ぐな称賛だ。慣れていないことに思わず顔が熱くなる。

自分にとっては〝それしかない〟と思っていたことが第三者に認められると、やはり嬉しい。

旦那様たちがたくさん褒めてくれたことが、他の人にも認められた。ということは、私を認めてくれた旦那様のことも褒められているようで胸が温かくなる。

（……少しくらい、自信を持ってもいいのかしら）

今回も、少しは役に立てたと思っても良いのだろうか。

なんでもいいから、旦那様の役に立ちたい。もっと、もっと。

「我が主人は素直なところがありまして……容姿から我らを蔑ろにするような態度をとる人間がいたら喧嘩を売りに行っていたかもしれません。言語は伝わらずとも、そういうのは雰囲気でわかるでしょう？」

「……そうですわね」

「ですから、私が傍を離れている時にそのようなことがなくて本当に助かりました。辺境伯夫妻は、私にとっても恩人です」

「まあ！」

茶目っ気たっぷりにそう言ってウィンクをするドゥルーブさんに、私は思わず笑う。

旦那様もそういう意味では真っ向から立ち向かう人だから、あの二人はやはり似たもの同士なのかもしれない。惹かれ合うものがあったのだろう。

「さて……そろそろ我々も他の方にご挨拶をせねばなりません。また後ほどお時間をいただければと思います。勿論、そちらの領地へ伺うために」

「ああ。こちらもとても楽しかったし、すぐにでも！　俺も帝国語を話せるよう、ヘレナから学んでおく。近くにモレル家のタウンハウスがあるから、連絡はそちらにくれ」

【できればそのタウンハウスにも遊びに行きたいけど、早くモレル領に行きたいな。長めの逗留ができそうなら、その時はちゃんと連絡するからさ！　ヘレナもいいだろうか？】

「はい、お待ちしております」

私はきちんと妻の役目を担えているのかしら。

でも旦那様はとても楽しそうだから、きっとこれで合っているのだわ。

アールシュ様も、ドゥルーブさんもとても良い人たちで、私たち夫婦と良い友人になりたいと言ってくれた。なんて素敵な出会いだろうか。

私たち夫婦が政略結婚でまだ夫婦になって一年も経っていないと言ったら、二人は目を丸くして驚きながら『素晴らしい夫婦だ』と褒め、祝福してくれた。

純粋なその祝福が、こんなにも嬉しいだなんて知らなかった。

自然と笑みを浮かべてお礼を言えたことも、私にとっては収穫だったと思う。

「ヘレナ、疲れてないか？」

「私は大丈夫です。それよりも旦那様の方がお疲れでは？」

「アールシュと話すのが楽しくて少しはしゃいでしまったな。すまない、つまらなかったろう？」

「いいえ、ドゥルーブさんから珍しい話をいろいろと伺っていたので」

「へえ、いいな。それじゃあ、あっちで何か飲みながらその話を――」

その時、私を気遣う旦那様の向こう側、人混みをかき分けるようにしてこちらへ大股で歩み寄ってくる男性の姿が目に入る。

旦那様も気づかれたのだろう、いやそうな表情だ。

（あれは……ディノス王国の第三王子？）

どうして彼はあんなに険しい表情でこちらに向かってくるのだろう？

私はわからず、ただ立ち尽くす。旦那様が私を背に庇うようにした。

（第三王子のお名前は……確か、カルロ様だったかしら）

金糸のような美しい黄金の髪に、茶色いつり目。そのせいもあってか、不機嫌そうに見える。

イザヤから聞いている前情報によると、野心家ではなく兄王子が二人いることによって自由を享受できていると自覚があり、王族であることが誇りで、武芸をこよなく愛しているそうだ。

旦那様によると以前、ディノス王国の祭典で開かれた御前試合に出場しなければならなかった際に、序盤でカルロ王子を負かしてしまったのだとか。

当時を振り返った旦那様曰く、手加減無用と言われたからその通りにしただけ、らしいのだけれど……そもそもその試合以前から、何故か敵対視されていたとアンナは言っていた。

それについては年齢が近いことと武芸に勤しんでいることからよく旦那様と比較されて、それが気に障ったんじゃないかってことなんだけれど……実際のところはわからない。

私からすると、何もかもを持っている人だろうに、何が不満なのかまるで理解できない話だ。

(王子として大切に育てられ、いずれは爵位をもらって穏やかに暮らせるような人なのに)

話を聞く限り、家族仲も良いようだし……無い物ねだりというものなのだろうか?

過去の私から見ればなんとも羨ましい限りだというのに。

でもカルロ王子にしてみれば、何もかもが己の思うままになっていたところで旦那様という壁にぶつかって、倒す目標にしているのかもしれない。

諦めてしまった私とは、真逆を行く人なのだろうか。

だとしたら、少しだけ興味が湧いた。

「ヘレナ、俺の後ろから出ないように」

「はい」

旦那様に声をかけられて、私は大人しく従う。

それはそうだろう、あの王子の目的は旦那様であって、私はその付属品のようなものだ。

彼が意図的に旦那様を貶しめるつもりで私に絡んでくることは十分考えられるので、無用な争いを避けるためにも後ろに隠れるのは当然と言えた。

（一番いいのは、この場から去ることなのだろうけれど）

さすがにそれは、無理だろう。

気づかないふりをしたところで、あちらがそれを許すとは思えない。

「アレンデール・モレル」

「これは第三王子殿下、いかがなさいましたか」

「……妻帯したからといって腑抜けてはいないだろうな。お前を下すのはこの俺だ、次の御前試合には必ず参加しろ！　いいな‼」

「さて、そればかりはお役目の状況にもよりますので……」

これもイザヤから聞いた話だけれど、前回の御前試合に参加したのも断り切れない状況だったかららだそうだ。旦那様が望んで参加したわけではない。

当時、予定外の襲爵で辺境伯になったばかりの旦那様は、礼儀作法その他、貴族としての知識……そういったものが圧倒的に不足していた。

それらを自領、または協力要請に応じて他領での盗賊退治やその他武力的なもので功績を認めてもらって補っていたわけだけれど……少しばかり悪目立ちしたのだとか。

元々跡継ぎというわけでもなかった旦那様が、諸事情で急に辺境伯というとてつもない重責を担うことになったのだから、知識や礼儀作法が二の次になったのは仕方がないと思う。

（だけど、それを補って余りある武での活躍を素直に褒め称える人もいれば、面白くないと思う人もいる……）

御前試合という格好の舞台で、旦那様の活躍を見たいという人と、負けて馬脚を現せばいいと思う人たちの声がついには国王の耳にまで届き、直接招待されてしまったというのだ。

そしてそこで第三王子とぶつかることになり、今に至る。

（あの人は、真っ直ぐなのね）

カルロ様の目には、旦那様しか映っていない。

私の容姿や噂話を持ち出して『そんな女を妻とした男』と貶すことが可能であるのに、妻帯したからといって腑抜けるな……なんてどこまでも真っ直ぐな発言ではないか。

だからこそ、そんな人は格好の神輿《みこし》になるのだろうなと私は思った。

（旦那様も、きっとそう思っておられる）

伴わない実力。

御前試合でぶつかったという事実以外仰らないのは、好敵手になり得ないからなのだろう。

相手は王族だからという遠慮も、勿論あるだろう。

そして王子の周囲には、王族である彼に阿《おもね》る連中がいる。彼の本当の実力や求めるものを無視して、ただ持ち上げ、気に入られようとしている姿が容易に思い浮かぶ。

私はパトレイアの王城で、それを嫌というほど見てきた。

（いっそ私のように自分がいかに無価値かを知っている方が、ずっと楽なのかもしれない）

いいえ、気づかずにいられるなら……それはそれで幸せなのだろうけれど。

気づいて全てを諦めてしまいさえすれば、絶望することはないから。

でも、それは正しかったのだろうか。

「夫人の名はヘレナ……だったな」

「……はい、第三王子殿下」

いけない。また考えに耽ってしまった。

カルロ様に声をかけられ、私は旦那様の横に立つ。さすがに無視はできない。

「……悪辣な女性と聞いていたが、随分と噂と違うんだな。猫を被っているのか？」

「殿下！　わたしの妻に対してそのお言葉、さすがに侮辱と……」

「事実だろう。火のない所に煙は立たないという。であれば、なぜ彼女は〝悪辣姫〟などという悪名を轟かせているのだ？」

純粋な疑問。

ああ、本当に真っ直ぐな人。

（真っ直ぐすぎて、とても迷惑だわ）

この王子は確かに困った人だ。

私は曖昧に微笑んで、憤る旦那様の腕にそっと手を添える。

「旦那様、私は大丈夫ですから……」

「しかし……」

「なんだアレンデール、貴様……妻に名前も呼んでもらえていないのか！　よくそれで『自分たちは幸せだ』などと言えたものだな‼」

カルロ様が嗤う。大きな声で、周りに聞かせるように。

私を笑いものにするのではなく、あくまで旦那様にその矛先を向け続ける辺りは根っからの悪い人ではないのかもしれないけれど……それでも、その言葉に私はぎくりとした。

そう、私は旦那様のことをお名前で呼んだことがない。

これまで、閨の中も含めて、一度もだ。

最初のうちは、いつか別れる人だと思っていたし、私に名前を呼ばれるのはいやだろうと思っていたからなのだけれど……今は単純に、恥ずかしくて呼べない、だけで。

(だって、これまでずっと『旦那様』だったのに、いきなり名前でなんて……)

どんな顔をして呼べばいいのか。

きっと旦那様のことだから、当たり前のように受け入れてくださるとわかっているけれど。

不安になって旦那様を見上げて、ぎょっとする。

なんと、鬼の形相をしているではないか。私にではなくて王子に向かって。

「だ、だんなさま……?」

「そんなことはない。俺と、ヘレナは、想い合う仲だ!」

「ほーお、じゃあなんでお前は他国の姫であった彼女に名前も呼んでもらえず、まるで使用人のように『旦那様』などと呼ばせて傅《かしず》かせているんだ?」

「それはっ……」

バツが悪そうな顔をする旦那様に、私は目を瞬かせる。

もしかして、旦那様は私に対して申し訳ない気持ちを抱えているのだろうか。

噂を鵜呑みにして悪かったと何度も言ってくれたし、離れに追いやってしまったと謝罪だってしてくださった。私が望んだことだったのに、だ。

それらが、今もまだ旦那様の中にあって……私に何かを求めることが、怖いのだとしたら。

私が、旦那様に対して何かを求めることが怖いように。

(私たちは、ただ、怖がっていただけなのかしら)

ああ、だとしたらそれはなんて滑稽なことだろう。

私は自然と、一歩前に出ていた。息を整え、笑みを浮かべる。

「第三王子殿下カルロ様にモレル辺境伯アレンデールが妻、ヘレナが申し上げます」

「……な、なんだ?」

「私はご存じの通り、このディノスとパトレイア、両国の架け橋となるべく嫁いで参りました。この婚姻は両国の間にある諍いを取りなすためのものと心得ております。それに加え、私は夫のことを個人としてとても尊敬しております」

そこまでを言い切ってから、乾く口内を誤魔化すように私は旦那様を見る。

彼は、驚いたような表情を見せていた。

でもその耳が、じわじわと赤みを帯びているのが見える。

なんて愛おしい人なのだろう。

「……まだ共に過ごした時間は短いですが、真摯に私と向き合ってくださるアレンデール様のことを、私は心からお慕い申し上げております。その、名を呼ばないのは、まだ少し……恥ずかしい、ので。夫はそんな私を、寛大にも許してくれているだけなのです……」

本当は、ちゃんと呼び合えたらいいとわかっているけれど。

でも、まだ臆病な私は堂々とそんなことができないから。

心のどこかでまだ、この婚姻関係は何かあれば簡単に破棄されてしまうのではないか、旦那様にとって良い人が現れたら身を引くべきではないのかと、そういった考えが捨て切れないでいる。

これが良くない考え方だということは自分でもわかっているつもりだ。

だけど、旦那様は少しずつでいいと仰った。

いきなり全てを変えるのは難しいから、少しずつでいいと。

私はその言葉に甘えてばかりだけれど……変わっていきたいと、本当にそう思っている。

だから、今。

それに応えられる自分でありたい。

「……旦那様が、おいやでなければ、その、これからはお名前をお呼びしたいと……」

「い、いやなわけがない！　むしろ呼んで欲しい‼　アレンと愛称で呼んでくれ‼」

私の小さな声でのその願い事に、旦那様が大きな声で答える。

それを耳にした周囲が微笑ましいと笑うものだから、私たちは揃って顔を赤くするのだった。

幕間　ディノスの王妃は見定める

（……これは、判断を誤ったかもしれないわね）

ディノス王国の王妃はそっと誰にも気づかれないように扇の下でため息を零した。

目の前にはパトレイアの国王夫妻、そしてその娘で〝悪辣姫〟と悪名高いヘレナ。

パトレイアとディノスのこの二国は、決して悪感情で常に戦争をしているような間柄ではない。

ただ、今回問題となった地は数世代前の王の時代に、川が増水し形を変えてしまったことから、国境線が曖昧になってしまい揉め続けていた土地なのだ。

そもそも国同士が争い始めたものではなく、国境に住まう者たちが互いに勝手を言い始め争い、そしてそこを治める領主へ、そして国へと発展していった愚かな争いの末である。

だが引くに引けなくなった争いの真の目的は、その増水により出てきた資源。それこそ両国の求めるものであるが――それはまあ、さておき。

話が大きくなってしまった以上互いに譲れないが、同時に両国共に頭の痛い話ではあったのだ。

今回はパトレイア王国側で失態を犯した者がいてくれたおかげで、ディノス王国にとって優位に事が運んだが……いつ逆転してもおかしくない問題であったのも事実。

だからこそ婚姻という方法を用いて、どちらが上であるかを世間に知らしめた。

(この件についてはいずれ、きっちりと詰めないといけないわね。できればわたくしたちの世代でなんとかしたいものだわ)

数世代間に亘り解決できていない問題の一つではあったが、だからといって先延ばしにし続けても良い問題ではないとディノス王妃は考えている。

今回の婚姻も賢妃と名高い彼女が立案したものだ。

政略結婚はそう珍しくもない。人質として他国の姫を妃に迎える例は歴史上、よくある話。

それゆえに反対意見など出ようもなかったし、今回のパーティーで両国の位置づけを諸外国に知らしめることも当然ながら計画の内だ。

もとより、パトレイア王もそれについて理解しているのだろう。

調停式だけでなく、今このパーティーで和平を謳う際にも厳しい面差しを隠さずにいた。

全ては計画通り。

それでも、ディノス王妃はため息を隠し切れなかったのだ。


ディノス王妃はこの婚姻について、綿密に計画を立てた。自信もあった。

ただ、パトレイア王国から来たヘレナ王女だけが、彼女にとって何もかも予想外だった。

この国の三番目の王子であるカルロがちょうど適齢の未婚男性であったことから、当初はその結婚相手として王妃が自らヘレナを監督するつもりであった。

たとえ悪名通りの我が儘な娘であったとしても、あくまで人質としての婚姻だ。

噂が誠であれば幽閉か、あるいは教育と称して結婚そのものを遅らせてしまうことだってできるのだ。末息子に害はない。

要するに、この婚姻が〝両国にとって〟和平の証であるとだけ示せればそれで良いのだ。

ところが三番目の王子、カルロがこれに断固拒否の意思を示したのである。

『王族としての義務は理解している。だからこそ悪い噂を立てられるような姫を、誇り高いディノス王家の人間として迎え入れるのはいかがなものか』

そういった綺麗事を並べ立てて拒絶する息子をどう説得しようかと王妃が頭を悩ませている間に、カルロは国王に掛け合いモレル辺境伯アレンデールを王女の結婚相手にしてしまった。

これにはディノス王妃も呆れて言葉を失った。

だが夫である国王から、ヘレナ王女を臣下に、それも今回の問題があった土地の領主に嫁がせることでパトレイア王国との関係をはっきりと示すことにしたのだと言われれば黙るしかない。

実際、彼女から見てもカルロは、いずれはある程度の爵位と領地を与えられて臣下となる気楽さから王子としての自覚も薄く、また末っ子ということもあってやや甘やかされて育った部分もあるため我慢も得意ではない。確かに相性はあまりよくない気もする。

為政者の立場ゆえに政略結婚を視野に入れたが、ディノス王妃も息子が可愛い。

それならば、有事の際にすぐ王女をパトレイアに送り返せるモレル領の方が都合が良いかもしれないと王妃も考えを改めたのである。

（……言い方は悪いけれど、パトレイア王は凡庸な王でしかない。その妻は凡庸よりも更に劣る）

パトレイア王国は平和な国だ。

だからこそ、英雄よりも凡庸な王が治めるに良いのだろう。

有能な者が王を補佐すれば足りるのだ。凡庸ゆえに急激な変化もない、穏やかな治世が望めることは民にしてみればなんともありがたいことであろう。

だがその王を補佐する立場にあるはずのパトレイア王妃は、男児を産むことを重視して選ばれた女性に過ぎないとディノス王妃は見ていた。

健康で、真面目な人物であることは間違いない。

だが、言ってしまえばそれだけの人物でしかない。

（王妃としての資質は今一つ。国の有事には役立たないでしょうね）

ディノス王妃は自分が特別優れた人間だなどと言うつもりはないが、それでもパトレイア王妃を見るとそう思わずにはいられない。

それだけパトレイアという国が穏やかなのだろうと思うだけだ。

パトレイア王夫妻から生まれた王女たちも、これまで外交で何度か顔を合わせたことはあるが、能力的に突出したものは感じなかった。

王太女だった第一王女は知識こそ十分だが、それだけにしか過ぎない王女だった。

人々の機微に聡いという第二王女は確かに人当たりが良かったが、ただの八方美人だった。

第三王女は美しいと聞くが、それ以上の情報は特にない。

それらを元に、ディノス王妃がパトレイアの第四王女に期待していなかったのは、事実だ。

（……これは、予想外だったわね）

ディノス王妃は再びため息を零す。

パトレイア国王夫妻と挨拶を交わす、パトレイアの元第四王女、自国の辺境伯夫人、そして稀代の悪女として名高い〝悪辣姫〟――ヘレナを見て、己の認識が甘かったと悔やむばかり。

ディノス王家は結婚式に参列しなかった。

それでも報告は受けている。この国に来たばかりの彼女は、随分と飾り立てられた古くさい派手なドレスに身を包み、濃い化粧を施していたという。

だが、今はどうだろうか。

蛹《さなぎ》から羽化した蝶のように、あるいは蕾から鮮やかな色を綻ばせた花のように。

（あれが本来の姿なら、惜しいことをしたわ）

落ち着きある態度に受け答え。

そこには知性と、自分の立ち位置を理解し周囲に対して配慮できるだけの機微を窺わせる。

まだまだ拙《つたな》いのは、社交に不慣れなせいだろう。

ディノス王妃から見てヘレナは紛うことなく〝王族の女〟であった。

自信のなさから来る俯きがちな視線はいただけないが、その姿に庇護欲をそそられるのも確かだ。

モレル辺境伯として頑なな態度であったはずのアレンデールがあそこまで妻に入れ込むようになったのは想定外であったが、それも納得だと王妃は思う。

（教育次第では、カルロに足りないものをあの娘ならば補えたかもしれなかった……）

そう思うとやはり失敗だったとため息を零さずにはいられないのだ。

見た目だって噂とはまるで違う。

きちんと自分に似合うものを知っているか、あるいは周囲の助言を受け入れる器があるのだろう。

ヘレナという娘が美しいということは、パーティーに参加した者の目にも明白だった。

かの〝悪辣姫〟のあの姿を見て、噂とは異なる真実がそこにあると知ってももう遅い。

おそらくディノス国内の貴族たちどころか、王と共に参加していたパトレイア王国の高位貴族たちは今頃驚きで混乱しているに違いない。

それだというのに、彼女の母親であるはずのパトレイア王妃は言うに事欠いてあのドレスを『地味だ』と評し、もっと華美なものを彼女は好むはずだとそう大声で言った。

変化を受け入れられない者の姿に、ディノス王妃は呆れを通り越していっそ哀れみを覚えたほどだ。ドレスの生地、その価値も見抜けない王妃では先が思いやられる。

ましてやパートナーの色で揃えているのだから、それを貶す行為は彼女の伴侶……即ちディノス王国の辺境伯を貶すも同然の行為だ。

それらを考えることもできず、目の前の変化を受け入れられないからといってあのような言動をとる者が国の中枢にいるのだと思うと、隣国としては悩ましい。

「……パトレイア王国は早めに次世代に託していただいた方がよろしいかもしれませんわね」

「さてなあ。かの王太子がどれほどの人材かはこれから見定めていくしかあるまい。それによっては国交について考えるとしよう」

王の言葉に王妃はただ頷くだけだ。

自国で大切に大切に、それこそ深窓の姫君もかくやと噂されているパトレイア王国の王太子がどの程度の人間かはわからない。

だが、あそこにいるヘレナの双子というならば、期待をしても良いかもしれないとそうディノス王妃は思うのだった。

幕間　王は知っているようで知らない

歓談しつつ、視線で追う。

あの子はいつからああだった？

自身に問うてみても、答えは出ない。

（私は、幸せな男だったはずだ）

誰もが羨むような血統を持ち、献身的な妻を迎え、子宝にも恵まれた。

王家の業と言われるもののせいで、パトレイアの王家は男児が生まれる確率がとても低い。

その業に関しても当時の王が呪《まじな》い師に言われたという話だから、どこまで本当かは怪しいが。

だが側室を迎えれば迎えるほどその確率が下がる傾向にあり、不思議なことに王と王妃が仲睦まじければ必ず女児が幾人か恵まれた後に男児が生まれるのだ。

それも、どの世代でも男児は一人だけときたものだから、本当に不思議なものだ。

王家の業など信じないと側室のみを侍らせ正妃を娶らなかった王は子に恵まれず、そういった事例があったことからパトレイア王国では直系男児以外にも継承権が与えられ、それに相応しい教育が施されるようになった。

これらのことは王と王妃にのみ伝えられる、王家の秘密だ。

男児がそうして〝一人しか生まれない〟ゆえに、きっと天からの授かり物なのだと人々はいつしか〝唯一の王子〟を神聖視し始め、男児が生まれた際は王位を継がせるべきという風潮に繋がった。

私の姉も私が生まれるまでは王太女としての役割を務め、そして嫁いでいった。

（どこで間違った？　私は息子が欲しかった。それは事実だが、娘たちのことだって愛していた。

いい、あの子のことだってそうだ！）

長女は賢く、己の立場を理解して王太女としてよく学び、そして弟が生まれてからはその座を退き補佐してくれた。

次女は愛嬌があり、姉の心労を案じ人々を和ませてくれた。

三女は美しく、よく笑うその姿は天使のようだ。

待望の長男は、健やかに育っている。

そして四女は……四女は、どうだったろうかと今になって思うのだ。

（あの子は、本当に……本当は）

国を治めるということは確かに大変なことだ。

妻に子どもたちのことを任せ切りにしたことは申し訳ないと今でも思っているが、それでも自分たち家族はとても幸せなのだと、それを疑ったことなど一度とてなかった。

手のかからない娘たちを見てきたからか、四女は反抗的で困ったものだと頭を悩ませていたのだが……それでも、ここに至って〝おかしい〟と気づくまでそう、時間はかからなかった。

それはディノス王国で開かれたパーティーでのことだ。

いろいろと誤解やその他あったものの、再会できた時には安堵した。

ドレス姿は艶やかで、隣に立つ男とも親しげな様子に親としての罪悪感が和らいだ。

人質として嫁がせたことに申し訳なさを覚えていたが、あの様子ならば安心だと内心、胸を撫で下ろしたものである。

だが妻が『大切にされていないのか』『好きなものを用意してもらえないのか』となどと突拍子もないことを言い出した時には肝が冷えたものだ。

心配してのことだと夫として理解はしているが、矢継ぎ早に問いかけたその失礼な内容はあの子の夫となったモレル辺境伯の言葉によって、否定された。

（もしや、本当に……あの子は本当は派手なものが好きではなく、あのように落ち着いた色合いのものが好きだったのか？）

派手好きで癇癪持ち。

そう聞いていた自分の娘はディノス王国に来て変わってしまったのか？

それとも私に届けられていた報告書にある自分の娘の姿が、間違っていたのだろうか？

楽しげにダンスを踊る娘とその夫を、目で追う。

娘があんなに柔らかな表情ができたことを、ついぞ知らなかった。

（確かにあの子の残していったクローゼットの中身は、どれもこれも似たようなデザインの……派手なものばかりだった）

だが、大量に買っていたという割に、数はそうなかったような気がする。

華美なものを求め買い漁る困った末姫……そう侍女や教師たちから聞かされていたのに、だ。

だから躾として侍女を減らし、信頼できる執事を傍に置いて散財させないようにしたというのに。

別にこれまで買ったものを処分しろなどとは言っていないし、処分をした形跡もなかった。

ということは、あのクローゼットの中身こそがあの子の持ち物の全てだったのだろうか。

いいや、そんなはずはない。そう国を出るまで私はその考えを否定し続けた。

でなければ、私は過ちを見逃していたことになってしまう。

だが、ここディノスに来て夫の腕に抱かれて安堵した表情を浮かべるあの子の姿を見て、私は不安を覚えたのだ。

（……あの子は、あんな表情をする子だったか？）

自身に問う。

パトレイア王国で、あの子と話したのはいつだったか。

家族として、息子と過ごすように、あの子と過ごしたのはいつだった？

躾として侍女たちを外すと告げた時に、あの子はどんな表情を浮かべていた？

今回の婚姻について告げた時は？

（そうだ、なんの感情も見えなかった）

無だった。最後に見た表情は、ゾッとするほど静かな顔だったはずだ。

反抗的だとあの場で妻が言っていたことを、そういうものかと思い込んでいたが――そうではなかったのかもしれないと、今更気づく。

（あの子は、私たちのことを何と呼んでいた？）

陛下、パトレイア王、妃殿下……そうだ、ディノス王国に嫁ぎ臣下の立ち位置になった娘からすれば、そのように敬称で呼ぶのが相応しい。

だがあの場はディノス王が家族の再会の場として設けたものであった。

それなのにあの子の態度は、一つとして〝親に向ける〟ものではなかった。

（……それより、私を父と呼んでくれたのは、いつだった？）

思い出せない。

思い出せないままに妻を見る。

どこか呆然とする妻に、ああ、私たちは取り返しのつかない失敗をしていたのではないだろうかと、今更になって胸がじくりと痛み、そして不安に染まるのを感じたのだった。

幕間　異国で見つけた良き友よ！

バッドゥーラ帝国は、肥沃な大地に栄える大帝国である。

国内で争いがあったのはもはや数世代よりもさらに前、その後は堅実な統治と、強大な軍事力、そして熟慮と信頼を尊ぶことを家訓とする皇帝家によって栄えているのだ。

周辺諸国と呼ぶにはやや遠い、ディノス王国と国交を結ぶことになったのはつい最近のことである。

両国の間には巨大な山がそびえ立ち、行き来するにはその山を大きく迂回するために国をさらに三つは越えねばならず、さりとて海路を用いるにも厳しい海域を征かねばならない。

取り立てて国交を急ぎ結ばねばならない状況でもなかったため、帝国としては特に気にすることもなかったのが現状だ。

だがディノス王国は荒れ狂う波を越えうる船を建造し、肥沃なバッドゥーラの恵みを求めやってきた。努力の果てに辿り着いた勇者たちを素気なく扱うほど、帝国は冷たい国ではない。

こうして国交が樹立したのである。

そして国交を結んだディノス王国で先日、パーティーが開かれるということで招待状が届いた。

隣国との小競り合いの果てにその国の末姫をディノス王国の貴族が娶り講和を記念したものらし

い。

他国からも客人を招く中、是非ともバッドゥーラ帝国にも参加をして欲しいというその内容に皇帝は少し考え、第四皇子のアールシュを呼んだ。

朗らかな好青年として通っているアールシュは、武芸の達人であった。

異国語に関してはこれまで国交が樹立するとも思っていなかったので、少々心許ないが……そこは補佐をつければ済む話だ。

「アールシュ、お前ならばあちらがいかような謀《はかりごと》を企てようと逃げ果せるだろう。補佐にはドゥルーブをつける。どうだ、行ってくれるか」

「沈まぬ太陽、我らが皇帝陛下のご命令とあれば喜んで！　ディノスという国の人間を、このアールシュが見定めて参りましょう」

そうして参加したパーティーで、アールシュは件の夫婦の姿を見かけた。

遠目に見ただけなのでまだよくわからないが、とりあえず夫婦仲は良さそうである。

パトレイア王夫妻と話をしている様子が見えたので、少しばかり気になって近づいたが……その話の内容にドゥルーブが眉間に皺を寄せているではないか。

「どうした？」

「どうもおかしな雰囲気です。末娘として愛されていたという様子ではありませんね」

「……ふうん？」

パトレイア王国の第四王女というその女性は、アールシュから見ても美しい娘だった。

プラチナブロンドの髪に青い瞳はまるで月の女神のようだ。

触れれば壊れてしまいそうな、繊細なガラス細工にも似ている。

「もしも彼女が既婚者でなければ口説いていたかもしれないな」

「冗談でもおよしください。さすがに場所が悪すぎる」

「どうせ俺たちの会話を理解している人間の方が少なかろうさ」

「それはそうですが……」

山を挟んでいるせいか言語体系が大分異なる発展をしているせいで、お互い学びが難しい。

文法も、発音も、おそらく交流を重ねていけばいずれは解決できるが、今すぐにはまだ少し難しいと感じざるをえない。

ドゥルーブは別だ。

彼は元々商家の出身で、数多の国を渡り歩いた男である。それゆえに他国の言葉も巧みに操ることができるのだ。ただ、そのように器用な人間はそう多くはいないものである。

「ドゥルーブ、あの姫の情報を集めてくれ。俺とははぐれたことにして周りからそれとなくな」

「かしこまりました。殿下はいかがなさいますか」

「俺は言葉が上手く話せないから、適当にあしらうさ」

「では、後ほど」

本来ならば皇子という立場の人間を放り出す方が問題であるが、この会場には彼の護衛兵が幾人も潜んでいる。

ドゥルーブは一礼すると、さっと人混みに紛れていった。

アールシュはそれを見送って適当にはぐれたふりをしつつ、異国の料理を堪能する。

あからさまに容姿や服装の異なるアールシュをじろじろと見てくる連中もいるにはいたが、アールシュは気にすることもない。

そうこうしていると幾人かに囲まれて面倒くささから適当に受け答えをし、その場を後にした。

そこで人にぶつかりかけて慌てて謝ったわけだが……。


「いや、いい夫婦だったな」

「さようにございますね」

ぶつかりかけた相手がモレル辺境伯アレンデールと、その妻ヘレナであったことはアールシュにとって幸運だったのかもしれない。

実際に話してみたいと思っていた相手が目の前に現れた時に言葉が上手く操れないもどかしさを感じたが、驚くことにヘレナが母国の人間と同じ程度に美しい帝国語で話しかけてくれたのだ。

そこからもっと彼らと話したいと思ったアールシュが『通訳とはぐれた』と当初の言い訳を理由に彼らを連れ回し、腹心であるドゥルーブに合図を送って話を合わせさせたのだ。

そして彼もまたアールシュが気に入った夫婦のことを好ましく思ったようであった。

「それにしてもかの姫……いえ、この場合は夫人とお呼びするべきでしょうか。彼女は有能な人材ですね。遠国の神聖語も理解しておられるようで、その派生から帝国語の発音を学んだと。独学であれほど美しく我らの母国語を喋るなど、バッドゥーラ人でもどれほどいるか」

「学者もかくや、だな」

「モレル辺境伯はいかがでした？」

「武人としては是非、一度刃を交えてみたいものだ」

「そこまでですか」

あの夫婦はいいな、そうアールシュは心の中で呟いた。

もしも役職もないただの貴族夫婦であれば、是非とも自分の部下になってくれと求めるところだが……それは叶わないとアールシュは理解して、友となれただけよしとしようと頷いた。

「しかし夫人はあれほど有能にもかかわらず、悪評がついておりました」

「悪評？」

「はい。夫人は母国パトレイア王国で〝悪辣な姫〟として有名だったそうで……」

「ふうん？　おかしな話だ」

アールシュはそこに嫌なものを感じて僅かに眉を顰《ひそ》めたが、アレンデールが彼女の傍らにしっかりと寄り添っているのを視界の端に捉えてにんまりと笑う。

「まあいい。この国で収穫があるとしたら、アレンデールと知り合ったことだ。この国の人間を見定めるのはまだ時間がいるだろうが、アレンデールのことは気に入った！　あいつには薬草関連で優遇できるよう取り計らってやろうじゃないか」

「そのようなことを勝手に取り決めては、陛下に叱られますよ」

「なぁに、異国に友ができたんだ。陛下には俺の父親としても是非、気前よく振る舞っていただこうではないか！　……ん？」

「おや、あれは……ディノス王国の第三王子殿下ですな」

「アレンデールたちのところに向かっているのか？」

「そのようですが……」

彼らの視線の先に、第三王子があの二人へと大股に歩み寄る姿が見えた。

その様子はどう見ても友好的というよりは剣呑な雰囲気だ。

（……ふうん、あの王子はどうやらアレンデールが気に入らないらしいな。厄介なことだ。だがおかげで周囲の貴族たちの反応が見れる、か……）

「いかがなさいますか、辺境伯に助力いたしますか？」

「アレンデールだったらあの程度、軽くいなせるだろう。まあ何かあったら、だな」

「承知いたしました」

信頼を見せつつも護衛兵を待機だけはさせることに決めて、アールシュは厳しい視線を第三王子に向けている。それを横目で見つつ、ドゥルーブが笑う。

そんな腹心にフンと鼻を小さく鳴らして、アールシュはただ動向を見守るのだった。

第五章　忍び寄る過去からの悪意

私たちの夫婦仲に呆れたのか、思っていた反応が得られなかったのか。

あるいは周囲が私たちに対して好意的になったからなのかはわからないが、カルロ王子は舌打ちをしてどこかに行ってしまった。

それについては、正直ホッとしている。

ただその後はとても大変だった。

人前で私があんなことを言ってしまったがために、誰に挨拶しても『微笑ましい』『初々しい』と夫婦仲を揶揄されたりしたものだから居たたまれないことこの上ない。

不釣り合いだと言われる可能性もあったから、それよりはずっとマシだとは思うのだけれど。

(でも、慣れない……)

誰かに褒められることも、祝福されることも。

胸の奥が小さな温かさを覚えるのに、同時に遠くに見えるパトレイア王夫妻の姿に悲しくもなる。

あの人たちに対して親子としての期待など、とうの昔に捨てたはずなのに。

温かさを思い出せば思い出すほど、同時に寂しさも思い出してしまったようだ。

「ヘレナ?」

「……なんでもありません。そろそろ退出いたしますか?」

「ああ。イザヤたちが首を長くして待っていると思うし……アールシュのおかげで目的もなんとか達成できそうだしな。いずれは個人的に彼をモレル領に招いて楽しくやりたいところだが」

「きっとお喜びくださいます」

「それで? うちの妻は何を思い悩んでいたんだ?」

「……パトレイア王夫妻に退出のご挨拶をした方がいいのかと、それを考えていただけです。思い悩むというほどのことではありません」

旦那様には私の視線の先に誰がいるかなんて、わかっているに違いない。

だから何かを言われるよりも先に微笑んで〝なんでもない〟と伝える。

実際、私に対してあちらが何を思うかなどは知らない。知る必要もない。

彼らの要望通りディノス王国に嫁いだ今、私はディノスの民となったのだ。

戦争が起きて故国に戻らなければならないだとか、講和条約が反故《ほご》にされて私が離縁されたというわけでもないなら、これが当然のことだと思う。

サマンサお姉様も嫁いだ後はパトレイアに戻ってくる気配もないし、手紙のやりとりもないように思う。だから、きっとこれでいいのだ。

それぞれに新しい道を歩き出したのだから。

「少し気になったんだが……ヘレナは両親のことを、常に敬称で呼ぶのか？」

「……そう、ですね。言われてみればそうかもしれません」

お父様、お母様。そう呼んでいたのはいくつまでのことだったか。

おそらく、あの二人の視線がこちらに向かないことを理解して諦めた頃には、敬称で呼んでいたと思う。正確なことは覚えていないくらい前のことだ。

それに限らず、家族から自分の名前を呼ばれたこともあまり記憶にない。

でもそれを寂しいと、今ではどうしても思えなかった。

(おかしな話だわ)

幼い頃はあれほど家族の愛を求めていたのに、今となっては虚しいばかり。

サマンサお姉様からは、名前を呼ばれていた気もする。

でもそれだって、家族としての義務の、そのまた延長線上にあったものだ。

それに気づいた途端、自分の名前がよく知らない単語にしか聞こえなくなっていた。

この国に来て、人々と触れ合って、やっぱり名前で呼ばれることはほとんどなかったのに。

旦那様、いいえ、アレンデール様に対しては、私の名前を呼んでもらいたいと思っている。

私には名前があって、その名前を、私の大切な人に呼ばれたい。

「ヘレナ?」

ふと、名前を呼ばれる。何度だって彼は私の名前を呼んでくれる。

私の名前。ここにいるのが、誰なのかを教えてくれる。

知らず知らず笑みが、零れた。

「……大丈夫です」

「そうか?　じゃあ行こうか、ヘレナ」

「はい、アレンデール様」

「アレンでいい」

「……はい、アレン様」

だから私も大切に、その名前を呼ぶ。

なんて他愛ないことで、そして、なんて幸せなことだろう。

相手からの反応があるというだけで、こんなにも感じ方が異なるのだということを私はようやく理解できたのだ。

単純で、そして大事なこと。

(もし私がもっと早くに行動を起こしていたら……何か、変わっていたのかしら?)

だとしても、今更だ。

幼かった自分は、幼いなりに自分を守ったのだ。

そんな過去を受け入れてくださるアレン様が、私の名を呼んでくださるなら。

あの頃の私を、今の私が抱き留めて慰めていけばいいのだと思う。

躊躇いながらそっと寄り添えば、アレン様は何でもないことのように私を抱き寄せてくださった。

ああ、私は求めてもいいのだと……安心できる場所はここなのだなと、そう改めて思った。


パーティー会場を抜けて人気《ひとけ》が一気になくなるのを感じる。

私はホッと息を吐き出した。思ったよりも緊張していたようだ。

といってもまだ王城の中だから、気を抜いてはいけないのだろうけれど……。

「大丈夫か？　ヘレナ」

「はい、申し訳ありませんアレン様」

「……ああ、いいな。これからもそうやって俺のことを愛称で呼んでくれ」

「はい、アレン様……」

誰かに名前を呼ばれ、呼び返す。

当たり前のことなのに、この人が私の〝家族〟なのだと思うと、とても不思議な気持ちだ。

でもそれは、幸せな気持ちでもあった。

控え室に戻るとアンナとイザヤがパッとこちらを向く。

とても心配していたのだろうなと、すぐにわかった。

「アレン様！　奥様！　良かった、無事にお戻りで……‼」

「おいおい、戦地に行ったんじゃないんだぞ」

イザヤの言葉にアレン様が苦笑しながら答え、すぐに帰ると告げるとアンナが部屋を出て行った。

どこか嬉しそうだったから、彼女たちも王城《ここ》があまり好きではないのかもしれない。

私もここがパトレイア王国ではないとわかっていても、王城というだけで少し息苦しさを感じていたからわかる気がした。

(……早く帰れるのであれば、そうしたい)

帰る。そんな表現を自分がするなんて不思議だ。

いつまでもパトレイアの影が私につきまとうし、辺境伯夫人としてこんなことではいけないと、わかっているのだけれど。

「第三王子はどうでした？」

「相変わらずだった。それよりイザヤ、喜べ。バッドゥーラ帝国の皇子と親しくなった。薬草についての件もあちらが乗り気になってくれたから、後日連絡が来るだろう」

「本当ですか！」

「ああ、ヘレナが見事な帝国語を披露してくれたおかげだ」

「それはすごい……‼」

「ああ、本当にヘレナはすごいんだ。あちらの国の方々も褒めていた」

「そんな……」

褒められることに慣れていない私は、旦那様の……アレン様の言葉になんと答えていいかわからず、思わず俯いてしまった。頬が熱くなるのを、そっと手で隠す。

（……勉強していて、良かった）

かつて私に親身になってくれた教師は、王妃曰く『最高の教師』ではなく、平民の教師だった。

あまりにも我が儘な〝悪辣姫《わたし》〟を教える貴族の教師が見つからなかったからだと言われたけれど、彼らは身分なんて関係なくとても賢かった。

私に語学を教えてくれたのもそういった一人で、女性の教師だ。

彼女は『たくさんの言語を知るということは、多くの世界を知る足がかりができるということです』と私に繰り返し言っていた。

彼女たちに出会えたから私は学ぶことが楽しいと知った。知ることは大切だと、理解した。

だけどいつからか彼女は私のところに来なくなった。

それもこれも全て、私のせいだったのだけれども。

（……先生は今、どうしているのかしら）

今も元気にあちこちを飛び回っているのだろうか。多くの物語を紐解き、たくさんの言葉を知って世界を広げ続けているのだろうか。

あの時言えなかったお礼を伝えたいと、今すごく思った。

あなたのおかげで、私は大切な人の役に立つことができたのだと……。

（……探したいと言ったら、アレン様はどう仰るのだろう）

パトレイア王国にいた頃と違って、私が何かを求めてもいいというならば。

ああ、でも、そんなことを言ってはまた『我が儘だ』と言われてしまうだろうか。

アレンデール様はそんなことを仰らない。

そうわかっていても、私はまだ上手く言葉が紡げない。

「ヘレナ？　どうした？」

「あ……」

「今日はよく頑張ってくれた。何かお礼をしたいんだが……欲しいものはあるか？」

「そんな、ほしい、もの……なん、て」

私は何もないと言わなければいけない。辺境伯夫人として、当然のことをしただけだ。

だけど、もし、もしも許してもらえるならば。

言ってもいいのだろうかと、思わず口ごもってしまった。

「あるんだな？　なんでも言ってくれ。叶えられるかどうかはわからないが、できる限りヘレナの要望に応えられるよう努力する」

「そうですよ奥様！　奥様のおかげで大勢の領民が救われるのです。日頃から奥様は控えめなのですから、ここいらで旦那様をどかんと一発困らせてやってください‼」

「イザヤ、てめえ……！」

私が言葉を呑み込んでしまっても、アレン様は気づいてくれた。

イザヤにも背中を押されるような形で、私は心の中の言葉を、口にしても良いのだと……胸元で手を握りしめて、意を決して口を開いた。

「でしたら、一つだけ……お願いがございます」

「なんだ？」

「人を、探してほしいのです」

「人？」

アレン様が、小首を傾げる。それはただ、不思議そうな表情だ。

厄介だとか面倒だとか、そういった反応でなかったことに、わかっていてもホッとした。

「わかった。それで？　ヘレナが探したいというのは……」

「はい。言語学者の、ケーニャ・モゴネルという女性です。……かつて、私の言語学の教師として勤めてくださっていた方なのですが」

「教師？」

アレン様が、僅かに表情を曇らせる。

私の噂を思い出してのことだろうか。

「……アレン様はどうして私が母国で〝悪辣姫〟と呼ばれていたか、ご存じでしょうか」

「……我が儘で、横暴で、侍女や教師に当たり散らし辞めさせたり散財をしたりしていたと聞いている。だがそれは周囲が勝手に言っていたことなのだろう？」

「はい。ただ……実際に侍女や教師を辞めさせたことがあります。散財に関しては……その、華美で動きにくい衣装を用意するのはやめてほしいと、そう頼んだのが何故かそういうことになって」

「うん」

アレン様はなんとも言えない顔で私のことを見ていた。きっと哀れんでいるのだろう。

私が〝悪辣姫〟と呼ばれていたことは周知の事実。その実情に関しては私自身特に誰かに説明することもなく諦めて受け入れていった結果なので、文句を言うつもりはない。

「モゴネル先生は初めの教師たちが辞めた後に就いてくださった方で……とてもよくしていただい

たのに、解雇の運びとなってしまって。別れの挨拶も言えず、それが心残りだったのです」

「解雇？　新たに紹介されたのに、そんな学者まで解雇を？」

「はい。私が姫として、その……平民の学者からよくない影響を受けている、と。そう貴族たちから声があがったらしくて」

「どうしてそんな……」

「わかりません。ただ、そういうことだから解雇したと陛下の使いから告げられて、感謝の言葉もきちんと言えないままお会いできなくなってしまい……」

　モゴネル先生がどこに住んでいて、どんな暮らしをしていたのか。私はそんなことも知らなかった。手紙を出すことすらできず、ただ嘆くだけだった。

　当時私の味方だったアンナや執事のビフレスクに住所を調べてもらえないかとお願いしてみたものの、彼女たちも私の傍を簡単に離れることは許されず……そうしているうちに、私はまた諦めてしまったのだ。

「……ご迷惑をおかけすることだと思いますし、できなければそれでいいのです。ただ私が……もう一度、お会いしたいと思っただけで」

　そうだ、願っても良いのなら。無理だと言われたら、それで納得できる。

　こうして願いを口に出せるだけでも……そう思った私に、アレン様は優しい笑みを見せる。

「よしすぐ探そう。パトレイア王国内にいる平民の言語学者、そこからだな」

「ア、アレン様？」

「奥様、その女性について容姿や年齢、特徴などをお伺いしても？」

イザヤも嫌な顔一つせず、アンナだって真剣そのもの。

その様子に……私は思わず目を瞬かせてしまった。だって、私の我が儘なのに！

「ヘレナが帝国語をあんなに流暢に喋ることができるのは、その先生のおかげなんだろう？　モレル領はそれのおかげで得をしたんだし、俺も是非お目にかかって礼を言いたい」

「そうですよ。ついでに、モレル領にお越しいただいて教鞭を執っていただけたらすごくいいなとこちらとしては打算も含んでおりますので」

「おい、イザヤ……」

「だってそうでしょう。奥様は消極的なところが玉に瑕ですが、大変優秀です。その優秀さを引き出した教師とあれば興味が湧いて当然です。後進を育てるのにとても助かりますよ？」

呆れたような旦那様と、楽しげに笑うイザヤ。

私は展開についていけず、ただ目を瞬かせるだけだ。

そんな私に、アンナがいつの間にか準備していたらしいお茶を差し出してくれた。

「大丈夫です奥様。旦那様が、きっと良いように取り計らってくださいますから」

「……アンナ……」

「ですから、泥船に乗ったおつもりで」

「おいこらアンナぁ！」

「おっと間違えました。大船に乗ったつもりでお待ちください。我々もついておりますので」

無表情でそんなことを言うアンナに、私は思わず笑ってしまった。

アレン様は憮然としていたけれどね！

王城で開かれた今回のパーティーは祝祭。

ただ本来の社交シーズンとは時期が異なるために、長くタウンハウスに滞在して社交に勤しむ貴族と、そうでない貴族に分かれる。

社交シーズンはもう少し先なので、今から焦る必要もないのだという。

とはいえ、王家主催の祝祭は数日間開催されるし、その間にお茶会などに誘われたり国王直々に仕事を言い渡されることもあるそうなので、この期間は王都に滞在していなければならない。

アレン様はいつもこの時期になると領地で問題が起きたからと不参加を決め込んだり、早々に領地に戻っていたそうなのだけれど……今回はおとなしくしていろと城から通達が来たんだとか。

「厄介だろう？」

「……けれど、王家のお誘いは本来とても喜ばしいものですから仕方ありませんね」

パトレイア王国にいた時も、似たような話は耳にしたことがある。

もっぱらそういうお茶会を開くのは妃殿下で、次いでサマンサ姉様だった。

正確には妃殿下は兄のマリウスを……〝唯一の王子〟を自慢したり、王太子に相応しい婚約者を探すためにご令嬢たちを気に掛けていたという話だ。

そればかりが目立ってはいけないから、当時まだ婚約者が同じように定まっていなかったサマンサ姉様の友人を増やすという名目でお茶会が開かれ、令嬢たちが集められたのだとアンナが教えてくれたことを思い出す。

ちなみに私は、そういった場に招待されたことも、開催したこともない。

（どうせ茶会を開いたところで誰も集まらないだろうから……）

そもそもやりたいなんて言おうものなら、妃殿下が良い顔をしなかったと思う。

（……『また浪費するのか！』って言われたでしょうね、きっと）

実際には浪費なんてしたことはないけれど。

自分のサイズに合ったドレスや下着を数着求める程度なら、浪費にはあたらないはずだ。

それは貴族の令嬢でも平民でも当然のことだと執事のビフレスクも教えてくれたし、成長度合いで服を入れ替えるのは当然だってアンナも言っていた。

サイズの違うもの、派手すぎるものがいやだと替えてもらうことはそんなに罪だったろうか。

今でも、私にはわからない。

「それにしても不思議ですよね。奥様は話してみればみるほど聡明な方ですのに、何故パトレイア王国ではあれほどまでに悪評が広まったのでしょう。誰とも話す機会がない……なんて不自然にも程があるかと思いますが」

「それは俺も思った。浪費を懸念して侍女を遠ざけたというなら、普通はその後に機会を設けて諭したりするよな？」

イザヤの疑問に、アレン様も頷く。

言われて、私もそれがおかしいことだと心の中で同意する。

（そうよね、違うと何度か言ってみたけれど全く聞き入れてもらえなかった。あれは、今にして思

えばだけれど……おかしな話だわ）

妃殿下は、さも真実を知っているのだ……というような雰囲気だったと思う。

私は、聞き入れてもらえないことに対し諦めの気持ち方が勝っていたから、それについて詳しく聞かなかったし、知ろうともしなかったけれど。

（でも確かに放っておかれすぎじゃないだろうか？）

あそこまで放っておいて、どうして浪費しているだの私がイジメを行っているだの……そんな根も葉もない噂が立ったのだろうか。アンナやビフレスクが陛下たちに報告に行っているにも拘わらず、誰もそれを聞き入れなかったというのもおかしな話だ。

当時はもう何もかもが怖くて、目も耳も塞いでただ息を潜めて過ごすことを選んでしまったけれど、こうして第三者に言われてみればその異常さがよくわかる。

（もしかして……何かよからぬことがパトレイア王国内で起きているのかしら）

私は求められていない女児で、しかも双子だったから嫌われていた。

私つきにされた侍女たちは、他の姉姫を贔屓《ひいき》していたというわけではない。ただマリウスの……〝王太子〟の侍女に選ばれたかった。側室でいいから召し上げられる機会を求めていた。

だから腹いせに私を嘲り、貶し、鬱憤を晴らしていたと思っていたけれど……よくよく考えればおかしな話だ。

たとえ王女が多少我が儘だったとして何故、それが罷《まか》り通ったのか？

それに、私のために使う予算だってあったはずなのに、さほど使われている様子もなかった。殺傷沙汰なんてものは一つも起きていない。

なのにそんな状態で、どうして私の悪名はそこまで広まったのだろう？

（……仕方がない、で割り切っていてはいけなかったんだわ！）

どうせどうにもならないから。

そうやって自分で勝手に完結させていたけれど、これは放っておいてはいけない話だったのではないだろうか。

外に嫁いだ私が、つけられた悪名について今更どうのこうのと言うつもりはないけれど……もしもそれが本当にただの悪意ではなくて、パトレイア王国に仇をなす者の仕業だとしたら？

それは巡り巡ってアレンデール様にご迷惑がかかるのでは？

（……そうよ、確かに教師を替えられた後に、また私が我が儘を言った、って……）

わざわざ教師たちまで遠ざけるって、何があったのかしら。

私はこれまで自分を知ろうともしなかったことに、今更ながら震えるのだった。


その夜、私は繰り返すため息を止められずにいた。

これまで何も考えないようにしていたことに改めて直面して、己の浅はかさを感じずにはいられない。だけれど、何から手をつけていいかもわからない。

「……ヘレナ。大丈夫か？」

「アレン様……私、私は、何もわかっていないのだと、改めて思ってしまって……」

「そんなことはない。ヘレナは自分にできる範囲のことで、身を守っていたんだ。……パトレイア王国での件は確かに気になるし、イザヤに追加で調べさせている。モゴネル殿の居場所もきっとすぐにわかるだろう」

「はい……」

先生にお会いできたら、それについても何かわかるのだろうか。

けれど、もしも私に関わったことで、先生に不利益があったら。

（……ああ、悪いことばかりを考えてしまう）

教師、過去、私はいったい何を知っていて何を理解していなくて、そして知らないのか。

全てを知る必要はないのだろうけれど、アレンデール様と生きていく上で何も知らないままなのはきっといけないことだと思う。

だけれど、思い出そうとすればするほど、どこからか私を嘲る声が聞こえてくる。

『あなたは所詮おまけで、要らない子どもなのに』

『生まれるのはマリウス殿下だけで十分だったのに、どうして双子なんて……』

私の世話をするという名目で、髪を引っ張りながらそんなことを言う侍女《オトナ》たちが怖かった。

アンナが私のところに来るまで、似合わない真っ赤な、ゴテゴテとした飾りのついた重たいドレスを着せられてはクスクスと笑われて、私は耳を塞ぐことで心の平穏を保つしかなかった。

私のことが嫌いなのは、教師たちも同じだった。

『姉姫様方も、王子殿下もあれほど優秀だというのに……貴女はこの国の王女として自覚はおありですか？　いつまでも末子だからとその境遇に甘えてはおられませんか？』

『オドオドしてばかりのこの子どもに何ができるのか。美しさも姉姫に到底及ばない』

『ああ、何故にこのような小娘が尊ばれるべき王族の末子なのか！』

蔑む眼差し、嘲る声。

大人というものは、私にとって一部を除いて恐怖の対象でしかなかった。


『大丈夫ですよ、姫様』

『ボクは貴女のためにここにおります』


優しくて甘い声が、私の中に今でも残っている。私の救い、そして絶望。

その声の主はユルヨという、異国から来た男性教師だった。

ダンスを中心に音楽を教えてくれる先生だったけれど、私は今でもこの人が恐ろしい。

面差しは美しく、そして儚げで。

声音はどこまでも優しく、柔らかだ。

だけれど、その美しさも優しさも、まるで気づけば私を搦め捕る蜘蛛の糸のようだった。

『貴女が声をあげても、誰も興味など示しますまい。ボクと貴女では、世間からの信頼の度合いが違うのです。ああ、なんて哀れなんだろう！　哀れで、惨めで、愛おしい！』


思い出してゾッとする。

あの人のことなんて、思い出したくもないのに。

「……ッ！」

思わず自分をギュッと抱きしめた。強く、強く。指が腕に食い込んで痛みを訴えたけれど、それのおかげで正気を失わずに済んでいる気がする。

そんな私の様子に、アレン様が慌てたように私を見た。

「ヘレナ？」

ああ、でも。そうか。思い出したかもしれない。

唐突にそんなことを思う。

思い出したくなかったことに、解決の鍵があるのだろうか？

「アレン様」

「どうした……？」

「話を、聞いてくださいますか」

それが正しいかどうか、私にはわからない。

だからこそ、聞いてもらいたかった。

口にするのは恐ろしい。私にとって、忘れてしまいたかった記憶の数々。

（でも、きっとアレン様なら受け止めてくれるわ）

誰もが嫌う〝悪辣姫〟と知りながら、きちんと私自身を見定めようとしてくれたこの方なら。

もしもそれで疎まれたならばこれまで何もしなかったことこそを罪として、潔く結果を受け止めよう。そしてそれを私は罰として真摯に受け止めるべきだ。

「……ユルヨという、男性教師がいたのです」

「ユルヨ？　この辺りでは珍しい名だな」

「遠い異国から流れてきた学士という触れ込みで、音楽と舞踊に造詣が深い方でした。宮廷楽士にと願う声も多く、高位貴族家からの推薦で私たち王族の教育係を務めたのですが……」

といっても彼に習ったのはサマンサお姉様と兄、そして私だ。

上二人の姉はもうすでに淑女教育を終えていたから、時々様子を見に来た程度。

「表向きは柔和で、とても優しげな風貌の方でした。けれど、あの方は……」

「ヘレナ……」

「あの方は、誰よりも恐ろしい人でした」

ぶるりと体が、知らず知らずに震える。

そんな私を、アレンデール様はギュッと抱きしめてくれたのだった。

それは、まだ私が五つか六つの頃だったと思う。

私の前に現れたユルヨは他の教師と違い、私のことを姉や兄と比べることもなく、常に穏やかに接し、王女としての私に敬意を払ってくれたのだ。

それまで両親から関心を得たこともなく、侍女たちにもそっぽを向かれ、教師たちからは叱られる……そんな日々の中で泣いてばかりだった頃の私は、ユルヨを信頼した。

ユルヨだけが味方。そんな錯覚すら抱いた。今にして思えば、依存だったのかもしれない。

そんな私に満足した彼は、次第にその本性を見せ始めたのだ。

初めは、小さなお仕置きだった。

与えられた課題を答えられなかったり、間違えたりした際に、軽く手の甲を抓られる程度。

痕も残らないし、その瞬間だけ痛い……そんな小さな痛みだ。

だからそれはできなかったことに対する罰だと、幼いながらに納得していた。

我慢して反省すればユルヨは必ず『次は頑張りましょうね』と笑顔で頭を撫でてくれた。

頼る者もいない、無力な私は……彼を失望させてはならないと、大人しく頷いたものだ。

だが、そのうち変化は訪れる。

抓られる箇所が変わり、その力が強まり、苦痛に顔を歪ませる私を見てユルヨが嗤う。

『貴女がどれだけ訴えたとしても、きっと誰も理解を示しません。だってそうでしょう？　誰からも大事にされない貴女と、誰からも信頼されるボク！　どちらの意見が通るかなんて、火を見るよりも明らかだ‼』

ケタケタと笑うその姿に絶望した瞬間を、今でもよく覚えている。

それでも優しくされたその記憶が、私を縛る。

自分が良い子にしていさえすれば、きっと優しい彼に戻ってくれる。そう思っていた。思いたかっただけかもしれない。

本当は彼の言動がただただ恐ろしくて、目を瞑ってしまったのかもしれない。

そんな私を前に、ユルヨは私の頬を優しく撫でて、よく笑った。

ユルヨは、私の容姿を気に入っているようだった。

私のこのプラチナブロンドの髪が美しいと褒め称え、紫がかった青の瞳が絶望に染まるのが好ましいと、まるで愛を囁くように恐ろしいことを言って私を苦しめたのだ。

『姫君が誰からも信じてもらえないがゆえに助けを求められないまま、ボクの傍で壊れていく……ああ、それはなんて哀れで素敵なのでしょう。ボクは壊れゆく貴女を見ていたい……ずっと』

繰り返し繰り返し告げられる、恐ろしい言葉の数々。私は息苦しくてたまらなかった。

そしてそのうち、スカートを捲って見せろだの、四つん這いになって犬の真似をしろだの言い始め、私は耐え切れず——サマンサお姉様に、苦しい胸の内を告げたのだ。

「当時はまだアンナもビフレスクも私の傍にはおらず、信頼できる相手がいませんでした。姉のサマンサは私のことを好いてはいませんでしたが、妹として気には掛けてくれていましたから」

「……それで、教師を替えてほしいと願い出ることに繋がった？」

「はい。両親からは、一流の学者たちを揃えたというのになんという我が儘だと叱られました。けれど、サマンサ姉様が口添えをしてくださって……結果として、教師のレベルに私が見合わないからということで変更してもらえたのです」

「その言い様もどうなんだ」

私の言葉を聞いて不満そうにするアレンデール様。

恐ろしくてたまらないのに、誰にも頼れなくてあの頃はとにかく心細かった。

ユルヨが来るという日は、絶望でしかなかった。

それでも人当たりの良い彼が現れるのを侍女たちは心待ちにしていたし、両親も彼を気に入っていた。彼が言う通り、私が何を言ったって誰も信じてはくれない。

その事実もまた、私を追い詰めていたのだと思う。

「ユルヨも含め、教師の顔ぶれが変わりました。侍女たちはそれも不満だったのでしょう、日常的に私に対して周囲が不満を持つようにと、より華美なもので私を飾り、その不格好さを笑うようになったのです」

あの姫は我が儘だから、勉強なんてしやしない。いくら教えたって無駄なのだ。

趣味の悪い服で華美に装うだけで、中身が伴わないおまけの王女様！

そうやって私を貶めることで、彼女たちは溜飲を下げたのだ。

実際、両親が私に無関心である以上……それを止めるのは、その人が持っているであろう良心に頼るほかない状況であったと思う。

悪意は止まらない。些細な悪意も多数に増えれば、人の心を殺すのだと知った。

日々疲弊する中で、それでもいつかという期待を捨て切れずにいたことを覚えている。

「その頃、手紙が来ました」

「手紙？」

「はい。無記名で、私の枕元にあったから……誰か侍女が届けたのでしょう」

「不用心だな！」

「……そのくらい、私はあの国で価値のない姫でしたから」

私は改めてそのことを口にして、その異常性に苦笑する。

待望の男児というだけで全ての期待を押し付けられてしまった兄を羨ましいと今はもう思わないが、そう考えると両親も人としてどこか欠落していたのかもしれない。

パトレイア王家の人間は、自分も含めてどこかおかしいのかもしれない。そう思う。

「手紙には、小さな悪意は積み上がっていくもので……そしてその悪意は、小さな善意を食らい尽くし、真実を覆い隠すことも可能なのだと記されていました」

私が、絶望の中で人形のようになっていく姿は、どこまでも綺麗だろう……そう綴られていたことはあえて伏せる。

「ヘレナ、よく話してくれた。もう十分だ。これからは俺が傍にいる」

「……はい、アレン様」

「愛している。俺が必ずお前を守るよ」

ユルヨという男性もまた、きっとどこかおかしかったのだ。

彼が私を人形に仕立て上げて、何がしたかったのかはわからない。

今となってはわからないし、わかりたくないと思う。

ただ……私は、私の夫の腕の中にいられる幸せを享受するのだった。

❀ ❀ ❀

(……いつの間に眠ってしまったのかしら)

確か昨夜は、アレンデール様に私が過去に会った教師たちの話をして……それで、泣いてしまったんだわ。全てのことを話すのは難しくて、ユルヨのことを話すので精一杯だったけれど。

怖くて、そんな抗えなかった自分が情けなくて。

それを〝夫〟に知られることがまた怖くって……最後は泣き疲れて寝てしまうだなんて。

（いやだ、もう結婚もしている大人なのに！）

この土地に嫁いでから、感情を制御できなくなってきている気がする。

それもこれも、アレン様と出会ってからだ。

お名前で呼ぶことも、愛称で呼ぶことも……どちらも、なんと幸せなことか。

「ヘレナ？」

「……アレン様」

「起きたのか、体調は？　大丈夫か？　目は痛くないか？」

「目、ですか……？　そういえば、少し……」

「少しこすっていたから、腫れているんだ。冷やしはしたが……やっぱり足りなかったか」

「いえ、大丈夫です……その、ご迷惑をおかけしました」

「あれは仕方ないだろう。ヘレナ、大丈夫か？　今日は館で大人しくしていよう。どうせ領地にはまだ戻れない」

アレン様は社交があまり好きではない……というか、私もあのパーティーに参加してアレン様自身があまり貴族たちに好かれていないということは理解できている。

嫌われているというよりは、無骨な軍人としてのイメージが強いのだろう。

軍人といっても指揮官として王城に詰めるような立場の方々とは違うので、ともかく目つきが怖いだとか野蛮だとか……言いたい放題な人たちがいるわけで。

中にはアレン様に大がかりな野盗退治などで協力してもらったという領主もいて、そんな彼らは友好的な態度だったけれど……それでもどこか、畏怖の眼差しを向けていた。

アレン様はご自身で剣を持って最前線で戦うことを主軸に置いているらしく、そのせいだろうとイザヤが以前教えてくれた。強すぎるのも時として畏怖の対象なのだと。

騎士道に則った剣というよりは喧嘩殺法の傭兵のようだから恐れられるのだとイザヤは笑っていた。私にはその差はよくわからないけれど、強くて凄いということだけはわかる。

その強さをたっぷりと語ってくれたイザヤだけれど、いつまでも最前線に出ないでむしろ辺境伯として後方に控えていてもらいたいらしい。

(でも多分、貴族たちの悪印象は……私の悪評のせいでもあるわよね)

あのパーティーの夜は多くの貴族たちが新婚の私たちを応援しているといったことを述べていたけれど、その後特にどこかのお茶会に誘われることもない。

それはつまり、積極的に私たちと交流を持ちたいわけではないということなのだろう。

「……アレン様、もしユルヨがただの愉快犯ではなくどこかの国に関係する者だったとしたら、私はどうなるのでしょう」

「ヘレナ?」

「パトレイア王国にとっては教師が王女を虐げたなんて……醜聞でしかありません。でも、もしもそれが国家を揺るがすような……そういった類いのものに繋がっていて、それに私が気づかなかったのだとしたら」

「だとしてもそれはヘレナの責任ではないだろう? だって、まだ幼い頃の話じゃないか。本来なら周囲の大人が気づくべきだ。たとえ小さな悪意が周囲にいくらあろうとも、それをいいように利用したやつと、利用される状況を作り出した方に罪がある。ヘレナは、被害者だ」

「……でも」

「それに俺はヘレナを手放す気はない。こう言ってはなんだけど、人質として送ったヘレナを今更返せとはパトレイア側も言えないはずだしな」

アレン様はそう仰るけれど、私は……ここにいても、いいのだろうか。

疎まれて、それをいいことにあんな玩具のようにいたぶられるような子どもで。

ユルヨが言った通り、私が何を言っても彼以上に信頼なんて得られなくて。

あの国で正当な王女だったはずなのに、国外から来たただの教師にすら及ばない。

（私はパトレイア王国にとって、何の価値もない存在。……じゃあ、ディノス王国にとっては？）

ぎゅうっと手を握りしめる。

考えてはいけないと思えば思うほど、胸が苦しくなった。

私は価値がないからこそ、この国に嫁いだのだ。両国の平和のために。

でもそれこそが、間違いだったら？

「ヘレナ」

震えが止まらなかった。

そんな私の手を、アレン様がそっと握ってくれた。

「大丈夫だ。ヘレナは、俺の妻だ。大事な妻だ。お前がいてくれないと、俺が困る。だから、今は何も考えずに今日は社交で疲れた俺を癒やしてくれ」

「……アレン、デール様」

「愛しい妻に癒やしてもらえないと、野蛮な辺境伯は元気が出ないんだ。頼めるか？」

ベッドの端に腰掛けながらそう言って笑うアレン様があまりにも優しくて。

私は縋るように抱きつくことしかできない。

どうやら私は自分が考えている以上に、過去を恐れているらしい。

確かに私は精神面で打たれ弱いと自覚している。

だからこそ、全てを諦めて何も見ない・聞かないことで自分を守っていたのだけれど。

それでも思い出しただけで泣いてしまうだなんて。

目覚めた後もそのことが浮かんで、その度に何をしていても体が無様に震えるのだ。

（ユルヨのことは、絶対に思い出さないと……決めていたのに）

それでも、アレンデール様の障害になることがあってはならないと思ったからこそ、恐れていても話すことができた。

この人ならば、決して私を見捨てないと、思いたかったから。

そしてそれは実際にその通りで、私が幼い頃にとはいえ、性的な、言葉とか……衣服を脱がされるとか、身体的特徴をあげつらって嘲笑われるとか、その程度だけれど……とにかくそういったことをされていたと知っても、変わらず愛しい妻だと、そう言ってくれたのだ。

その上、震えてどうしようもない私を、自分が抱きしめたいからだと甘やかし続けてくださるのだ。この優しい人の愛情を、どうして疑えようか。

「アレン様……」

「たまにはこういう怠惰な生活もいいな。領地にいると周りの人間がヘレナに会わせろってうるさいからな……こうやって独占できるなら、王都に来た甲斐がある」

「……私に会わせろ、ですか？」

「そうさ。俺が骨抜きになった嫁さんをいつまでも隠してるから、気になってしょうがないんだ」

「まあ！」

領地の視察には確かに何度かアレン様と共に赴いた。

その際には領民の方々と少しばかり言葉を交わした覚えがあるけれど……今のところ、領主夫人として領民のために何か行動できたかと聞かれると首を傾げざるを得ない。

教会への寄進は毎月させてもらっているけれど、そのくらいだろうか。

「それにアンナもうるさい」

「え？」

「あいつ、すっかり侍女らしくなったけど……お前のことが大切だからって、俺まで度々部屋から追っ払われるのは納得がいかないよなあ。俺はヘレナの夫だぞ？　こうやって膝枕してもらうのは夫である俺の当然の権利だ！」

甘やかしてくれというアレン様は膝枕をねだってこられた。

ベッドから長椅子に移動して、アレン様はその長い足を投げ出す形で私の膝の上に頭を預けてくれる。少しばかりくすぐったいけれど……とても、あたたかい。

「……膝くらい、いつでもお貸しいたしますのに」

「そうだよな。だけどアンナはヘレナの負担になるから俺は仕事でもしてろってさ。まったく……新婚なのにな」

「しんこん」

確かに言われてみればその通りだ。

政略結婚とはいえ、その言葉にある通り私たちは夫婦になってまだ一年だ。

正確には、結婚して一年経つけれど……想いを交わした時間はまだ短い。

「客もどうせ来ないんだ。こうやって二人でのんびりしてたってイザヤもアンナも文句はないだろうさ。というか、言わせない」

「……そう、ですね。のんびりしてもいいんですよね」

「なんだったら今からベッドに戻るか？」

にやりと笑うアレン様のその顔に、私はドキリとして思わず目を瞬かせてしまった。

閨は、今も定期的に共にしている。

今はもうその行為が義務ではなく、心の伴ったものであると理解している。でもそうなると、今度は恥ずかしくてたまらない。私は顔が赤くなるのを感じた。

そんな私を見て、アレン様は笑う。からかっているとわかっているので、少し悔しい。

「……まだ、明るいですから」

「じゃあ今夜。約束な？」

「アレン様ったら……」

この方はどこまでも私に甘くて、私はそんな甘さに慣れていないからどうしていいのかわからなくなる。嬉しいのか、失うのが怖いのか、逃げ出したい気持ちにもなるからだ。

そんな私を見てアレン様は体を起こし、抱きしめる。

「少しずつでいい。俺はずっと傍にいるから」

「……はい」

「確かに政略結婚で成り立った夫婦だが、夫婦らしさなんてものはきっとその家庭ごとに違うと俺は思っている。だから、俺たちらしい関係をこれから築いていけばいいんだ」

「はい」

「俺はもうすっかり取り繕うこともできずにヘレナに甘えっぱなしなくらいだから、時折叱ってでも止めてくれ。じゃないと際限なく甘えてしまいそうだから」

「そんな……アレン様は立派なご領主様です」

思わずくすりと笑うと、アレン様も笑った。

きっと、気遣ってくださったんだと思う。

そんな中でノックの音が聞こえ、アンナが姿を見せた。

「旦那様、奥様。お手紙が届いております」

「……誰からだ？」

銀の盆に書状が一つ。

アンナが恭しく頭を下げた。

「バッドゥーラ帝国第四皇子、アールシュ様からのお手紙になります」

思いの外早く連絡を寄越してきた帝国の皇子に、私たちは顔を見合わせたのだった。

「申し訳ある！　来る、自分、急いでた!!」

「殿下、無理にこちらの言葉を話すと話が進みませんよ。殿下が大変申し訳ございません、辺境伯様、そして夫人もお元気でしたか」

「お気遣いありがとうございます。お二人もお元気そうで……それで、あの……急なご用事とのことでしたが、どうかなさったのですか？」

「お二人のことはいつだって大歓迎だが……厄介事か？」

アレン様は友人として訪ねて来てくれる分には歓迎するという意味を持たせたけれど、それはドゥルーブさんにも伝わったようだ。

とても申し訳なさそうな表情を浮かべたドゥルーブさんだけれど、すぐにアールシュ様と何か目配せをして小さく頷いた。

そして、二人の視線が私に向いたではないか。

「……少々、厄介事と言えばそうやもしれません。ですがどうしても我が国にとっても大切なことでして、できればご協力いただきたい」

「……もしかして私に、ですか？　でしたら大変申し訳ありませんが、パトレイア王国に対して私が働きかけることはどうにも難しいかと……」

二人の視線が私に向けられていることからそうかなとは思ったけれど、私は無力だ。

私に何かを頼みたいとしたら、パトレイア王国に関することだとは思うのだけれど……残念ながら私はあの国にとって悪評高き〝悪辣姫〟なので、なんの影響力も持っていない。

きっと二人はそのことをまだ知らないのだと思い、私は詫びるしかできなかった。

だけれど、お二人は揃って首を横に振る。

「そうではないのです。むしろ、夫人にとっては辛い話になるかもしれません。そのため、殿下からではなく私からお話をさせていただきたいのです。辺境伯様にも知っていただくために」

「……聞こう。ヘレナが辛そうならば止めるが」

「勿論です。誓って我らはお二人に危害を加える意思などなく、個人的にも国家としても今後とも友好関係を築きたいと考えています」

私がアールシュ様を見ると、アールシュ様は申し訳なさそうな顔でこちらを見ている。

その視線はどこか気遣わしげですらあることから、ドゥルーブさんの言葉は本当のようだ。

「……夫人は、ユルヨ・ヴァッソンをご存じでしょうか」

その名前に、息を呑む。心臓が、嫌な予感にどくどくと早鐘を打ち始めた。

私の反応に、ドゥルーブさんがやや前のめりになった。

「やはり。ではやつの、その行方をご存じありませんか！」

「……あなた、がたは……何故、あの男を……ユルヨを、知っているのですか」

その名前を口にするだけで、声が震えてしまった。

それを誤魔化すようにギュッと手を握りしめると、アレン様が肩を抱いてくれた。そのおかげで少しだけ、怖さが和らいだ気がする。

「そうでした。申し訳ございません……まずはその話をさせていただきます。これは、バッドゥーラ帝国の恥にもなりますので、どうか他言無用としてよろしくお願いできればと」

「承知した」

私の代わりにアレン様が応じてくださったので、私は何も言わないで、ただ頷いたのだった。

そして聞かされたのは、驚くほどおぞましい話だった。

私と同じような被害者が、バッドゥーラに大勢いるというのだ。

しかも当時幼かった私とは違い、妙齢の女性たちが被害者であると聞いて、ひどく胸が痛んだ。

語るドゥルーブさんも、渋面を作るアールシュ様も、怒りを堪えている様子だ。

(彼らの、知り合いも被害に遭っていたのかもしれない……)

そう思うと心底、ゾッとした。

もしも今のこの年齢で、ユルヨが私の傍にいたならば、きっと私は立ち直れないほど……あの男が言った通り、全てに絶望してただの人形になっていたかもしれないのだ。

思わずその令嬢たちの境遇に己を重ねて、体が震える。

アレン様は一通り話を聞き終えてから、宥めるように背中を撫でて抱きしめてくれた。

まだ震えは止まらないけれど、なんとか呼吸は落ち着いたように思う。それでも、苦しいけれど。

「……そう、だったのですね。では、そちらの国からきっとユルヨはやってきたのでしょう。ええ、あなた方が仰ったように、確かに彼はパトレイア王国に来ました」

時系列で考えれば、私が幼かった頃よりも前の話ということになる。

被害者たちの名誉を守るため、また自身の心を守るために揃って口を噤んでいたから発覚が遅れ、ユルヨはいつの間にか帝国から姿を消していた。

まさかあの山を越え、国交のないパトレイアにいただなんて誰が想像しただろうか。

私もあえてディノスの言葉で応じる。帝国語を話してもよかったけれど、アレン様に聞いていて欲しくてそれは選ばなかった。

ドゥルーブさんも理解してくれているのだろう、即座にアールシュ様に通訳してくれる。

「当時の私は幼く、そこまでの被害はありませんでしたが……同様に、人には話せない内容で心も体も傷つけられました。教師を入れ替える出来事があったのでそれきりですが……」

あれで〝悪辣姫〟の名が更に広まったのだけれど、今となってはそれで良かった。

当時から嫌われていたが、ユルヨによってさらに嫌われたのだと思うとなんとも言えない、複雑な気持ちになるけれど……それでも、アレン様に顔向けできない事態を回避できたのならば、あの孤独な日々は悪いものではなかったのだろう。

「その後ユルヨらしき人物から一度だけ手紙が来ましたが、本当にそれきりです。私もそれ以上のことはわかりません」

「……そうですか……」

肩を落とすドゥルーブさんだけれど、申し訳ないが私にできることはない。

あれから十年近く経っていることを考えると、もうパトレイア王国にはいないかもしれない。

解雇してすぐならば所在も追えただろうが……あの男が今も自由にしていて、誰かを傷つけているのかと思うと、放っておくわけにはいかない気がした。

とはいえ妙案があるわけでもなく、私たちの間に暗い沈黙が落ちる。

「……アールシュ殿、ドゥルーブ殿。突然だが、お二人ともしばらく当家に滞在できないか？　可能であればその後、辺境伯領にもついて来てもらえると嬉しいんだが……」

僅かな沈黙の後に、アレン様がそう仰った。

私は意味がわからず彼の横顔を見たけれど、にやりと人の悪い笑みを浮かべている。

ドゥルーブさんは困惑しながらも、そのことをアールシュ様に伝える。そうすると、アールシュ様は面白そうに目を輝かして頷いた。

なんだかとても楽しそうだけれど、ドゥルーブさんは少し困った表情だ。

「……ディノス王家に手紙を書かせていただいても？　是非とも滞在させていただきたいと、殿下が仰っています」

「歓迎しよう。我々は同じ敵を追っているのだからな」

（同じ……敵？）

グッと私を抱き寄せたアレン様のその言葉に、私はただ目を瞬かせるしかなかった。


どうやら私の知らないところで、アレン様はモゴネル先生を探す傍らでユルヨについても調べるよう、イザヤに指示を出していたらしかった。

「まあ俺は個人的に報復するつもりでそいつを探せって言っただけだけどな」

私に向かって勝手なことをしてすまないと謝ってくださるアレン様に、私はただ首を横に振る。

ドゥルーブさんとアールシュ様は一旦別室で、王城に向けての手紙を書いているところだ。

その間にこちらもアンナが客室を準備している。

「個人的にはそのユルヨという野郎を俺が罰してやりたいが……この国でやつが何かしているならともかく、それは難しい。その点、バッドゥーラ帝国は相当厳しく処分を下すつもりでいるだろうから、引き渡してもいいかと思った」

「アレン様」

「まあ引き渡すまでの過程で一発……いや、三発くらい殴るのは許してくれるだろう」

「アレン様、どうして……」

「どうしてって……そりゃ、ヘレナに辛い思いをさせたヤツだから。俺が憎いと思った」

あっさりと、そしてきっぱりと私のことを想ってユルヨが許せないと言ってくれるアレン様に、私は胸がいっぱいになる。

これまで、こんな風に私のために怒ってくれた人はいただろうか。

家族たちの誰もが、私のことなど捨て置いたのに。

（いいえ、アンナとビフレスクは不満を何度も訴えてくれていたわ）

だけどそれとは何か違う。

その違いが私にはわからないけれど……とても、とても嬉しくて。

「……あら？」

「ヘレナ!?」

涙が、零れた。

泣きたかったわけじゃないのに、どうしてかわからない。

苦しくもないし、ただ、胸がいっぱいで。

「す、すみませんアレン様。どうしてでしょう、涙が止まらなくて……」

「ヘレナ……」

「アレン様が私のために、私の代わりに怒ってくれているのだと思ったら、どうしてでしょう。涙が出てきてしまって」

そうだ、胸がいっぱいになったらまるでそれが溢れ出たように、涙が零れ出てしまった。

そして涙が止まらなくて困ってしまったけれど、不快ではなかった。

「どうしてかしら、私……私、ごめんなさいアレン様。この国に来てから、泣き虫になってしまったみたいで。申し訳ありません、みっともない……」

「みっともなくなんてないし、謝る必要もない。ヘレナが、俺の隣でなら泣いてもいいんだって安心している証拠だろう？　俺は嬉しいよ」

「嬉しい……？」

「ああ、そうだ。ヘレナが俺に心を許してくれて、嬉しい」

わからない。

わからないけれど、確かにアレン様の横にいることは、私にとって心地いいことだった。

泣いても、笑っても、許してくれるこの場所に……私は、心から安堵しているのだ。

そのことを体と心がようやく理解して、それが涙として表れたのだとアレン様に教えてもらって、胸のつかえがまた一つ、取れたような気がした。

「ユルヨの処罰に関して、アールシュたちにくれぐれも重くしてくれるよう頼もう。ヘレナも、お前以外の人たちも、これ以上苦しまなくていいように」

「……はい」

「それから誰の名誉も傷つくことがないよう、取り計らってもらおう」

「はい」

私の頬に、額に、繰り返し口づけを落とすアレン様のその言葉もなにもかもが優しい。

名前を呼ぶその声も、触れてくるその手も、アレン様だったら怖くない。

「私も、ユルヨにはきちんと罪を償ってもらいたいと思います。ありがとう、アレン様」

パトレイア王家は、私の両親は、ユルヨについてどれだけ知っているのだろう？

私はふとそれを思って苦いものを呑み込んだ気持ちになる。

だけれど、このままでいい訳がなかった。

「……アレン様、モレル領に戻る前に一度……ディノス城に滞在している、パトレイア王夫妻に話を聞きたいと思います」

「ヘレナ、それは……」

「どうか一緒に行ってくださいませんか。勿論、アールシュ様たちの了解を得て、今回の件を話したいと思うのです」

「……わかった」

私は逃げてばかりだった。

だが逃げることは悪ではないと思う。

いつの日か、立ち向かえる日が来るなら、それで。

アールシュ様とドゥルーブさんが手紙を出す際に、私たちも王城に一度ご挨拶をしたい旨を記した手紙を添えた。

バッドゥーラのお二人がモレル辺境伯と親しくなったという事実は、王家にとって悪い話ではないはずだ。正式な国交を持ったとはいえ、言語の壁も大きい両国の間で友情が芽生えたというならばディノス王国としてはそれを支援することが、今後行う交易を広げる手段にもなるからだ。

だから彼らがモレルの領地に滞在すること自体は、止めることもないだろう。

王家に対して辺境伯自身も説明を兼ねて挨拶に行くというならば、尚更。

「むしろああしろこうしろって指示がウルサイかもな」

「まあ、アレン様……」

「わかってる。臣下としては仕方のない話だ」

「私も、アレン様の妻としてできる範囲で頑張ります」

「うん、頼りにしてる」

その挨拶の際に私も同行して、パトレイア王夫妻に別れの挨拶をしたいというような旨を手紙に記させてもらった。これもディノス王家は快く認めることだろう。

人質に対しても寛容な態度を見せることは、時として王族の美徳になるだろうから。

(問題は、あの人たちが私の話をどこまで真面目に聞いてくれるかだけれど……)

自分のことながら、親子で会話できるかどうか不安がっているだなんて情けない。

私だけの話だったらあの人たちは信じてくれないだろうし、また何か気を引きたいのか、我が儘を通したいのかと言われてしまうかもしれない。

あの人たちにとって、私はどこまでも〝悪辣姫〟なのだと思うと足が竦むけれど、今回は一人ではないのだ。

「……アレン様、もしも私がパトレイア王夫妻を前に動けなくなったら、助けてくださいますか」

「当たり前だ。なんだったら話は全部俺が受け持つ。……ヘレナにとっては、辛いだろう」

アレン様は元より、アールシュ様とドゥルーブさんも同席してくれると約束してくれた。

ディノス王にもできれば同席していただきたいが、それは了承を得られるかわからない。けれど万が一にも、ユルヨがパトレイアからディノスに来ている可能性を考えると話をしておきたい。

（おそらく、なんの話か伝えておかなくても同席は了承してくれるはず……）

バッドゥーラのお二人との親交を深めたいのもあるだろうけれど、人質の私がパトレイア王夫妻と何を話すか気になるだろうから、きっと同席するだろう。

パトレイア王夫妻と不仲なのはきっとあの夜で知られてしまっているだろうし、あえて私が別れを惜しむとは思っていないはずだ。

（私の情けない部分を多くの人の目に晒すことは、やはり気が引けるけれど……これ以上、被害者を出さないためにも行動は起こさなければ）

その先でパトレイア王国にとって恥ずべき娘となった私は決別を求められるのか、あるいは哀れまれるのかはわからないけれど。

（……どうでもいい）

私は元よりあの国で、無価値だった。

ディノス王国にとっても、無価値だったからこそ王家と縁を結べなかった。

それでも、そんな路傍《ろぼう》の石のような私を、アレンデール様が求めてくださった。

貴石のように、大切にしてくださっているこの方のために、胸を張れる自分でありたい。

「……パトレイア王国に捨てられても、私を妻としてこのまま傍に置いていただけますか……？」

ふと、そんな埒の明かないことをアレン様に聞いてみる。

王女でなくなった私が、辺境伯の妻でいていいものかとは思うけれど。

神の前で誓ったのだから簡単には離縁できないにしろ、難しい問題だ。

「捨てられたのなら、拾うまでだ。伯父や伯母に戻ってもらって、なんだったら辺境伯という地位も引き継いでもらえばいいだけだしな。そうなったら二人でアールシュのところにでも行こうか？」

【うん？　なんだ？　ドゥルーブ、なんだって？】

あっさりと笑ってとんでもないことを言うアレン様の言葉をドゥルーブさんが翻訳すれば、アールシュ様は輝くような笑みを浮かべて【二人なら大歓迎だ！】と言ってくれた。

アンナも小さく頷いて「その際は、お供いたします」なんて言う。

【アレンは辺境伯を務めるだけあって優秀だし、ヘレナも頭が良くて優秀だ。バッドゥーラに来てくれたら引っ張りだこに間違いないけど、俺のところで絶対に厚遇するから忘れないでくれよ？】

「ああ、いいぞ。その時はアールシュを一番に頼ると約束する」

「アレン様ったら……」

なんだか、バッドゥーラに行くことが前提になり始めているけれど、それでいいのだろうか。

私は思わず笑ってしまったが、肩の力が抜けた気がしてホッとする。

（あの人たちに会うのだと思うと体も心も竦んでいたのに）

今は頼もしい人々と一緒なのだ。

情けない自分との決別の日が来たのだと、私は気持ちを新たに空を見上げた。


「……お時間をいただきまして、ありがとうございます」

「何を言う。……親子で、あろう」

どこか愁いを含んだその声の意味なんて、私にはわからない。

私がその言葉に顔を上げると、陛下は私をじっと見ていた。

妃殿下もそうだ。どこか戸惑うようではあったけれど。

（親子……）

実際に血の繋がりはそうなのだろう。髪も瞳も、その色は私と陛下でよく似ている。

顔立ちは……妃殿下に少しは似ているだろうか？　自分ではわからない。

「近く、夫と共にモレル領へと戻ることとなりました。陛下方には今後、お目にかかることもそうないと思い、本日はお時間をいただきました」

「……父とは、母とはもう、呼んでくれないのか」

「……？」

おかしなことを問われたと、そう思った。

私はもうずっとお二人のことを、そのように呼んでいない。

ユルヨの件辺りからずっとなので、私が十歳になったかどうか……その頃からずっとだ。

「何か不都合がございましたか？」

「……何？」

「いえ、これまでもずっと陛下とお呼びしておりましたが……何か問題が生じたのかと」

私としてはごくごく当たり前の疑問だった。

けれど、その言葉に隣でアレン様が僅かに怒りを滲ませて、目の前の陛下が辛そうに顔を歪めて
……それから妃殿下が、困惑した表情を浮かべていることに私も困惑する。

（私は何か対応を間違えたのだろうか）

少し不安になったけれど、本来の目的を忘れるわけにはいかない。

あのことに触れるのはやっぱり少しだけ苦しいけれど、私は口を開いた。

「……今日は他にもお伺いしたいことがございます。教えていただければ幸いです」

「なんだ」

「ユルヨを……、ユルヨ・ヴァッソンという男を、覚えていらっしゃいますか」

「ああ、覚えている。お前が気に入らぬと言って辞めさせた教師だったな。お前に拒絶されたことで自信をなくし、世話になっていた貴族たちのところからも姿を消したと聞いている」

「そうです、お前の気まぐれでどれだけの人に迷惑が……あの頃、ユルヨが姿を消したことで随分と落ち込む女性たちが多かったのよ？　大変だったのだから！」

陛下の証言と、妃殿下の苦言に私たちは顔を見合わせる。

女性たちはユルヨに憧れていて、彼が姿を消したから落ち込んだ。

そのようにもとれる話だが、彼女たちがもしもあの男の手によって、私やバッドゥーラの被害者たちと同じような目に遭った人々だとしたら？　話はまた変わってくるはずだ。

解放されたことで安堵と……そしてことが露見するかどうかの恐れを抱いていたとしたら？

自身が置かれていた状況への屈辱と劣等感に、心を病んでいたとしたら？

「何故そのような話をするのに、我々も同席を求められたのかな？」

「ディノス王、それは娘が……」

「モレル辺境伯は若いがとても賢い。この場でその話を夫人と共にするのには、意味があるからこそ我々の同席も求めたのだろう」

私たちの反応に、疑問を持ったのだろうディノス王が穏やかに私に向かって尋ねた。

何かを言おうとする妃殿下を制してディノス王と王妃は私たちを見ている。

（この方たちは、私の言葉を聞こうとしてくださっている）

勿論それは、隣にいるアレン様や、賓客であるアールシュ様の存在が大きいのだろうけれど。

それでも私は勇気をもらえた気がした。

「かつてユルヨという男は、私に対して虐待を行いました。そしてそれを訴えた際、立場の弱かった私よりも貴族たちから信頼を得ていたあの男の言葉が重んじられました」

「な、なんですって？　そんな馬鹿な‼」

妃殿下が甲高い声をあげて私を睨んだけれど、もう、怖くなかった。

私は隣にいてくれるアレン様の手を握る。

「そして私はその日々について詳《つまび》らかにすることは淑女の恥と心に秘めておりましたが、バッドゥーラ帝国でも同様の被害があったとアールシュ殿下から教えられました。そして、このままユルヨを放置してはならないと思い、その所在を探るべく陛下方にもご相談させていただきたく、お願いにあがったのでございます」

私のその言葉に、アレン様が無言で強く手を握り返してくれた。

それだけで私は何も怖くない。

「あの男は無垢な少女たちを食い物にし、彼女たちがそれを知られることを恐れるその気持ちを利用して嬲《なぶ》るのです。表向きは善良な人間として振る舞い、裏ではそのようなことをする。バッドゥーラでも多くの貴族令嬢たちが被害に遭いました。彼女たちは自身と、家族の名誉のために口を噤んでいたために発覚が遅れたのです」

私の言葉を引き継ぐようにして、ドゥルーブさんもそう言ってくれた。

パトレイア王夫妻は、驚愕の表情を浮かべている。

それはそうだ、嘘つきで我が儘なはずの〝悪辣姫〟が虐待を受けていたと言っても信じられなかったのだろうが、バッドゥーラの賓客までもがそう言ったのだから！

パトレイア王夫妻は青い顔をして私を見ていたが、そんな二人を見ても……不思議なことに私には何の感情も浮かばなかった。

「なんということだ」

「陛下、もうお察しかとは存じますが行方をくらましたユルヨ・ヴァッソンという男が万が一にも我が国に流れてきていたとしたら危険極まりないかと」

苦い顔を見せるディノス王に、アレン様がそっと進言する。

それを受けてディノス王も頷いてくれた。真剣に聞いてくれたのだと、私は胸を撫で下ろす。

「……そうだな。もしその男が我が国にいて、既《すで》にその毒牙にかかっている者がいると考えるならば、多くの者の名誉を守るためにも秘密裏に、かつ早急に動かねばなるまいよ」

「ご英断かと」

ディノス王が眉間に皺を寄せ重く深いため息を吐き出した。

そしてそのまま陛下の方に視線を向ける。その目は厳しいものだ。

「王女がそのような目に遭っていた、もしくは貴族令嬢たちがそのような被害に遭っていたのかパトレイア王は改めて調べねばならんだろうな。その内容はこちらにも共有してもらう」

「それは……ああ、その通りだ。約束しよう」

陛下は困惑と、そして悔しさを滲ませた表情で私に視線を向ける。

どことなく、泣きそうな顔に見えたのは私の気のせいだろうか？

「まさか、お前が被害に遭っていたなどと。どうして相談してくれなかった……？」

「申し上げげました。ユルヨが恐ろしいと。あの男の傍にはいられないと」

された所業は、もう二度と口に出したくなかった。

何をされたのかと問われても、答えたくない。

その気持ちを察してくださったのか、アレン様が私と陛下の間に入ってくれた。

「パトレイア王、失礼ながら我が妻は誰にも信じてもらえず、ただ必死に耐え忍び、逃げ延びた。

今回の件をアールシュ殿下から聞き、勇気を出してユルヨを捕えるために証言してくれた。そんな彼女に、過去を咎めるのは……些か違うのではないでしょうか」

誰にも信じてもらえなかった。

その言葉に、陛下が小さく呻いたけれど。

私は今、アレン様に確かに守られたのだ。

誰かに守ってもらえた、そのことを実感して泣きそうになった。


私は、もう忌み嫌われる〝悪辣姫〟ではなく。

ようやく過去に立ち向かうことができるようになった、ヘレナとなったのだ。

幕間　異国の従者は思いもかけない話を拾う

「アールシュ様」

「どうした？」

「例の男に関する話を耳にいたしました」

「……なんだって？」

宴もたけなわと言ったところだろうか。

俺たちやアレンデールから周囲の興味も逸れたところで、彼らが退出するのが見えた。

今回のパーティーはあくまでパトレイアとディノスの二国間で力関係に差が生じたこと、そして両国がそれを納得していることを周囲に示すためのものだという。

だから周辺諸国の人間も、王たちが仲良く話をしている姿やパトレイア王たちが嫁いだ娘と話をしている姿を見たという事実さえあればいい。

その裏で実際はどんな関係なのかなんてことは、この華やかな場では必要のない話だ。

俺たちを招いたのだって国交を強化する意味合いもあるのだろうが、わざわざ時期をぶつけてきたことには意味があるに違いない。

大方、ディノス王国にはバッドゥーラ帝国がついているとでも思わせたかったのだろう。

こちらとしてはそんなつもりはないが、あちらが利用するつもりならこちらもそれに乗っかって上手くやらせてもらうだけだ。

(アレンデールたちは、義理は果たしたってとこか？　あいつは俺以上にこういう場が好きじゃなさそうだったし、ヘレナも……少し顔色が悪かったしな)

正直、俺もそろそろ下がって休みたいくらいだ。

そんな中でドゥルーブが耳に入れてきた話に俺は思わず前のめりになってしまった。

「あの男がパトレイアにいただと⁉　確かなのか」

「ええ。しかも夫人の教師を務めた後、解雇となったようで」

「……なに？」

俺たちが言っている男というのは、かつて我が国で厄介なことを起こした大罪人だ。

東方の国から流れ着いたというその男は、バッドゥーラのとある高位貴族家の当主に気に入られ、その家で教師として雇い入れられた。

大変博識で、人当たりも柔らかく、多くの者に好かれた男だった。

そしてその評判から王宮にも度々招かれ、教養を披露していたようだ。詩歌、楽器、ダンス……異国情緒溢れるそれらに貴婦人たちが夢中になっているのを、俺も目にしたことがある。

色は白くなよやかな、とにかく美しいという表現が似合う男だった。

バッドゥーラは太陽が照りつけるためか国民の肌はみな、一様に日に焼けた色になる。

だから貴婦人たちの目には、あの男の周りだけがいつだって輝いて見えたのかもしれない。

その男が、ある日、忽然と姿を消した。

あれほど気に入っていたというのにその高位貴族は黙して語らず、何かあったということは誰の目にも明らかだ。だがその内容がわからない。

その理由が発覚したのは、そこの娘が王家に連なる人間に嫁いだことがきっかけだった。

新郎は俺の従兄だった。

彼は幼い頃からの婚約者と結婚し、幸せになるべき男だった。

だがそこで生まれた子どもが、夫婦のどちらにも似ていなかったことから調査が及び――そして、おぞましい事実が詳らかにされたのだ。

妻は心を病み、夫である俺の従兄はすっかり老け込んでしまった。

夫婦どちらの系譜からも生まれることのないその色合いは、あの男のものであった。

あの男は、柔和な雰囲気と物腰で多くの人に取り入り、箱入り娘を蹂躙したのだ。

その事実に、夫婦は別れこそ選ばなかったが……今も辛そうな顔で互いを支えている。

（もっと早くに、俺がその事実を知っていたら）

あの時、あの男を一刀のもとに斬り伏せていただろうに。


調査はすぐには終わらなかった。

時間が経ちすぎたこともあって、犯人――ユルヨは見つからないままだ。

醜聞を気にして、娘もその家族も口を噤む。

だがまさか身ごもっているとは気づかなかったと、後にその高位貴族は語った。

ことが発覚した際に男を捕らえ処断するつもりが、あちらが一枚上手で逃げられたのだと……そう、当主は悔しそうに語ったが、なんとも頭の痛い問題であった。

もっと早くにその被害を訴えてくれてさえいれば、とっくの昔にその男は捕まって処断されていたことだろう。被害だって広まらずに済んだはずだ。

だが、それを報告することは明らかに貴族家にとっての醜聞で、没落の危険もあった。

娘にとって将来を左右する縁談も当然のようになくなるだろう。

付き合いのある貴族家にはそのような犯罪者を〝賢くて優秀な教師〟などと周囲に紹介した手前、全ての面目が丸潰れになってしまう。

貴族家の矜持と、家族と、それらを天秤にかけて当主は口を噤んでいたというのだ！

（情けない）

貴族たちに気に入られていたその男が出入りしていたのは、その高位貴族の家だけではない。

当然ながら、被害者はその高位貴族の娘だけではなかったのだ。

そして発端の高位貴族家と同じように、醜聞が露見することを恐れて被害者たちは口を噤んだのだ。中には親に打ち明ける勇気が持てなかった娘も多くいたようで、発覚からどんどんと事実が明らかになるにつれ被害を訴え出る家族も増えた。

気がつけばその数は膨大なものとなり、ヴァッドゥーラを震撼させたのである。

そしてユルヨ・ヴァッソンは、重犯罪者として指名手配された。

今も被害者家族と国が、その面子《メンツ》にかけてあの男を追っている。

そして今、偶然にもその影を見つけたのだ。あと一歩。その手がかりがそこにある。

だがその手がかりが、親しくなった相手と来れば……元より心穏やかではいられなかったが、俺の心はざわめいて仕方ない。

（……まさか、ヘレナもその被害に？）

嫌な予感にグッと内臓が押されるような気持ちの悪い感覚を覚えて、思わず顔を顰める。

アレンデールはそのことを知っているのだろうか。

知っていて彼女を受け入れているという可能性もあるが……。

「ドゥルーブ、すぐにアレンと連絡を取りたい。もしかすればヤツの行方を夫人が知っているかもしれないからな」

「あの男は夫人がパトレイア王女であった頃に教育係を務めていたという話ですが……後は、パトレイア王がどれほど事実を知っているかですな」

「それについても調べろ」

「かしこまりました」

ああ、この国に来て一気に忙しくなったが……退屈するよりはマシだろう。

あの男にようやく責任を取らせることができるなら、俺は喜んで働き者になるというものだ。

エピローグ

無事に謁見を終わらせた後、私たちはモレル領へ戻るため王都を去った。

たった数日の王都生活だったけれど、十分だ。いろいろなことがありすぎた。

「観光したかったか？」

「いいえ」

思い入れがあるわけではないし、私はおしゃれや王都の煌びやかさというものに興味はない。

むしろ場違いだとすら思って気が引けてしまうし、こうやって遠目に見ているだけでいい。

だから、アレン様がそう言ってくれても首を横に振るだけだ。

「モレル領に早く戻りたいです」

「……そうだな」

イザヤによると、モレル領を含む辺境伯たちは社交シーズンであってもそう頻繁に各所に顔を出す必要はなく、代理人を立てることも多いらしい。

これまではアレン様もいやいやながらにシーズンのどこかしらで一日だけ顔を出して、よくしてくれている近隣の領主たちとその友人たちに挨拶をして回っていたのだとか。

「次の社交シーズンの時は早いうちから王都のデザイナーにヘレナのドレスを作らせておこう。王都に着いたら調整だけして、後はどこか……行ってみたいところに行けばいい」

「……そうですね」

「次からはヘレナも一緒だから、社交も少し気が楽だ」

そうアレン様は笑ってくれる。

私もまだ、知らない人たちと笑顔で言葉を交わすことには抵抗があるけれど……アレン様が一緒なら、きっと大丈夫。

「それにしても、思いの外早くにアールシュ様たちをお迎えすることになりましたね」

「そうだなあ。特別なもてなしはできないが、精一杯の気持ちで迎えさせてもらおうな」

「はい」

モレル領は豊かな自然……と言えば聞こえはいいけれど、開拓が必要なところも多いし、隣国であるパトレイア王国とも諍いの絶えない土地だ。

だからこそ、武力に秀で、そして求心力のある人物がモレル領を治めることになったのだ。

開拓が必要な土地ということは、多くの資源が眠る土地でもある。

だけれど同時に、未開拓ゆえに獣も多いし設備も整っていない。

そこに未来を夢見て人は集まってくれるけれど、現実は厳しい。

モレルの領主はそうやって数代に亘り開拓に励み、人々の暮らしを支えてきた。

領主の館やその周辺は豊かになったけれど、それでも田舎だと嘲笑う人たちは王都を中心とした貴族たちの中に大勢いるのだろう。

(でも、私はモレル領が、あの土地が好きだわ)

スミレの花が、私にとって最も好きな花になった。

あそこでは私のことをただの〝領主の妻〟として見てくれる。

そして、親しく話しかけてくれる素朴な人々が、私は好きだ。

貴族の夫人としてはもう少し距離を置くべきだとか、そういう意見もあると思うけれど……共に開拓を進める仲間だとアレン様も仰っていたように、私も彼らと共にあれる人間でいたい。

「……アールシュ様は土地を見て育つ薬草がわかるのでしょうか。あまり学問は好かないとドゥルーブさんが仰ってましたけれど」

「専門家を招くための下見だと思ったらいいんじゃないか？　俺だって土を見ただけじゃどの作物が育つかわからんが、農民たちは知っている。だけどどんなところか知らなきゃ、彼らに説明することもできないだろ」

「それもそうですね」

「それに、友人が遊びに来てくれることは喜ばしいことさ」

「……ゆうじん」

自分には縁のなかった言葉。

思わず同じ馬車内にいるアンナとイザヤに視線を向けたけれど、私とアンナは主従だ。

アレンデール様もアンナとイザヤとは主従で、でもそれと同時に友人だ。

(いつかはそんな相手が私にもできるのかしら？)

まるで想像ができない。

想像ができないと言えば、謁見時のパトレイア王夫妻の様子もそうだった。

あれこれと話をする前からおかしな様子だったけれど……特に、私があのお二人を親としてではなく、敬称で呼んでいることを今更ながら疑問に思ったようだった。

(……何故かしら?)

話を聞いて青い顔をしていたのは、きっとユルヨによる被害の大きさを考えて国政に響くと思ったからだろうけれど……やはりよくわからない。

そう考えれば、私もあの方々とほとんど交流をしていなかったのだから当然だなと思った。

「ヘレナ?」

「……私はアレン様との間に子が欲しいと望みましたが、良い親になれるでしょうか」

改めてそう感じてしまった。

愛したいと願っているし、今は愛する人の子が欲しいと、より強い気持ちを抱いている。

だけれど、私はパトレイア王夫妻を前にしてもなんの感情も湧かなくなっていた。

そんな自分を思うと、やはり自分も普通ではないのだなと痛感したのだ。

果たしてそんな自分が親になる資格があるのだろうか。そう、心配になってしまうのだ。

「良い親になるというか、俺たちの方こそ子どもたちに育ててもらうものじゃないかな」

「……育ててもらう、ですか?」

「そうさ。だって俺たちも子どもだったんだ。親になってみなきゃ何も経験できないだろう?」

アレン様は快活に笑う。

その言葉に、その通りだけれどそうじゃなくて……と言い返したい気持ちも生まれる。

でも、それは上手く言葉にならなかった。

そんな私の手を取って、アレン様はぎゅっと握ってくれる。

「それに、ヘレナは一人じゃないだろう？　俺もいる。二人で親になるんだ」

手に伝わる温もりと、その笑顔と言葉。

ああなるほど、私は一人で産んで育てるくらいの気持ちでいたのかと、すとんときた。

私が親になるならば、アレン様も親になるのだということが何故か頭から抜け落ちていた。

そんな私たちを見て、イザヤとアンナが顔を見合わせる。

「でもアレンデール様に子育てを任せたら、なんかこう、すごい被害が出そうで心配ですね……」

「ヘレナ様、私どももおりますのでどうぞご心配なさらず。旦那様が高い高いしようとするのだけは、絶対に阻止してみせますので！」

「お前らなあ！　俺をなんだと思ってるんだよ⁉」

いつものやりとりが始まるのを見て、私は笑ってしまった。

ああ、一人じゃないというのはこんなにも楽しいものなのだなと……改めて、幸せとはこういうものなのだと感じたのだった。

❖　❖　❖

モレル領に戻って数日が経過した頃。イザヤが笑顔でやってきた。

「失礼いたします、奥様。ケーニャ・モゴネル様の行方がわかりました」

「えっ！」

「モゴネル様に奥様が再会を願っていると伝えたところ、大変お喜びになったそうです。すでにモレル辺境伯家に向けて出発なさったようです」

「ええっ……？」

探し出してくれただけでもありがたいのに、もう接触してくれたとは！

その上、先生がこちらに来てくれるだなんて。

(喜んでくれた？　モゴネル先生が？)

私はあの先生にお世話になった記憶しかない。

むしろ私が喜ぶべきで、感謝の言葉もろくに伝えられないまま、先生とは会えなくなってしまったことがずっと心残りだったのに……。

あの頃、私の悪い噂はきっと先生の耳にも届いていたはずなのだ。

それでもモゴネル先生は、初めて会った時に優しい笑みを見せてくれて、私と視線を合わせるためにしゃがんでくれて、そして手を取ってくれたのだ。

『初めまして、ヘレナ王女殿下。お目にかかれて嬉しゅうございます』

おまけの王女、第四王女……そう呼ばれてばかりの私の名前を呼んで、笑みを浮かべてくれた人。

思えば、家族にもそんな丁寧な扱いをされたことがなかったかもしれない。

(……こうして思い返してみると、私は案外家族以外の人たちに救われているのね)

アンナとビフレスクは私に優しかったけれど、彼女たちはやはり従者として一線を引いていて、距離は遠かったと思う。

でもモゴネル先生は違った。あの人は私を王女としてではなく、生徒として見てくれた。

「……いつごろ、お着きに……」

「捜索に出した使者が最後に手紙を寄越してきたのは、パトレイアの南端でしたから……出立と同時に手紙を出したとして、早ければ明日、明後日にはお着きになるかと」

「……先生に、会えるのね」

「ああ。良かったな、ヘレナ」

アレン様にお願いはしたけれど、見つからないだろうと心のどこかで諦めていたのだ。

だけど、先生は見つかった。

それだけじゃなくて、私が探していると聞いて、喜んでくれた。

その事実が、じわじわ、じわじわと私の中で実感に繋がる。

ようやく理解できた私は思わず隣に来てくれたアレン様に抱きついていた。

「アレン様！　ありがとうございます……‼」

「そうとわかれば歓迎の準備をしないと……アールシュたちもその時は是非同席してくれ」

同じく室内にいたアールシュ様とドゥルーブさんは困惑顔だ。

それはそうだろう、モゴネル先生の話は彼らにしていない。

自分の振る舞いを少し恥じながら、私は答える。

「モゴネル先生は私が以前お世話になった、言語学の先生です。連絡がとれなくなっていたのですが、今回アレン様のお力添えでようやく……」

「なるほど！　それはそれは……是非我々もご挨拶をさせていただきたいものです」

ドゥルーブさんも興味が湧いたのか、にっこりと笑ってくれた。

アールシュ様にも同じことを説明すると、彼は諸手を挙げて我がことのように喜び、私の手を取って笑ってくれる。

(ああ、本当に、先生に会えるんだわ)

あの時きちんと言えなかったお礼の言葉を、私は今度こそ伝えなければ。

先生が教えてくれたことは、今でも覚えている。

『異国の言葉を知れば、きっと役に立つこともありますよ』

そう笑ってくれた先生に、本当にそうだったと言いたい。

私が異国の言葉を使えたことで、ほんの小さいことだったけれど……アレン様とアールシュ様のお役に立てた。親しくなれた。この国にも馴染むことができた。

『本がお嫌いでなければ、異国の言葉を知るのもきっと楽しくなります。私が言葉を学び始めたのも、よその国で出版されていた小説が読みたかったからなんです』

先生はよく笑う人だった。

決して理不尽に怒鳴ることなく、上手く質問もできない私をじっと待ってくれていた。

『この本なんておすすめですよ。ヘレナ様が気に入ってくださると嬉しいのですけれど!』

あの時、先生が私の名前を呼んでくれて嬉しかった。

でも当時の私は、素直に喜べなかった。まだ家族に、未練があったから。

諦めたふりをして諦め切れずにいた、幼い私にも先生は優しかった。

『私が教えた事柄が、いつかヘレナ様のお役に立ちますように』

先生が教えてくれたことが、いつだって独りぼっちな私の、心の支えだった。
たくさんの本が読めて、理解できることが、孤独を紛らわせてくれたから。
(……先生)
今なら胸を張って言える。
私はこの地に来て幸せになりましたと。
先生のおかげで、多くのものを得ましたと。
ぐるりと室内を見回す。
アンナがいて、イザヤがいる。アールシュ様に、ドゥルーブさんも。
みんな笑顔で私に『良かったね』と言ってくれる優しい人たちだ。
そして私を抱き寄せてくれる、大切な人がいる。
「ヘレナ、嬉しいか?」
「はい……はい！　アレン様！」
たくさん伝えたいことがある。
できたらもう一度、先生に名前を呼んでもらいたい。
今の私なら、きちんと返事ができるから。

番外編　隣国の王太子は恩を売りたい

「サマンサ、そういえばこれまで聞いてこなかったんだけど」

「なあに？　ヘラルト」

「君の妹君についてなんだけれどね。何故、妹君についた不名誉なあだ名が、あんなにも周囲に浸透してしまったんだい？」

「……それは……」

言い淀む妻は、相も変わらず美しい。

彼女をこの目で見たのは、まだ僕らの年齢が一桁だった頃だ。

パトレイアとディノス、そして我が国ライラトネ。

三つの国は同じような国土面積と人口、資源を持つ国だ。

大陸の三つ子なんて称されることもあるが、生憎と兄弟仲はさほどよくない。

とはいえ、パトレイア王国が今は翳り始め、我が国は変わらず、そしてディノスが伸び始めた。

だから本来、パトレイアの姫であるサマンサをこの国の王太子である僕が娶る必要性はなく、政治的に考えてもそこまで重要ではない。

そう、ただ、僕が彼女のことを欲したから、それに尽きる。

（愚かで、臆病で、美しい僕だけのお人形）

彼女はいつだって怯える小動物のようだ。

美しい容姿に凡庸な中身。

それなのに周囲の期待と羨望を受け、そして弟が生まれたことで嫉妬と恐れに塗れた。

そしてなによりも彼女が恐れたのはそんな自分の感情そのものだ！

彼女があらゆるものに怯えるその姿は、まさしく儚げで美しかったのだ。

初めて会った時にすぐにわかった。

僕が、僕だけが彼女を守ってあげるべき人間で、彼女は僕に守られるべき少女なのだと。

彼女が僕を愛していないことは百も承知だ。

それでも彼女は、僕を選ぶことこそ、自身が救われる最善の道だと信じている。

そう思うように仕向けられたなんて、これっぽっちも思っちゃいない。

僕は〝彼女にとって〟理想的な王子を演じてあげたのだ、当然の結果だろう。

あの国《パトレイア》を出れば安全。僕の妻となって傍にいれば安泰。

そう信じてやまない彼女のなんと可愛らしいことか！

（だが、このままではいけない）

彼女にとっての未練は、母国に残した妹姫への同情と罪悪感。

僕が何かをしたわけではなく、もとよりそうだったのはなんとも奇妙な話だが……誰一人それを奇妙だと思わないあの滑稽さはとても面白かった。

（それに、おかげで早々にサマンサを手に入れられたのだからね）

僕にとってはそれが一番大事なのだ。

しかし、あの国《パトレイア》が下手を打ったせいで計画が崩れてしまう可能性が出てきた。

このままではいけない。次の手を打たなければ。

「……わからないわ。最初はただ、あの子につけられた侍女たちの実家が迷信や伝統を重んじるところで……そのせいであの子を嫌っていたのだと思う」

「へえ……そういえばパトレイアでは双子が不吉なんだっけ」

「ええ。パトレイア王国ではかつて双子の王子がいて、一人の女性を巡って骨肉の争いをした挙げ句に決まっていた王太子の座を奪うという血みどろの出来事があって、負けた側が呪いをかけたと……そう言われているの。男の子が生まれにくくなるよりもずっと昔の話よ」

馬鹿馬鹿しいほどに、単なるおとぎ話じゃないか。そんなものを信じているとは！

実際のところは王位継承なのか、伴侶に関するものかはわからないが……骨肉の争いがあったことは事実なのだろう。長く続く家、その中でも血筋を尊ぶ一族の最たる王家には、よくある話だ。

「あの子に罪はないのでしょうけれど、それらの迷信を重んじる人々はあの子に派手な装いをさせて、見世物にして笑ってやろうというつもりだったようなの」

「なかなか酷い話だね」

「そうね、三つ四つの子を笑いものにしようとしていたのだから、恐ろしいことだわ。……それを聞いても、お母様は弟しか見ていなかった。それも、わたしには恐ろしかった」

「……うん」

「妹も最初は否定したりしたのよ、それでもあの子が我が儘を言ったのだと長年勤める侍女たちが口を揃えたことで、天秤は傾いてしまった」

始まりは、小さなイジメ。

許されるものではないが、それでも些細なことだ。

その段階で、きちんと調べがついていれば終わったはずのもの。

王子の誕生に沸いていたパトレイア国内で、哀れな末姫の存在は抹消されたも同然だっただなんて誰が思うだろうか？

不吉な双子の片割れとして生まれた王女は、それでも王女だから〝それなりに〟自分以外の誰かが面倒を見るだろう。そうに違いない。

みんながやっているから自分も何かをしてやろう。

誰かがきっと助けるだろう、そう、自分以外の誰かが！

（そうやって、あの国の人間は残酷な生き物に成り下がったのか）

そして、そんな積み重ねを……サマンサは見て見ぬ振りをしたのだ。

自分にその不満の矛先が向かないように。

（愚かで、可愛いサマンサ）

その後、サマンサは僕に一つ教えてくれた。初めの教師たちの中に一人、幼い妹に対して妙な振る舞いをする男がいたというのだ。

あまりのことにさすがにサマンサも両親に働きかけたと聞いて、なるほどと思った。

妹姫の悪評が突然増えたのは確かその頃だ。

おかしな話ではあったが、特段気にすることでもなかったから放置していたが……。

（恩を売るのも悪くない）

罪悪感から姫を気に掛けすぎて、最近では塞ぎ込みがちのサマンサ。

それでは僕が面白くない。

かといって妹姫を助けてあげれば、サマンサは感謝してくれるだろうが……これまでの罪悪感から妹に尽くそうとするかもしれない。根は善良な娘だから。

(そう、それも面白くない。サマンサは僕だけを見ていないと)

妹への罪悪感、それから贖罪として妹に尽くさねばという思い。

その両方を潰すにはどうしたらいいのか？

(答えは簡単だ。妹姫に、幸せになって貰えばいい)

彼女のことは夫であるモレル辺境伯に任せておけば安心だとサマンサが思えば、もう憂いはなくなるのだ。僕の作った鳥かごの中で、この美しい妻はいつまでも囀《さえず》ってくれるだろう。

パトレイア王国に対する恐れも罪悪感も失って妹姫を気遣う必要もなくなる。

僕の腕の中にいれば安泰だと、それだけを彼女が感じてくれるように。

(……教師の変更、そこが重要な箇所だな)

さて、どこに一手を打つべきか。

そういえば、ディノス王国がパーティーを開くという話を耳にした。ライラトネでは外交官を派遣することになっているが、当事者であるパトレイア王夫妻は参加するはずだ。

国王夫妻が不在ならば王太子のマリウスがパトレイアに残ることは想像に難くない。

(そうだな、それがいい)

そろそろあの老人たちにも退陣してもらうのに、いい頃合いだ。

妻の罪悪感を煽る要素として放っておいたが、もういいだろう。

「さあ、冷えてきたから中に入ろうか。可愛い僕のサマンサ、おいで」

「ええ、ヘラルト」

迷わず僕の差し出した手を取る可愛い可愛い愚かなサマンサ。

いつまでも、僕だけが愛でるべき美しい花。僕だけの君。

番外編　アレンデールは知っている

俺の親父は、クソみてえなヤツだったと思う。

物心ついた頃には母親はいなかった。

近所の人がしていた話を朧気に覚えているが、母親は酒場で働いていた女性だったそうだ。

親父と仲が良かったかどうかも知らないが、いなくなったってことは……まあ、そういうことなんだろう。

親父がいない時、俺は家の中にいた。それしか許されなかった。だから普段、親父が何をしているのかなんて知らなかったし、知りたいとも思わなかった。

俺のことはいつだって〝厄介なガキ〟だと言って、息子と呼ぶこともない。機嫌の悪い日には殴られたこともあったし、酒瓶を投げつけられたこともあった。

雨風は凌げたし、飢えることもなかった。だが、よそ様の子どもと比べたら俺はきっととんでもなくみすぼらしいなりをしていたに違いない。

そんでまあ、最終的に俺をじいちゃんに押し付けて、親父はとっとと姿をくらましたってわけだ。

（だからってわけじゃないけど）

家族からの愛情を諦めたヘレナの気持ちが、俺には少しだけわかるのだ。

ただ、俺は親父には愛されてなかったけどじいちゃんと親父の兄姉には大事にしてもらった。

（アンナやイザヤみたいに、一緒に悪さした幼馴染もいるしな）

俺は、そういう意味ではとても恵まれていたんだと思う。

じいちゃんは俺の出自を鑑みて、跡取りとか貴族の柵《しがらみ》とか、そういうのと関係ない世界で生きていけるように強さと、金勘定と、人との付き合い方を教えてくれた。

『貴族としての礼儀は二の次でいいから、最低限騙されないように疑う頭を持て。後は誠実さを失わんことだ。それがお前を助けてくれるからな。腕っ節ばっかりじゃあいかんぞ』

よくじいちゃんはそう言っていた。守る強さも必要だけど、芯を持てと。

まあ、そんなじいちゃんの思いやりは実を結ばず、俺は辺境伯になってしまったわけだが。

おかげでこの地位に就いてから礼儀作法についちゃ日々、頭を痛めている。教師を招いて学ぶこともやってはいるが、それ以上に領地のために動く時間が必要だった。

前の領主であった伯父の努力を帳消しにするその元妻の浪費、開拓民と地元民の争い、ならず者による略奪情報、大から小まで多種多様な隣国との諍い。

正直なところ周りから侮られないよう、腕っ節だけで必死に認めてもらった感はある。

幸いにも、俺には戦いのセンスってやつがあったらしい。

辺境地内の争いや、野盗の討伐。

そういったもので困っている村や町を率先して手伝って回り、信頼を勝ち得た。

二の次にはしがちだが、それなりの礼儀作法も身につけて愛想笑いだって覚えたさ。

ただまあ、母親の出自が不明なことや親父のクソっぷりは貴族たちの間ですでに知られた話だったらしく、頭の固い連中には嫌われているってこともわかっている。

だから〝悪辣姫〟という噂のあったヘレナを押し付けてきたのも、適齢期の男児が他にいないっていう理由以外に嫌がらせの意味もあったんだろう。

（警戒する意味、なかったけどな）

俺はモレル家を、モレル家が守ってきた土地を守りたい。それが俺の恩返しだ。

そう思ってここまでやってきた。

親父に捨てられたあの日のことは、ぼんやりとした記憶でしかない。

去って行く背中に『とうとう捨てられたのか』と子どもらしくないことを思ったような気もする。

だけど、じいちゃんたちに愛されて、大切にされた。

俺は、それでよかった。

「ヘレナ」

もし俺が家族を得るなら。

この土地を、モレル家を大切にしてくれる人がいいと思ってたんだ。

そんな相手なら、絶対に大切にすると、決めたんだ。

（鉱毒の件も別にあれが正しかろうと間違っていようと構わなかった。ヘレナが自分から動いてく

れた、考えてくれた。それだけでよかった)

領民の手を取って微笑んだヘレナが。

スミレの花を見て、淡く微笑んだヘレナが。

(……俺の家族、俺の妻)

彼女の笑顔をもっと俺が引き出してやりたい。安心させてやりたい。

そう思うこの気持ちは、きっと恋なのだろう。愛ってヤツなのかもしれない。

だからどうか、怖がらないで欲しいと願う。

期待しても仕方ないって、諦めるその目に、俺を映して欲しいんだ。

そう、願ってやまないのに。

彼女を苦しめたやつの影が、今も彼女を追い詰める。

辛い過去を思い返したせいなのか、ハラハラと涙を零していたヘレナ。

泣き疲れたのか眠ってしまったその目元は、少し赤く腫れている。

俺は彼女の話を耳にして、腸《はらわた》が煮えくりかえるなんて言葉じゃ足りない怒りを覚えた。

(ユルヨ。ユルヨ・ヴァッソン。覚えたぞ、その名前)

その教師も探し出そう。ヘレナを傷つけた対価を払わせなければ気が済まない。

そして、教師なんて役職を与えてはいけない。

人畜無害そうに見えて人を害するバケモノは、案外そこらじゅうにいることを俺も知っている。

だがその魔手が、俺の知らない幼かったヘレナに向けられていたという事実が苦しくて仕方ない。

パトレイアの王家も、くだらない因習だか言い伝えだかを重視した連中も、自分の出世欲だけのために動く奴らも。

みんなみんな、そいつらのせいで〝悪辣姫〟なんて幻が生まれて、それが他の誰でもない、ヘレナに押し付けられていたのかと思うとたまらない気持ちになる。憎いとすら思った。

（どうして）

俺も望まれた子どもじゃなかった。

だけど、俺が悪かったのか？　違うだろう。ヘレナだって、そうだ。

俺たちの何が悪いというのか。ただ、普通に大切にされたいと願っただけだ。

誰かに傷つけられることなく家族を愛し、愛されて。ただ平穏に暮らしたいと願っただけだ。

それが叶ったのが俺で、叶わなかったのがヘレナだ。
（ヘレナ）
初めて会った時に見た無機質な瞳。

美しい容姿だけじゃなくて、彼女が人形めいて見えたのはそのせいだ。

あれは彼女が誰からも傷つけられないために、全てを諦めた結果だった。

そのきっかけは確実に王家からの、周囲の『人はたくさんいるのだから誰かが構うだろう』という他力本願な考えによる責任逃れだ。

そしてそれをいいように利用したのが、ユルヨだっただけだ。

もしもヘレナが真っ当に愛されて育った姫だったら、ユルヨという男はそんな真似はしなかったはずだ。少なくとも貴族令嬢よりもリスクが高い相手なのだから。

ヘレナが教えてくれた話を考えるに、第三王女も同じようにあの男の授業を受けていた。だが話を聞く限り、彼女は被害に遭っていなかったように思う。

（あでも、相談されるよりも前に気づいていたのかもしれない。おかしいってことに）

妹を助けるために声をあげなかったその王女も、俺からしたら同罪だ。

誰も彼もがヘレナの敵だ。

もう二度と、誰にもコイツを傷つけるような真似をさせてなるものか！

「……すぐ戻るよ」

ベッドで眠るヘレナに小さく声をかけて、俺は部屋を出る。

隣の俺の執務室でベルを鳴らせばすぐにイザヤがやってきて、俺の顔を見るなりギョッとした。

「ど、どうしたんだよ」

「……何がだ」

「いや……」

イザヤは言い淀みながら「それで？」と俺に問うた。

俺はただ淡々と、ヘレナを追い詰めたユルヨという男の話をしてそいつを探せとだけ告げた。

「パトレイア王国にもやつらの罪を突きつける。だがユルヨを殺すのは俺だ」

「……奥様がそれを望まないとしても？」

「俺が個人的に腹を立て、処断したい。ディノスで法を犯していなかろうと、裏で動けばなんとでもなるだろうよ。大義名分があれば兵を大々的に動かせるんだがな」

「アレン、落ち着けよ」

「落ち着いている。腹が立っているだけだ」

ヘレナは俺を信じてくれた。

俺は学なんてものは後から詰め込んだだけの愚か者だが、人間としての心は失っていないと自負している。たとえ敵と対峙した際に、情け容赦なくぶった切ることに慣れていたとしてもだ。

その相手に家族がいるかもしれない、待っている恋人がいるかもしれない。

だがそれは俺も同じこと。

恨みっこなしだなんて綺麗事は言わない。

「俺は誰かの命の上に、生き残ってきた。守りたいものがあるからだ」

「……アレン」

「守るために、いくら罵られようが構わない。俺は、ヘレナを傷つけた者を許す気はない」

ヘレナの敵は、俺の敵だ。

それも、愉悦のためだけに彼女の尊厳を傷つけた男をどうして許してやらなければいけない？

「ヘレナはモレルの人間だ。パトレイア王国だろうがディノス王国だろうが、彼女を傷つけることなど俺が許さない」

イザヤが複雑な表情を浮かべる。俺の立場を考えれば、この発言はよろしくないものだ。

わかっている。だが感情としては、本心だ。

それがわかって、尚且つ共感できるからこそイザヤは何も言わない。言えない。

「アイツが何をした。何もしなかった？　何もさせなかったくせに！」

俺にはじいちゃんがいた。

じいちゃんは俺の生きていきやすいように、やりたいことをやらせてくれた。

勿論、やりたくない礼儀作法や勉強なんかもあったけど……それはこれからの俺が少しでも有利に生きていけるようにという配慮だった。

だが、ヘレナはどうだ。

王女として生まれたのはヘレナの責任か？　違うだろう。

衣食住に満ち足りていた？　そんなのただ与えていただけだ。

(俺は、ヘレナの夫だ)

経験が足りない分、じいちゃんみたいに上手くはやれないだろう。

だけど、俺はヘレナの夫だ。俺は家族を守りたい。

「ヘレナはこのアレンデール・モレルのただ一人の大切な妻だ。俺を妻を守れない情けない夫にしてくれるな、イザヤ」

俺の宣言に、イザヤが深々と頭を下げる。

兄弟のように育った彼は、俺の気持ちを理解してくれたのだろう。

顔を上げた時にはいつもと同じように穏やかな笑みを浮かべたイザヤがそこにいた。

「承知いたしました、旦那様」

「……後は頼む。俺はヘレナの傍にいる」

俺はそれだけ言うと寝室へと戻るのだった。

彼女が目を覚ました時に寂しい気持ちにならないように。

ArianRose
アリアンローズ
アリアンローズ新シリーズ
大好評発売中!!
せっかく公爵家なんてお金持ちに引き取られたのに、義弟が未来のサイコな
殺人犯になるなんて……。
絶対に、まっとうに育ててみせます……!
サイコな黒幕の義姉ちゃん
著:59　イラスト:カズアキ

世にも奇妙な悪辣姫の物語　1

＊本作は「小説家になろう」（https://syosetu.com/）に掲載されていた作品を、大幅に加筆修正したものとなります。
＊この作品はフィクションです。実在の人物・団体・事件・地名・名称等とは一切関係ありません。

2024年6月20日　第一刷発行

著者 …………………… 玉響なつめ

イラスト …………………… カズアキ
発行者 …………………… 辻 政英
発行所 …………………… 株式会社フロンティアワークス
〒170-0013　東京都豊島区東池袋 3-22-17
東池袋セントラルプレイス 5F
営業　TEL 03-5957-1030　FAX 03-5957-1533
アリアンローズ公式サイト　https://arianrose.jp/
フォーマットデザイン …………………… ウエダデザイン室
装丁デザイン …………………… 鈴木佳成［Pic/kel］
印刷所 …………………… シナノ書籍印刷株式会社